愛與不愛之間 陪伴與深情

吳韋材 著

留下細微而深刻的痕跡，傳遞最真摯的情感

人性裡的至誠，比生命還要美麗耀眼
敞開心房，才能體會善意帶來的快樂
愛是強烈的意念 ，能夠穿透一切阻礙

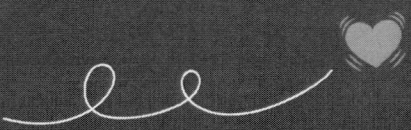

人生道路，坎坷難免
以正面的態度面對生活，保持前進的勇氣

目錄

玉米餑餑

人對自己，對他人，對萬物，都該有好生之德。

因為生命就是一種恩惠。

1947 年。冬。

臘月二十四，還有六天，就過年。

這一年，為建立一個新政體而努力的軍隊，正在進行凌厲的冬季攻勢。

他們已攻克了四平街，將敵對勢力的北面兵力壓迫於長春、瀋陽、錦州三個狹小地區。

情況終於有所轉折。勝利，也有了希望。

而這年冬天似乎也因此顯得特別暖和，北京龍潭湖，也比平日多了遊客。

魯根只是個從農村逃難出來的少年，才十六歲。這孩子非常老實，好不容易才找到一份負責販賣玉米餑餑攤子的工作。

這攤子就在龍潭湖邊，這天的生意，也稍有起色。

玉米餑餑，那是東北人的小點心。做法簡單，玉米洗淨後，磨成玉米漿，加入麵粉做成麵團，經濟狀況稍好的家庭，餑餑裡面還能包點餡。餡可用棗泥，或是豆沙。

臘月裡，北方家家戶戶都會蒸一些「過年餑餑」。

少年魯根，實在沒得吃了對著寒風凜冽的龍潭湖，心裡一酸，不禁想起小時候奶奶蒸「過年餑餑」的情境。

記得在個大瓦盆裡，發著已經用玉米漿揉好的麵團，雖然還是個小孩，他就懂得乖乖等在一旁幫奶奶做棗泥餡。

農村雖窮，再窮的人家都會有幾隻刻上花的木製餑餑模子。麵團包好餡之後，先放在木模子裡輕輕按壓，然後再翻過來，只要在砧板上一敲，一個好看的小餑餑就倒出來了。

但，奶奶已經不在了。

1937 年中國東北遭受日軍肆虐，魯根父母皆死槍下。老奶奶一手抱起六歲的他，躲入地窖裡才逃過大劫。

兵荒馬亂，農作荒廢，樹根草根都吃過，實在沒得吃了，只得南下逃難，奶奶就餓死在路上。

「喂！來五個玉米餑餑。」

魯根從慘楚的回憶裡一個回神，眼眶湧出的淚，都化在冷風裡。

時已近晚，攤子旁邊的龍潭湖，灰朦一片，湖心已開始結冰，只有靠岸的淺水處，仍映著一片悽迷天色。

還有幾個孩子在木橋上玩鬧，吵得很，他們一個個還撿起石頭，往那龍潭湖的水面瞄準扔下去。

魯根見狀就喊，「喂！別這樣！別這樣了！你們這樣扔石頭會把它給砸死的！快走！再不走我就要揍人啦！」

身體其實很瘦弱的魯根，還故意擺出一副「很凶」的樣子。

竟然還有用，孩子一鬨而散。

魯根知道，孩子們用石頭扔的，一定又是潭邊那隻大烏龜。

這烏龜，全身是深沉墨綠，就深如遙遠的古代。有時牠會在湖邊亂石堆那附近浮上來，趁著攤子老闆不在，魯根看看四周天寒地凍的，心裡實在不忍，常常都會偷偷捏下一些麵團去餵牠。但這時魯根跑到湖邊，卻怎麼也看不到牠蹤影。

糟糕，會不會真的被這群頑皮孩子扔中了？

天快暗下來了，他不禁又到湖邊巡望，來來回回，連望好幾回。

老闆來了問，「怎還不收攤？」

「還剩幾個餑餑呢。」魯根答。

老闆把賣餑餑的錢點收好，看看魯根，又給了他幾個銅板，說，「再苦也過年啦，我也不虧待你，天冷，這些錢就拿去買個新帽子。剩下那幾個餑餑，就帶回去當晚飯吧。」

「是。」

老闆吩咐，「攤子洗淨後記得用風布蓋好，聽說今晚大雪。」

「是。」

洗完攤子，魯根又想起那隻大烏龜。但怎麼也再看不到了。天色果然似在漚雪，再不走恐怕就得冒雪回去。

蒼茫暮色中，橋邊小徑走來一個身影。

「小兄弟還有餑餑嗎？」

是個老人。個子矮短，臉有點髒。身穿一襲破舊棉襖，左手握著支竹竿，右手還提了個破口缽。魯根知道是個來討餑餑的老人，倒是一時看不出究竟有多老。

「餑餑都沒了，老先生您怎麼那麼晚啊？」

「別提了，我怕這裡的人都走光，就拼命地趕，沒想到還摔了跤。」

「啊？」就著晦暗暮色，魯根靠近看去，「哎呀！老先生，您額頭都破皮了。」

「是嗎？」老人苦笑，「天冷，臉上沒什麼感覺。」魯根在自己袖口上找了塊乾淨的地方幫他擦一擦，說，

「老先生您別急，我給您想個點子。」

說著魯根翻開那裝玉米麵的布袋，掏了點麵粉出來，用水和開，把麵糊塗在額頭上破皮的地方，又從蒸餑餑的紗布上剪下一條，幫他包紮。

魯根說，「老先生，您額頭上的舊疤還真的不少咧，以後走路得看著點了。我奶奶說，用玉米漿和的麵糊，貼在破皮上還很有用。」

老人打量他，「年輕人是逃難來的？」

「是。」

「那還算幸運的。至少這時候你還能做個工作。」老人微微抬頭，感慨萬分地眺望湖面，「唉我老嘍，太老了，沒用嘍。」

「天無絕人之路，」魯根苦笑，「有天頂著，那麼自己就好好地一天過一天吧。」

老人回過頭來，細細地端詳魯根一番，說，「別擔心孩子，軍隊已轉入全國規模的大進攻，這是個歷史轉捩點，以後，日子就會好起來的。」

「以後的事，哪敢去想。」

「信我吧，」老人笑笑，又彷彿別有用心的說，「哎，餑餑都沒了，那看來今天肚子就得挨著點嘍。」說完轉身，就想離開。

魯根咬咬唇，但最後還是叫住他，「老先生您等等！」

老人家馬上轉身，笑問，「年輕人怎麼了？」

他突然就做了決定，把原本已經用布包好，一直藏在自己胸口的棉襖底下的幾個餑餑全拿出來。

「我這有幾個餑餑，都給您。」

老人思索一下，「年輕人，那是你的晚飯吧？」

「沒關係，我不餓。」

老人看著他，笑笑，「太好了，謝謝你。」說完，

把這幾個被魯根在懷裡還偎得暖暖的餑餑拿了就走。

魯根將攤子蓋好，正想趁著大雪來臨前趕回住處，誰知無聲無息地，那老人家又倒回來了。他把一個餑餑遞給魯根——「年輕人，你還是自己留著一個吧。」

「沒關係，老先生您都帶上吧，明天還有，我還幫您留著。」

「不，」老人炯炯的眼神看著他，「這一個，你留著。」

「這？」

「我走了。」老人說，「孩子，有句話你聽好，記住了，以後無論日子再怎麼苦，年年風雨年年過，再苦你都別放棄，再苦你都得熬下去。」

「熬下去？」

「沒錯，記住這句話。」老人神色，鄭重得很。

魯根倒是有點愣住了。

回到住處，沒多久果然天降大雪，鵝毛大雪片，擁著颳起的北風從破開的門縫那裡湧進來，冷得他全身發麻不停哆嗦。他摸摸自己袋裡，

那幾枚硬幣，雖說也沒有多少重量，可還是一回回掏出來看了又看，天那麼冷，今夜可怎捱過去？帽子或肚子，哪個重要？

折騰了整晚，最後還是半夜起身把床板拆下，蓋了個擋風屏，整個人縮著身體躲到裡面，那才熬了過去。

又忙又累，竟連老人還給他那個餑餑都給忘了。

魯根次日醒來，只覺得胸口沉甸甸，才想起老人家還他那個餑餑。也許是已經被自己縮著身體睡去時壓扁壓硬了？

怎知掏出一看，他瞬間愣住了。

哪是餑餑？那……那可是一塊閃閃發光的金塊！

一塊真正的純金金塊。

沒錯，雖說年年風雨年年過，雖說天無絕人之路，可這塊命裡的金塊，就為他撐開早年那幾場最困難的世途風雨，不過，這也是魯根想了整整 60 年都想不透的一回事。

後來，他也曾經回過龍潭湖多次，卻怎麼也沒再見到那個老人。

軍隊最終果然勝利了。

這片原為明代嘉靖年間挖出來的水坑湖，經過一番清汙整治後，廣植花木，開闢成一個美麗的公園。

就根據這個美麗的湖，起名為龍潭湖公園。

1985 年，在大湖中間的湖島上，建起一個現代化的遊樂園。

到了 1991 年，這裡還增建了新設施，遊客就更多了，每逢春節，這裡還會舉辦盛大的熱鬧廟會。

時光如梭，時代如一幕幕換場的電影，龍潭湖年年在變，越變越美，這時又是一個臘月二十四，還有六天，又要過年了。

不過這回過的，已經是 60 年後，2007 年的春節。

76 歲的魯根，滿頭白髮，卻仍精神奕奕，他又來到龍潭湖。

趁著自己那頑皮的曾孫子跑去買冰糖葫蘆，他若有所思心有所觸地，又再踱去湖邊，看看這片曾是那麼熟悉的角落。

「在看什麼呀？」

恍惚地，他像先是聽到耳邊有人在說話。

但身邊其實沒有人。

然後，他遠遠看到了，原來是另一名老者，個子矮短，仍然是一襲破舊棉襖，從一個他似乎熟悉的角落，緩緩地走來。

魯根喃喃自語，「我在看……看……」

「看？」這老人其實還在距離他幾步之外，但魯根卻是聽得清清楚楚 —— 老人其實還在緩緩走來，聲音卻像是已傳到魯根心房裡 ——「你是在看桃花與人面，看哪個變得面目全非吧？」

眼看著這老人就要從他身邊走過去了。

魯根瞇起眼，禁不住叫出聲來，「老先生等等，您是 —— ？」

老人稍稍靠近些。終於，停了下來，看著他。

「我好像記得您。」魯根忍不住說。

老人笑了，「呵呵，年輕人，你奶奶不是說過，用玉米漿和的麵糊，貼在破皮上還很有用？看，全好了。」

「你？」

「現在人們餵食是用一袋麵包，沒餑餑麵團啦，真無趣。」

魯根突感失措，想起了也認得了，但，怎可能呢？他 10 歲的曾孫魯宗宇，兩手抓著 3 支特長冰糖葫蘆回來 ——

「曾祖父，剛跟您說話那老伯伯呢？怎轉頭就不見了？誰啊？」

「年輕時一個老朋友。」

「走啦？」

魯根看著湖面，「是，回家了。可他最愛吃的不是冰糖葫蘆，是玉米餑餑。」

北風吹來。但這時摟住曾孫子肩膀的魯根，一點也不再覺得寒冷。

天不只無絕人之路，天還有好生之德。

人對自己，對他人，對萬物，也一樣該有好生之德。

因為生命就是一種恩惠。

沒錯，還有六天，又是新的一年。

處處都會滿布生機。

一點感悟，與您分享：

天不只無絕人之路，天還有好生之德。

人對自己，對他人，對萬物，也一樣該有好生之德。

因為生命就是一種恩惠。

鑽石

人越急躁，就越難看清眼前現實。

其實，答案往往並不太遠。

一

莉莉今年35，心急如焚想結婚，想得有點神經質。

公司女同事擠在茶水間，興致勃勃又聊起這些事。

甲女說，「試過租輛腳踏車到東海岸公園踏上一天嗎？」

乙女作了一番思考狀，說：「看表演中場休息時買一杯很容易濺到別人身上的飲料，那晚你就穿得性感一點。」

丙女說，「你可以參加學習班啊，從拉丁舞班到潛水班一網打盡，還有，不妨坐在星巴克假裝等人。」

丁女猛打哈欠，「你們不嫌累嗎，我的話就索性單身上夜店，叫一杯混入18種烈酒的雞尾酒。」

已婚的桂阿姨笑笑，「女孩們，找一晚的床跟找一輩子的床，先得分清楚。」

莉莉氣急敗壞，「那怎麼辦？難道晚上我還去兼職推銷，每家敲門看看，看哪家還剩下一些沒人約會的未婚男性？」

大家一鬨而散。呵呵，並非老闆突擊，是從來都討論不出任何結果。

部門裡其實有 9 名男性。

可是遺憾啊，趙、錢、孫、李，據說他們剛成年就忙著結婚。

周、吳年屆 50，雖然都是老帥哥，但恐怕來不及把戀愛談完就被裁了。

還有鄭、王，倒是未婚人選，但「人選」不見得就具備條件，對嗎？

鄭一向不修邊幅。座位像個垃圾場。據說內心很黑暗，誰跟他聊天後幾乎都得去看心理醫師。更恐怖是，他每次從廁所出來，手都是乾的。

王雖夠整潔，外貌與辦事能力也不錯。但更出色是戀愛史，他掉過一本電話簿，裡面連隔壁公司清潔阿姨的電話都有。

最後一位馮。更不必想了。馮為人感性，體貼溫柔，很有審美觀，據說還會烹飪插花，可惜他自己已經有男朋友。

二

可見衣食住行雖為民生大事，想嫁而沒辦法嫁的女人才是社會問題。

商場中、電影院前、候診室裡，成雙成對的溫馨讓莉莉大受刺激。

「我決定了，」某日，她一口氣連喝兩杯冷開水後，向所有窩在茶水間的女同事宣布，「我去鑲鑽石。」

女人們皆愕，「啊恭喜，是鑲在訂婚戒指上嗎？」莉莉一臉凜然，「不，鑲在臉上！」

甲女是個萬事通，「了解了解。這法術啊，據說還真靈驗。聽說很多明星，或是賣保險的，或是當公關的，很多都到泰國找法師在臉上鑲鑽石，之後就變得人見人愛，左右逢源。」

乙女說，「鑽石那麼硬，鑲到臉上不是很痛？」

丙女笑，「既是法術，人家法師當然就有辦法，聽說過程很簡單，法術好的話，只要唸唸咒摸摸臉，一下鑽石就整顆進到肉裡了，連麻醉都不必。」

丁女思索，突然睜大眼，「哇，那你想鑲幾克拉的？鑽石不便宜哦！」

甲女笑了，「你少擔心吧，我們莉莉一瓶牛奶喝三天，兩片麵包就能當早午餐。她是缺愛情，可不缺錢。」

乙女仍有疑問，「是否鑲了鑽石就會人人喜歡你？哇，整個男性市場那麼大，你至少也得有個對象，或至少有個市場範圍吧？」

莉莉笑而不答。

桂阿姨突然笑瞇瞇進來了，「你們說那位新來的同事陳智雄像不像古天樂？」

女人們異口同聲，「莉莉要在臉上鑲鑽石！」

桂阿姨聽了愣了一下，說，「噢？真決定了？」

莉莉苦笑，「假如真能換來下輩子人生樂趣，何妨孤注一擲。」

桂阿姨吹著手中熱茶，「說的也是說的也是，那好，稍後我給你個地址。這法師啊，修練多年，出關後雲遊四海，法力無邊，而且年輕，時尚，為人更具現代思維，他處處行善濟世，能說 6 種語言，如今正在此度假。」

莉莉感激不已。眾女同樂，彷彿莉莉已覓得情郎登上彼岸。

三

原來這法師暫住友人高級別墅。莉莉前往求法，見那法師狀況，一切果然如桂阿姨形容。

法師禮貌地問，「你就是桂阿姨介紹來鑲鑽石的？」

「是。」

法師說，「到露臺來吧，空氣涼快，光線也好。」

露臺外有一棵高大青龍木，庇護成蔭，既為露天卻又隱祕。

露臺上設了個簡單法壇：一柱清香，半碗淨水，青檸檬，還有看來像兔子爪，鴕鳥毛那樣的東西。

法師與莉莉，面對面，在露臺處盤腿坐下。

真的，法師很年輕，一臉古銅色陽光。

他說，「你有三種選擇。一是人見人愛。二是男人見男人愛。三是只有你欣賞的對象見了你才覺得你可愛。說吧，哪一種？」

「收費一樣嗎？」莉莉不好意思。

「一樣。」

莉莉沉思數秒，「第三種。」

「好。」法師小心翼翼，懷裡取出一方深紅小盒，打開後，再取出一個小絨包，裡面赫然是粒璀璨鑽石。

「好美啊。」

「0.5 克拉，不算小了」法師說。

「那要多貴？」

「3000 元，我不議價。」

莉莉遞過支票。法師拿起法壇那碗水說，「喝一點就好。」

啊？喝陌生人的水？

桂阿姨天天見面，總不會害人吧？莉莉遲疑了一下，還是喝了。

跟著這法師就開始念一種語言怪異的經。乍聽像藏語，再聽又像非洲話。

沒多久法師就一臉虔誠，雙手合十，禱告良久，接著就靠近她，「其實，鑽石鑲進皮肉的時候會有點刺痛感，但絕不會留疤痕，你放心。」

莉莉以為自己會心跳加速。但沒有，她反而是感到有點頭昏腦脹，只見法師又猛念一輪經咒，舉手就把鑽石置於她額頭，然後就按下去。

像有點痛，卻又不是很痛。

但一下就好了。法師說，「法事已畢。」

莉莉忙掏出鏡子來看，好像什麼疤痕都沒有嘛，「真的鑲進去了？」

「鑲了。」法師笑笑，「你自己看看鏡子，你多可愛。」

莉莉再看，果然，好像自己就可愛了許多。

臨走時，法師再三叮嚀她，「鑽石是鑲上去了。可當你感覺一切進行順利時，你就必須速戰速決。記住，這緣分畢竟是人為之力，時間的拿捏，最是關鍵。」

四

莉莉鑲鑽石的事，死黨們守口如瓶。不過，莉莉最近也很少到茶水間閒聊了，據說那鑽石果然厲害，鑲回來沒多久，她就被那位新來乍到的「小古天樂」陳智雄瘋狂追求，不只追到分身乏術，甚至已快到速戰速決的階段。

莉莉並非不清醒。也並非因為他像古天樂。陳智雄也不是心目中第一選擇。連她自己也搞不清楚，或許這個陳智雄是在沒有多少餘地之下不能再讓其溜掉的選擇吧。

莉莉問他，「智雄，你坦白說我們究竟為什麼會走在一起？」

智雄答，「我們兩個個性都乾淨俐落，價值觀也很接近，我覺得我們之間滿有默契。」

莉莉問，「不是因為我外型吸引你嗎？」

「當然也是啊。但這個恐怕是無法持久的，外表都會衰老，人的性情氣質更重要。對嗎？」

「我還以為 ——」莉莉不解，可是那 3000 塊呢！

「你還以為什麼？」智雄問。

「沒什麼了。」莉莉嘴裡說，心裡依然忐忑。

其實，陳智雄找伴侶也找得很急。

他後來不只一次表態，智雄問，「感覺實在，不如就做決定，難道你真的想當高齡產婦？還是早點辦事吧。」

莉莉一方面忐忑，一方面又想起法師叮囑的話：時間是關鍵。

但同時也沒忘記自己這點緣分是怎麼得來的。

因此她嚴肅地向智雄說實話了，「智雄，你相信有一種法術叫『鑲鑽石求緣分』的嗎？」

智雄不假思索，「相信啊。」

「你相信？」

「當然嘍。」

「為什麼？」

智雄突然停住，眼睛卻盯住她額頭，「你不就是個很成功的例子嗎？」

她大吃一驚，「什麼？你……究竟在說什麼？」

「公司茶水間的隔音設備其實很差。」

天旋地轉，莉莉冷掉半截，「那是一開始你什麼都知道了，並非什麼鑽石的法力？」

智雄這時竟然放懷地笑了，「對啊，跟你鑲鑽石那位法師也這麼對我說的，畢竟是人為，時間才是關鍵。」

莉莉整個傻了，「你認識他？那個法師？」

智雄還在笑，「當然，我們太熟了，別擔心，他前天已經回美國去唸他的人類民俗學，他可沒機會洩漏你的小祕密。」

莉莉突然懂了，「我知道了！你們聯手行騙？但，但他不是確實給我鑲鑽石了嗎？難道不是嗎？」

陳智雄搖搖頭，慢慢從口袋摸出個小絨包放到她手裡，「這是我表弟叫我交給你的，鑽石還在裡面。」

「我可是給了他 3000 元。」莉莉大叫起來。

桂阿姨聞聲而至，手裡拿著張支票，表情無可奈何，笑笑說，「我原本想把這錢拿去做一點投資賺一杯咖啡，唉，還給你算了。」

莉莉恍然，「連你也是同夥？」

桂阿姨說，「沒辦法呀，那法師是我兒子，怎麼能不同夥？」

莉莉看看那絨包裡的鑽石，生氣了，「連這鑽石也是假的吧？一切都是假的吧？」

智雄急忙把絨包抓到手裡，先向桂阿姨賠了個大笑臉，

「阿姨別生氣，我一直沒跟莉莉說出真相，我是想，無論怎樣大家應該先把感情真正培養起來，阿姨，這鑽石可是你早說好送給我做訂婚戒指的。莉莉，這鑽石是真的，我們的感情也是真的，就那個鑲嵌的情節，純屬演戲。」

桂阿姨笑，「我就說這橋段不好，看吧，莉莉生氣了。」

「我不是生氣，是你們一切早有預謀，那我得重新考慮考慮。」

智雄急了，「其實我第一天來這公司上班就喜歡你了，只是你一直沒注意到我，假如不是茶水室的隔音不好，假如不是阿姨說你這個人多善良多能幹，假如不是表弟也剛好回來，假如不是——」

莉莉冷靜下來了。

假如不是自己急躁——

這次她真的需要靜下來好好的想。

人越急躁，就越難看清眼前現實。

其實，答案往往並不太遠。

但莉莉還真的需要重新考慮嗎？

鑽石是真的。站在面前的陳智雄，也是真的。

一點感悟，與您分享：

只是追求過切，亂了邏輯亂了步，才會忽略美好原來就在身邊。

諾

你能每年都來赴約，這就是難得。

這份忠於承諾的真誠，就如同這溟潭，潭心裡的水一般深淼清澈。

住在盧村的孩子，都知道附近有個溟潭。

到了秋熟時節這溟潭裡的草魚還很肥美。孩子們放學後，多愛到這裡撈魚。

只是近年，來撈魚的孩子越來越少了。

溟潭說大也不大，潭面大概就像兩個操場般面積，但形狀比較圓。

它正確位置就在盧村的後山山腳下，這裡幽靜翠鬱，潭邊還有好大一片古老竹林。

盧修也有 17 歲了。

他在都市唸書，每放暑假回家，都會跑到後山這片溟潭看看。

奶奶常不讓他去，還跟他說了些稀奇古怪的鄉野傳聞。

但盧修這孩子個性十分陽光，哪會相信？他笑呵呵說：「奶奶，世上哪有這種事？我也不過是去乘涼，那裡十分幽靜涼爽，尤其當微風細細吹過那片密密的竹林時，可真好聽呢！」

他從小就是個感性孩子。盧修愛畫畫，也愛音樂。當別的孩子都把暑假節目排得滿滿，盧修卻喜歡躲回老家，幫他奶奶和姐姐給家裡做點粗活。

父母先後病死，就剩他和一個失聰姐姐，跟老奶奶過日子。

雖然溟潭不大，但聽人說過，潭心那裡，水很深。

潭邊確實濃密地繞滿了老竹。竹林太老了，許多大根的竹幹都彎下來伸向潭心，把潭面遮擋了大半。

因此就算陽光來到這裡也會變得陰柔起來。

也因此，這裡潮溼，石頭長滿青苔，無論夏天多熱，這裡都會留著一片陰涼。

就不知怎麼這裡最近連打水也沒人來了。白天偶爾還有挑夫路過，但一過傍晚，就再也難見人影。

偏偏盧修就愛晚飯後才踱到這裡來。他獨自坐在潭邊的苔石上，看著潭水逐漸被暮色覆蓋，想一些自己的事。

像這天傍晚就是這樣，四周寂靜，盧修看著潭水，思潮像微微漣漪。

但他沒想到潭邊竟然還有別人。而這人，又彷彿比他更懂得投入眼前美景，因為那個身影雖然背著他，卻在那裡忘情投入地吹奏笛子。

好聽啊真好聽。

盧修完全不懂這個。但那笛聲像隻小小的手，無限招引，無限訴說。情感咽轉之處，似有千言萬語。音調抑揚之間，讓人魂牽夢縈。

一曲既罷，潭面上，恍惚有陰暗的竹影在微微顫動。

「太好聽了，再來一曲吧朋友。」盧修讚嘆。

背影不語，幽幽然，舉手將笛子湊至唇邊，又吹一曲。

但，此闕與前曲就大大不相同了。一口悲涼吟唱，竟似由潭心之處涓涓湧出。暮色像頓時靜止了，風也靜止了，空氣似凝固起來，但詭異地，他們頭上卻有些竹葉，卻突然像千把萬把刀片一起哭泣般地凌厲閃顫起來。

而當笛聲去到巔峰處，盧修彷彿看見那個背影也有一陣慘顫。

或許是眼花，或許夕陽真是太暗了，並沒真正看清楚。

盧修站起身，輕步走過去，就在背影旁一塊苔石坐下，說，「朋友，教我好嗎？我也想學你這樣吹笛子。」

背影聲音，就似竹葉般薄，「你，真想學？」

「對呀，想學。」盧修熱情的說，「就不知道你願不願意教？」

「願意。」背影說。

「那好，我叫盧修，就住前山盧村，在都市唸書，暑假寒假都回來，你呢？」

背影不動，只說，「每年中秋前一個月的這天，我都在這。你可以來。」

「其他日子呢？」

「就這天。」

「那今天是……？」

「正是中元，盂蘭盆會。」

「啊？對啊，今天就是盂蘭節。」盧修恍然，「那你現在就教吧，哎我可沒笛子。」

背影說，「你坐的那塊石頭下，即有一支。」

盧修過去伸手找尋，果得一笛，「咦？你怎麼知道這裡有笛子？」

「我留下的，」背影說，「備用。」

「備用？呵呵，那好，開始吧。」盧修說。

背影這時才緩緩轉身，原來也是個面目俊朗的少年，看起來有 18 歲吧，他兩眼炯炯看著盧修，說，「敝姓杜，名宇。」

「幸會，能認識，就是緣分。」盧修說。

杜宇沒再多話，就開始教盧修吹笛。

沒想盧修頗有天賦，很快就能掌握基本氣息吞吐。他們兩個一個示範吹奏，一個誠心學習，兩人也沒多話。潭靜，風清，教、學皆專注，竟把時間都忘了。陰曆中元，一輪夏夜皓月，已經悄悄掛在溟潭潭心之上……

「月色真美啊。」盧修忍不住停下來，說。

「不過年年如是。」杜宇慨然。說完，思考一會兒，再說，「你走吧。」

「走？」盧修愕然，「我才剛摸熟指法。」

「走吧。」

「你不教了？」

杜宇又把身子轉過去，只是不語。

「你有什麼困難，可以告訴我。」盧修說。

「沒，我沒有困難。在我還沒改變主意前，你走吧。」杜宇的背影說。

盧修看著背影良久，說了，「倘若每年中元這天你都在，那我盧修就一定會來赴約。」

說完，他將笛子放回原處石頭下，鬱鬱轉身離開。

只看見盧修身影，沒多久就隱入潭邊早已鍍上微銀色的竹林後方，消失了。

而杜宇始終沒有轉身。四周太靜了，只聽到潭邊一聲低沉嘆息。

盧修倒真是個說到做到的人。第二年暑假，中元節那天傍晚，他果然又承諾地到溟潭邊上來赴約。

暮色蒼茫裡，他靜靜守候，當再見到杜宇出現時，杜宇倒是愕然，「你？你真來了？」

盧修會心一笑，伸手就往那塊大石頭底下，找出那支去年的笛子，「我們開始吧。」

一年內自己勤練，盧修笛藝確實增進不少。溟潭上面這輪十五的月色，彷彿就為這對朋友沉澱成一片明淨皎潔的白玉。而兩人的笛聲，始終一隨一和，浮於潭上，穿在竹林裡，由始至終都不必過多言語，陣陣笛聲，就是言語。

如此兩年過去，年年如是。溟潭在中元之夜，總是浮起委婉如訴的笛聲，當他們把笛子吹到情感最極致時，那笛聲就如一匹閃爍的白練，在潭水之上裊裊飛起。

第三年，中元節，盧修早到潭邊，卻一直等到月色疲倦斜掛，才隱隱約約看到杜宇，從潭沿的另一端，像一縷煙那樣地飄過來。

杜宇一臉慘白，「朋友，我來辭別。」

盧修靜默，端詳一眼，說，「我明白。」

杜宇倒是錯愕，「你明白？」

緩緩地，盧修堆起一絲苦笑，「是期滿了？還是你已找到另一個替身？」

他們之間一時變得悄然無聲。

杜宇的淚水，卻映著銀樣月色，「當初不忍心取你性命，是因為你有奶奶，還有個失聰姐姐，而你又是個有孝心又真誠的人，而我當時也想著你是不會再來赴約的了，我只念及就此放手，卻沒料到，你每年都來——」

「可是你每年都不忍心下手。」盧修別過臉，藏了淚。

杜宇慨然，「朋友，我也有我對我自己的承諾。無論再墜入何等無明痛楚，我都不能妄害生靈。盧修，我們都是守承諾的好朋友，能有這緣分，於願足矣。」

盧修仰頭望月，「人能定下承諾又能守那承諾，是緣分，可時間總是那麼無情短暫，不無惋惜。」

杜宇內心滿是感激，「你能每年都來赴約，這份忠於承諾的真誠，就如同這溟潭潭心裡的水一般深淼清澈。」

「可這裡霧寒潭冷，溟溟枯寂，你這傻子，就因為我仍來赴約，你就甘受那因為枉死而遭受的萬劫之苦？」

杜宇的臉，似被飄過月光溶溶洗滌，「怎麼你？全知道了？」

「奶奶說，她小時候這裡曾淹死過一個少年，也太冤了，就為了救一隻跌落水裡的狗，還是跛腳的。」

「是，那狗還是跛腳的。但牠雖殘缺，就能見死不救嗎？」杜宇搖頭，「眾生是平等的。」

「那你取我命吧。」盧修說，「讓我也來替你守護這潭水，你我平等，我就跟你輪流一陣子。」

「傻話。」杜宇苦笑，但笑容一掠即逝，「此次辭別，再不會遇了。」

「你？」

「不可洩。」

盧修眼怔怔看著他。

杜宇已退開數步，回頭再望一眼，說，「能做朋友，於願足矣。」

說完，只見他像一團飄忽又透明的光，雖站在盧修面前，竟似融化般，娓娓而散。

盧修知道，也能明白，但內心的悵然卻仍久久盤旋。溟潭的月色，都掛到竹林這邊來了，他猛然發覺，自己好像從沒在潭邊逗留過那麼久。不過是半個晚上，卻像已經過了許多年。

伸手探下石頭，笛子已然不在。

確實，他是走了。

也沒等到次年夏天，那年寒假盧修回去時，就聽說村裡出了件怪事。

說新蓋在後山那座城隍廟裡的城隍，雕像的嘴巴竟然雕刻得就像在吹笛子似，而且只要誠心，祈禱時彷彿還能聽見笛聲。

那負責雕刻神像的老手藝師傅說，雕刻時完全不是如此的，應該是在燒窯內溫度突變，嘴巴才會燒得翹起來。

盧修這時像是突然想起什麼，匆匆地，他趕到溟潭那塊大石頭旁邊，伸手往下一探，果然，笛子又在那裡。

他笑了。

他兀自樂滋滋地笑了，「哎朋友，你原來不是說好冬天不來的嗎？怎啦，當上了城隍，那冬天也能來了？」

溟潭在冬天是滿目蒼茫灰白，不過潭邊竹葉，無論氣候多冷卻依然常青，它們還是那副蔥翠模樣，還是那般微微閃爍。

盧修也不怕冷，就坐在潭邊石頭上，閉上眼，兀自吹奏起來。

那笛聲穿過沙沙微響的竹葉，飄啊飄，蕩啊蕩——

竟不知所蹤。

一點感悟，與您分享：

人性裡的那份至誠，可以比生命本身還要美麗，一樣能讓人感受到那份閃爍光芒。

愛的禮物

你心裡能有一份溫暖，別人心裡也能有一份溫暖，但記住，人心裡的這份溫暖，需要互動流動。

泰北清萊的黎明。

在村子四周，盡是一陣陣裊裊晨霧。金絲線般的陽光，從樹林那邊缺口，緩緩照到小茅屋的門前來。

藝娜蹲在門前，把前天打好的玉米，鋪到地上，她希望今天陽光充足，能快快把玉米晒乾，好磨粉。

漸漸升起的陽光，照在玉米上，再反射到她臉上。

藝娜的臉，就像朵金色睡蓮，安詳地躺在流水般一匹黑色長髮旁。

村裡人人都稱讚藝娜美麗。尤其是她那一頭婉麗如流水般的黑色長髮。

但更多村民對她有份敬意，都 28 歲了，為撐起一個家，還沒嫁人。

父母都健在。父親還能幫忙做些瑣碎農活，但更多時候只能是照顧長年臥病的母親。

其實藝娜底下還有兩個弟弟。

大弟邦猜，在都市唸書，最後一年了。另個小弟農匹，腳在出生時就有點瘸，只能幫忙放羊餵豬。

不是沒想過自己的婚事。村裡也有人提親。

但太遠的，她從不考慮。附近的，老實說附近幾個村子近年收成都不怎麼好。有人說是水源汙染，好幾家的水牛和家畜都莫名其妙生病死了，假如不是村民大家互相接濟，這幾年日子還真難過。

但藝娜不是那種自憐自艾或怨天尤人的女子。真那樣的話，她根本就無法活到今天，她家人也無法活到今天。

除了撐起整個家，她還得資助大弟邦猜在都市唸書。

就剩最後一年了。假如說藝娜也會算日子，那麼她心裡常算的，大概就是苦候大弟唸完書的日子。

苦是苦，但每想到這些，自己一個人也會暖暖地笑起來。

「姐，」小弟農匹放完羊回來，「看，」這少年手裡揮了揮，「有大哥寄回來的信。」

信紙在陽光下，像個希望，閃閃發亮，。

「……姐，學校就快放假了，便利商店那裡我也打算請假了，再過兩週我就回家，知道嗎，就要開始新一年了，姐你有什麼新年願望嗎？……」

藝娜樂滋滋跟農匹說，「快去收拾邦猜房間，他要回來了。」

當然她是快樂的。兩個弟弟都是她一手拉拔長大，偎乾就溼，無微不至。她很少有一轉眼時光飛逝的感覺，但這時看著手裡信紙，原來又快是新的一年，不知怎麼地，眼淚就禁不住湧出來。

農匹見她哭了瞬間愣住了，「幹嘛呀姐？」

「快收拾房間，去。」

曼谷繁華都市，人潮多，商場多，各種物質誘惑也多。

邦猜做兼職的那間便利商店，無論早晚都是那麼多人。

都市人都愛說 Merry Christmas and a Happy New Year，只要有顧客進來，邦猜都必須重複一次。

同事塔塔一邊打收銀機一邊苦笑，「每分鐘說一次，都說麻木了，這個 year 還能 new 嗎？」

邦猜笑笑不語。突然他把手上那腕錶脫下，遞過去，說，「求求你了，再看一下，你再看一下。」

塔塔瞄也不瞄，「看多少次了，上面刻著你名字呢！不要。」

邦猜又再解釋，「沒辦法，那是一次校際工程創意比賽嘛，那獎品當然會刻上得獎人名字了，不過它可是一支好錶啊，你看看，真正瑞士原廠出貨的，你再看一下！」

塔塔還是不看。

邦猜一臉委屈，「好吧我可以再減一些，就一些，怎樣？」

「再減一些？」塔塔有興趣了，「能減到多少？」

「那就 1500 銖吧如何？我可以分兩個月還清給你，這兩個月你就是創意冠軍了，怎樣？好啦好啦，我再加送一張 Silly Fools 的 CD，如何？」

「哎呀我哪有錢？邦猜，你不如拿去當鋪，或許能當一半價錢。」

「不不，這可是我的學業獎品，我姐供我唸書那麼辛苦，萬一贖不回來怎麼辦？」

塔塔不耐煩了，「你又不是沒薪水，哎呀你究竟想買什麼回家？一頭牛？還是一隻豬？」

邦猜氣急敗壞，「你究竟幫不幫？」

塔塔拿過腕錶，「哪值 1500 銖？」

「給我再多錢我都不賣，只能押。」

塔塔扮鬼臉，「1200。」

「至少 1300 銖，求你了。」

「那說好了，還加一張 Silly Fools 的 CD ！」

「沒問題！我下載了就燒一張送你！呵呵，說好了，是押，不是賣！」

「知道啦！」

邦猜樂不可支，接下來每句 Happy New Year 都說得熱情洋溢。

從清萊縣城的農業交換市場裡走出來，藝娜已經不只一次，偷偷數了又再數那疊緊緊抓在手裡的錢。

4 擔白米，那是 1200 銖。1 擔蕃薯，那是 230 銖。總共 1430 銖。家用至少還得拿起一半，距離她心裡所想的，還不夠。

然後她又再數了遍。沒想到她抬起頭，一眼瞥見身旁糕餅店玻璃窗映出來滿懷失望的自己。

「買糕嗎？」糕餅店的女人向她推銷。「要，3 塊鬆糕。」老爸、老媽、農匹。對，3 塊夠了。

「4 塊吧，4 塊 35 銖。」

「不，就 3 塊。」藝娜把錢遞上，「來，30 銖。」

「我說妹妹，你這長髮真好看。」藝娜笑，「留 10 年了。」

「哇那可真的值錢哦。」

「是嗎？有人會買頭髮？」

「用真人頭髮做的假髮多貴啊！」胖女人指指對面一家美容店，「他們就收真人頭髮。」

而曼谷那裡，邦猜耐心聽著櫃檯服務生介紹，如此上等精品店，還是頭一次進來。

店員見貌辨色，說，「你不妨慢慢看，這些梳子的製作材料不是普通瑪瑙。普通瑪瑙多為褐紅色，這瑪瑙色澤不只剔透，還接近珊瑚般的硃紅，屬於精品。」

邦猜有點猶豫，「可價錢……」

「你剛說什麼？」

「哦沒什麼沒什麼。」

店員拿起計算機佯裝再算，「這樣吧，再扣些，2500 銖。」

邦猜掏出錢包，裡面是自己存了一整個月的薪水，還有塔塔給他的押手錶錢。

與此同時，藝娜正坐在縣城美容院那座椅上，向著鏡裡自己那頭長髮，神色默然地，再看最後一眼。

老闆娘拿起剪刀說，「看完了沒？看完我就剪。」「老闆娘，能再給多點嗎？」

「1300 銖啊，你想想，你得再扛 5 擔白米到縣城裡來耶。給夠多啦！」

「再添點吧。頭髮留 10 年了。」

「沒問題，1500 銖，再剪高兩寸？」

藝娜閉上眼，咬咬唇，「好，剪吧。」

當邦猜遠遠出現在田邊小路的另端時，他屋前那黃狗便已經興高采烈吠起來。

家還是家。氣味熟悉的家。情景熟悉的家。感覺熟悉的家。

他走到水缸，勺滿一竹筒清水，咕嚕嚕就一口喝光。

夕陽照入他們那小小的木屋，邦猜滿心感觸地看著他的老爸媽。老爸嚼著檳榔，溫柔深情地將老伴從床上扶坐起來。他小弟農匹，樂滋滋捧著個竹籃跑進來說，「都是黃狗厲害啊哥，抓了 3 隻呢，又肥又胖，我們今晚就烤田鼠！」

「姐呢？」邦猜問，「還在田裡嗎？」

藝娜戴著個大草帽，從門口進來，掩不住笑，「在田裡就已經看到你了。」

邦猜笑了，「後面那大片玉米還沒割吧？我明天去割。」

藝娜不答話，進房裡把一個小盒子拿出來放在桌上，「給你。」

邦猜打開盒子，竟然是一支非常精緻的筆。他有點不知所措，「姐，這好貴吧，你怎麼啦？」

「多一年就畢業，都市找份好工作，有支好筆帶在身上，體面一點。」

邦猜從包裡掏出盒子，笑說，「我也有禮物給你。」

「幹嘛呀你？」

「不就要過年了嗎？現在爸也老了，我總算是家裡最強壯的男子，你平日那麼辛苦，我當然要好好獎賞你了。」

藝娜打開盒子，盒子裡，靜靜躺著一把雕工細緻精美的瑪瑙梳子。

果然，還真不是一般瑪瑙。只見這把梳子晶瑩剔透，細密的梳齒卻似有說不出的千言萬語，藝娜一時百感交集，心裡不斷翻騰。

畢竟就是一起長大的姐弟，她已意識到什麼，問，「邦猜，你那支憑創意獎得到的錶呢？」

「我……我暫時押給塔塔了，沒關係，能贖回來。」

藝娜看著弟弟，不是不信他，是心疼他。

「你試試這梳子啊姐，摘掉帽子試試。」邦猜說。

藝娜一臉平靜，若無其事，就把帽子摘下。

頭上剩下的短髮是太短了，雖然不難看。

邦猜整個人只是愣住好一陣，心裡只是了然。

「快吃飯了，去洗個澡吧。」藝娜說，「農匹把你房間都收拾好了。」

「是。」邦猜應了聲，起身就去。

這之後，彷彿再說什麼都是多餘的，姐弟兩個誰都沒再提起有關禮物的事。

藝娜起身進房，把那裝梳子的盒子就擺在她簡陋的梳妝臺前，她照照鏡子，確實，她那頭黑髮不在了，但沒關係，頭髮是可以再留回來的。

農家人的飯桌很簡單，桌上最豐盛的，或許就是一片親情。

廚房的鍋子裡那白米飯早已飄香四溢，這天傍晚的夕陽，竟然無聲無息就染紅了整片樹林。

而農匹，已樂滋滋地在屋旁點起烤田鼠的篝火了。

一點感悟，與您分享：

溫暖，永遠都是最好的禮物，生命能給我們感受到溫暖的美，我們就該把這點美麗送出去。

笑

善意，是人與人之間的一份默契。

只要人人能回到人的原處之上，人人以人為本，人人以人為重，那麼這個人世就能擁有更多美好日子。

一

小宋35歲，是個做泥塑的，人很憨厚。

就太憨厚了，做了這些年泥塑，還是做泥塑。

來自北方農村。他先是給村裡的左鄰右舍做些神像，後來縣裡也有些廟宇找他做泥塑，甚至有次，整個月他就被人請到一座僻遠的道家廟宇裡，一手搞定廟宇內內外外十餘尊真人大小的神仙塑像，而報酬，也不過2千元。

說得過，是藝術。說不過，人就當他是個泥塑匠。

有時想想，也很不是滋味。憨厚的他，一個人想闖出個天地，那也闖多年了，可是命運就一直是龍潛在淵，平日除了捏泥巴燒泥陶，就只能灌兩口酒，自己過日子。

像這年的春天，遲遲不來，戶外寒風斜凜，過年的時候該趕完的工也交清了。新的一年之計，又能在哪？心裡還真是有點慌。

上週更突如其來下了場倒寒雪，都三月啦，怎麼還沒人預訂新工作？

這天，小宋又喝了點酒回來，躺在床上，正徬徨不安。

女房東在樓下大聲的喊，「你怎麼又喝酒去啦？剛才有電話找你呢！房租欠了兩個月還讓我幫你接電話？我是你專屬的總機嗎？」

「誰打電話來呀？您慈悲為懷，就說吧。」

「從昌平打來的，哪知道是誰！說讓你明天去捏個什麼和尚！」

昌平？也許就是老趙那個製陶廠了？小宋把身體攀過扶手，喊著，「謝啦！知道了，明天就趕去！」

幸好沒把胃中殘酒吐到樓下。

回到床上，天花板空蕩蕩，心也空蕩蕩。

小宋慨然，唉，我小宋可一直是個好老百姓啊。

他心想，「要捏個泥和尚？怎麼不捏個佛像呢？唉，搞不好真的得去當和尚啦！」

二

次日大早，宿醉還沒醒，可是小宋睜開眼抓了身邊那襲舊風衣，就出門趕往昌平。

計程車司機非常精明，上車不久就從自己身邊一個布袋裡，掏出一個小瓶，笑笑地說——

「綠油精，太陽穴和鼻子下擦一點，會好一點。」

司機的臉胖胖圓圓，身材胖胖圓圓，那笑容，也胖胖圓圓。

小宋頭痛欲裂，「大哥，我是否狀態很糟？」

「還好還好，」司機還是滿臉笑容，「休息一下吧，到了昌平縣城就叫你。」

小宋忠厚老實，說聲「謝謝大哥」便想闔眼休息，但想一想，還是先打開眼睛看看司機牌上名字——

原立處。

「哦，姓原，大哥姓氏很少見。」小宋說。

「呵呵，是。」

「這名字——也……也滿有意思。」

「呵呵，立於原處，不動不驚，克盡本分，自有福報。」

「大哥像是有信仰，真好，人啊，就不能沒信仰。」

「呵呵，是的。」司機說，「宿醉最不好受。你瞇一會兒吧。」

只見窗外景色，急速地往後倒掠，郊區氣溫比都市還要低，因此公路兩旁的街樹也都還沒發芽，迷迷濛濛的薄霧，倒像引入迷境。

小宋也沒在意，迷迷糊糊就睡著了。

連一陣突如其來的煞車他也無動於衷，最後還得大力被人搖醒——

「哎呀先生，醒醒！」司機十分急促，「出事了。」

小宋一聽出事，酒醒大半，趕快下車看看。

自己坐的車子原來已經被幾個人攔在路邊。

小宋心想，不會是半路打劫吧？他知道自己近來運氣不是很好，心裡覺得怪怪的。

走近一看，發現有幾位村民已經在路邊圍成一個圈，而圈內地上躺了一個男孩，看來大概十歲，半邊身體像是剛給翻倒的熱水燙傷了，這時躺在母親懷裡痛得扯喉大哭。

那父親，更急得像什麼一樣，突然向司機下跪磕頭，看見小宋，又轉向小宋磕頭。

「別這樣！」小宋當場完全酒醒，向司機說，「快送醫院！」

司機抓抓腦袋，「此處的區醫院不在縣城裡，跟先生要去的地方不同方向。」

小宋很著急，「我那點小事有什麼重要的！快，送醫院去。」

司機說，「大哥，這人不是不救，但你可是要有心理準備，這些農民身上能有多少錢？萬一到了醫院這個費那個費繳不出來時要向你借，那你究竟借不借呢？」

「你少廢話！救人要緊，扶上車一起去！」

幸好快，孩子扶上車時已經痛得暈過去，小宋瞄瞄司機，「剛才那綠油精呢？」

司機笑笑，「綠油精不行，」說著又伸手進布袋掏出另一條藥膏，「這倒可以。」

孩子父親看見有藥膏，趕快掀開兒子衣服，原來半邊肩膀手臂皆已通紅，小宋看得心痛了，趕快幫孩子塗上藥膏。

司機轉頭問，「趕到醫院恐怕都快中午了，呵呵，先生您在縣城的事不要緊吧？」

小宋急得喊著，「你就專心開車，車費我不會賴帳，救孩子再說！」

三

這天真是小宋的壞日子。原以為一大早就能趕到昌平老趙那陶藝廠裡接下生意，卻碰上這種事。

孩子傷勢雖不嚴重，但也要繳個急救敷傷費和打點滴費，他父母身上全部就只有幾個硬幣。小宋自己再拮据，怎麼說也必須先幫忙墊醫藥費。

他打開自己那快磨破的皮包，小心翼翼在一個夾層裡，挖出自己最後的兩百元。

這是平時碰都不敢碰的錢，至少北京待不下去了，還能買張火車票回老家。

這兩百元，湊上去，醫院的繳費算是解決了。

一弄下來，就弄到下午 3 點。小宋從醫院打電話到昌平，員工說，老闆跟那個原本想訂雕像的人已經等不及，走了。

瞎忙了一整天，別說沒趕到昌平，就連午飯，也還沒吃。

小宋向醫院員工要了張紙，寫下自己地址，遞給司機，說，「大哥，您還是工作去吧，拖累您賺錢不好。這是我地址，今天我真的沒車錢給您了，過兩天您到我住處來我才還您車錢，行嗎？」

那司機看看他，「你兩天後就真的能有錢嗎？」

「會的，就算在街上畫個圈圈跪著討也討給你，不就行了嗎？」

「呵呵，那太嚴重啦！」司機呵呵的笑，從布袋裡又掏出個紙包，打開，竟然是還有點熱的包子，他笑呵呵說，「算啦算啦，就別畫圈圈跪著討了，誰叫我們來這鳥不生蛋的地方呢，先生，先吃一個吧。」

小宋愕然，「包子？還是熱的？」「對啊，不就包子嘛，呵呵，吃吧，吃吧！」

小宋看了看，「我打賭你那布袋裡還有飲料！」

「啊，先生猜得好，真的還有！」司機掏出兩瓶小礦泉水。

小宋說，「我留在這再看看那孩子情況，過兩天您記得找我拿車錢。」

司機搖頭，看著他，就是一味地笑。

「你幹嘛？」小宋問。

「這半路上叫車難，還是我載您回去吧。」

「都耗您一整天了，還坐回去？那我可沒那麼多回程車錢能付給您啊！我……現在都山窮水盡了我！」

郊外風沙大，一陣莫名委屈，小宋快速把臉轉過去。

但他感覺自己肩上沒多久就輕輕搭上另一隻溫暖的手。司機仍是一派笑容可掬，「先生，今天誰都看不清明天什麼樣子，或許更好呢？聽我的，我們再看看那孩子，然後我載您回市區去吧。」

四

回程上有說有笑，小宋又瞄到那司機牌了，「大哥，立處這名字，還真有點意思。」

「呵呵對啊，人人若能夠立定在做人的那點原處上，人人以人為本，人人以人為重，那不就能過上好日子了？」

回到城市，已近黃昏，小宋再三叮囑司機數日後回來找他拿錢，司機聽了不過笑笑，只見那車子背影，在夕照餘暉裡揚塵而去。

小宋轉身，能看到只是自己住所那座灰濛濛舊房子，數日後又哪會有錢呢？

徬徨忐忑，又無限悵然。

女房東卻抱著小狗來迎接他，「哎呀回來啦？我說您怎麼就失蹤了，那昌平陶藝廠的老闆來過了，還帶了個外國人，呵呵，他們還在您房間裡留了東西哪！」

小宋回到房裡，桌上有一紙盒，盒子上有個厚厚信封。

信是陶藝廠老趙字跡：

「等你一天沒來，這是美國一位大客戶要訂製的雕像。做好後要倒模作批次生產，所以價錢我也好跟他商量一些。你不妨先看圖樣，是佛教裡的布袋和尚，原為五代高僧，法名契此，以神異稱著，常帶一布袋而裡面什麼都有，故稱布袋和尚，寺院裡供奉那大肚彌勒就是他，因此你這雕像的笑容就要雕刻得特別燦爛。又：5 千元為訂金，請查收。」

小宋看著那布袋和尚雕像的照片，越看越驚異於那個如此相似的笑容。

法號：契此。

善意，是人與人之間的一份默契。只要人人能回到人的原處之上，那麼這個人世就能擁有更多美好日子？

司機名字：原立處。

小宋愣住坐在那裡，可能嗎？真有可能嗎？

他那個源源不絕又神奇無比的布袋，天啊真有可能嗎？

他不敢打電話到計程車公司一探究竟有沒有一個叫「原立處」的司機。

然而，這還重要嗎？一直存在並且應該一直存在的，是這份人與人之間的善意默契。

他雕刻過不少神像，當然他也曾雕刻過彌勒佛像，只是以前他雕刻的時候一直不是很明白彌勒佛那個開心的笑容，真正意義是什麼？

現在他知道了，那是快樂。

那笑容就從這時開始，以後肯定印象深刻了，這次的布袋和尚，小宋確定自己能做得最為傳神。

當然第二天……第三天……一直到後來，那位司機也一直沒再出現。

其實小宋在匆忙中連計程表跳了多少都沒看。

只是那個笑，一直還在。

一點感悟，與您分享：

只有真正明白善意的人，才能敞開心房，體會出善意帶來的喜悅快樂。

幸運符

完了。這回完了。

看著地上蜥蜴的碎片，心幾乎涼成冰塊。

這可是幸運符啊，沒有它明天怎去筆試呢？

西班牙的海岸名城巴塞隆納。

仲夏的傍晚，夜裡花朵漸吐芬芳，海風也微涼習習，在市中心的蘭布拉大道上，遊客如織，熱鬧不斷。

但王欣欣卻沒有一點輕鬆心情。

明天就是入學考試。巴塞隆納的高等音樂學院是全球一流藝術名校。入學考試的樂器表演科目，必須在自己的主修樂器上演奏整整 30 分鐘的曲目。

考試時完全背譜。技巧 60 分，感情 30 分，表情 10 分。

他打定自己感情和表情這兩項只會拿零分。因為心情到現在還是那麼忐忑緊張，心慌意亂，明天考試時只要不在鋼琴上暈過去就能慶祝了。

離鄉背井，一切都必須自己應付和面對，才 20 歲。

蘭布拉大道上全是招牌燈箱，它們就像眼睛般盯著他。下午的時候，王欣欣甚至想過打退堂鼓，反正手上有機票，能隨時飛回去。

但再冷靜想想，盡了最大努力到此深造不就是自己一直盼望的嗎？怎麼突然間一個人的自信就如此蕩然無存呢？

蘭布拉大道盡頭，原來就離海邊不遠。欣欣深吸口氣，不如散步去看看地中海吧，或許地中海的海風能把自己信心給吹回來。

他轉身走入一條通往海邊的小巷。

巷內不像外面熱鬧。不過數十公尺之遙，這小巷卻與外面恍如兩個世界。除了兩家酒吧隱約傳出歡躍的人聲，小巷裡那些西班牙 19 世紀風格的老煤氣街燈，娓娓然照在從歷史裡一直走來的古老鵝卵石頭路上，幽幽怨怨，那意境，彷彿也懂得他心情，更叫他心有戚戚焉。

有家門口，悄悄地垂掛著一幅顏色鮮豔的手繪門簾，捕捉了他的視線。

「吉普賽幸運符」。

這幾個西班牙字他還看懂。但，真會有幸運符嗎？他想。

「有的」，傳來一位婦人的聲音。

奇怪，自己還沒發問啊，只不過在心裡嘀咕罷了，她怎麼就能聽到？

「進來吧帥哥！」

啊，連那門簾都還沒掀起呢，她怎就知道門外是個男的？

「我說，進來。」那聲音，就像有著催眠力量。

欣欣掀起簾子進去了。啊，原來真跟電影中吉普賽女人幫人占卦的那種場景很相似。室內燈光昏暗，層層布幔低垂，在圓桌上有一顆好像會發光的水晶球，桌邊坐著一個頭髮又捲又長又黑，像要用眼睛把水晶球看穿的女人。

蘭布拉大道上這種專賺遊客錢的東西他早就聽過。聽說 5 美金就能算一次命，假如是整團遊客都要算，那 3 美金就 OK。

欣欣笑笑，說聲「抱歉打擾了」就轉身想走。

「明天你就彈奏伊薩克·阿爾貝尼斯作品。」婦人淡然的說。

「啊？」欣欣還以為自己聽錯，要不，她就真是個神仙。

「女士，請你再說一次。」欣欣轉過身，看著她。

「我說明天你就彈奏伊薩克·阿爾貝尼斯作品。」

「為什麼？」

「那是你平時最熟悉的練習不是嗎？熟能生巧。」

她很美。真的很美。雖然膚色有些黝黑。但還能保持如此美貌，簡直有點不像真人。

欣欣這回真笑了，「呵呵，你一定是看到我背著這個音樂學院包包了？一定是。你當然也知道這是此地入學考試的季節，一定是。」

「5 美金，放在桌上，坐下。」她說。欣欣居然乖乖照做。

只見這美麗女士雙手繞球，擺弄一陣，抬頭看他，就說，「你爸媽愛你。」

欣欣啼笑皆非，「當然，這個我自己也算得出。」

她又說，「那你愛他們嗎？」

「愛。那當然。」

「你既愛你父母，那就什麼也別想，好好去考你的入學考。」

「你這是少年輔導還是真的算命？」欣欣語氣半開玩笑。

「我是跟你有點緣分才告訴你考試技巧。」她真正抬起頭了，一雙美麗的西班牙女人眼睛，就像有電流一樣射過來，欣欣整個人瞬間被震懾住，那種感覺，他傻了。

「你真有法力？」欣欣輕問。

「你還不信嗎？」她笑了，竟是那麼美豔撩人的笑。

還在錯愕間，只見她嘴裡一陣吱吱咕咕，不知從哪裡掏出了一隻蜥蜴放在桌上，登時把欣欣嚇了跳。

「你是不是一個女巫？」欣欣脫口而出。

「這？」她朗朗的笑，「看清楚一點，陶泥做的。」

「泥陶蜥蜴？」

「沒錯，這是你的幸運符。」

「你要我帶著它去考試？」

「再給 5 美金。」

欣欣不只再付 5 美金，第二天果然就把這隻身上花花綠綠的蜥蜴帶去考場。

輪到他進入試場時，他還悄悄在口袋裡摸了摸這蜥蜴幾下，三位考官托起眼鏡互相喁喁細語，似乎在猜他坐下時口袋怎會頂得那麼高。

考官說：「你可以在約翰 · 菲爾德，或是伊薩克 · 阿爾貝尼斯兩位作曲家之中任意挑選一段。」

天啊是真的，是真的，果然有伊薩克 · 阿爾貝尼斯。

欣欣放下心中的大石頭，昨晚回去就又背了整晚樂譜。

「我選伊薩克 · 阿爾貝尼斯。」他信心滿滿說，伸手入袋，再摸摸那幸運蜥蜴。還在，還在。

三位考官又一起托起眼鏡，真的要看清楚一點了。

考試很順利。幾乎在彈奏完的 1 分鐘內考官就宣布他已達到入學要求。

不過話還沒完。

「身為外國學生，你仍須進行特別測試來證明你的音樂知識和藝術背景，」主考官說，「而那是筆試。」

「什麼時候？」

「明天，就這裡。」

怎麼還得筆試？整個人突然又冷半截，險些連樓梯都得扶住欄杆才能走下去。這蜥蜴能否再讓他幸運多一次？欣欣掏出來想再看一眼，沒想更糟的事發生了，一名遲到的學生像無頭蒼蠅般衝上來，迎面一撞，幸運蜥蜴瞬間彈下樓梯，跌個四分五裂。

完了。這回完了。

看著地上蜥蜴的碎片，心幾乎涼成冰塊。這可是幸運符啊，沒有它明天怎麼去筆試呢？

唯一補救就是馬上趕回蘭布拉大道，再找一隻蜥蜴。

趕到蘭布拉大道已接近傍晚，盛夏夕陽，還十分明亮，很容易欣欣就認得那小巷，也很容易就找回這間給人占卦的吉普賽人小店，因為它門口仍然掛著那張鮮豔的手繪門簾。

「年輕人，能幫你嗎？」一個兩鬢已有點泛白的西班牙中年男子，正在櫃檯那裡整理一些遊客常買的紀念品。

心急趕來的欣欣還在喘氣，「我……要幸運蜥蜴！」

男子上下打量他，稍帶浮腫的眼，目光疑惑，「什麼幸運蜥蜴？」

「身上花花綠綠的蜥蜴。」欣欣說。

「這身上花花綠綠的蜥蜴是巴塞隆納的標誌，它一年四季都在奎爾公園的噴泉旁邊，出門左轉到地鐵站搭趟地鐵就能看到。」

「不不，不是那隻，是我在這裡買的。」

「在我這裡買？」他顯然詫異。

「沒錯，昨晚，大概晚上 9 點，一個女人，她賣給我，5 美金。」

「我每晚 8 點就關門，而且，我這裡沒女人。「

「真的我沒記錯，會不會是你女兒？她年輕貌美。」

男子臉色不好看了，他像是被觸怒，「抱歉，我沒女兒，我們沒有孩子！」

「不不，真的沒騙你，我認得這間店，不會錯的。求你，求你再賣一隻幸運蜥蜴給我，多少錢都行。」

男子沒再說什麼，兀自到後面捧了一個箱子出來，然後打開，「是這些嗎？」

箱內全是花花綠綠的燒陶小蜥蜴。

欣欣一看開心極了，「對對，就這些，多少錢？」

「一隻 1 美金。你要多少？」

「啊？它們不是幸運蜥蜴嗎？」欣欣拿起來仔細看，分不出來。

「年輕人，世上哪有幸運？一切得靠自己。」男子架起老花眼鏡，從箱裡取出一隻，「既然你信它能帶給你幸運，那你就拿去吧，這一隻，就算是我給你的祝福。」

「但昨晚那位女士」

「說了，我這裡沒什麼女士！」男子這回看來真是生氣了。

欣欣接過蜥蜴，依然相信自己昨晚所看到一切。他不停地環顧四周，怎麼今晚這室內的氣氛就跟昨晚如此不一樣呢？他左看右看，彷彿越看越迷亂，最後說聲謝謝，也只得離開。

第二天進考場前，除了筆什麼都不準帶，那花花綠綠的蜥蜴就只得暫時趴在寄物處。

坐在試卷前，欣欣心中一點頭緒也沒有。就像整個肩膀已塌掉一半，密密麻麻的題目，彷彿在試卷上向他嘲笑，只要看一眼，就已把他自己嚇得心慌意亂。

不不不，既然都已來了，伸頭一刀，縮頭一刀，他決定丟掉一切心理上的虛幻依附，成也好敗也好，總之先把題目一條條仔細讀過，或許自己也能創造奇蹟。

兩小時很快過去。原本以為自己一定慘敗的欣欣，竟發覺幾張試卷也都填滿答案，有模有樣。

沒錯，幾天後公布新生名單，王欣欣還是考取了，且成績還滿不錯的，連他自己也感意外。

沒了幸運蜥蜴，或許是在答卷時他曾想到過那女人。

她會不會真是個吉普賽女巫？

假如不是，那她怎麼會如此神通？能知道我想什麼能知道我將面對什麼嗎？甚至能給我一個如此靈驗的幸運符？

後來，欣欣好幾次經過那道蘭布拉大道。海風依然，花香依然。甚至那條昏暗巷子，那兩排古老煤氣燈下的小店，每次看到，也都情境一樣。

尤其這間垂著手繪布簾子的吉普賽人小店，也亮著昏暗燈光，看那情景，仍在營業。

只是外面看去，說不上來，就是讓人感覺十分神祕。

但欣欣確實沒再進去探看究竟了。

多次經過，欣欣都只是站在對面小酒吧端詳一會。他只是靜靜的看，看著那似乎藏著答案的門簾，被風吹得一飄一揚，十分詭異。

遠處花香招引著他。遠處海風吹拂過來。

雖然忘不了那雙迷人的西班牙媚眼，欣欣只是靜靜端詳一會兒，就往人潮熱鬧的海邊去了。

他始終沒看到，在小店裡，在每晚8點關門之前，在那幅手繪門簾背後，那位兩鬢髮白的中年男子，如何一臉哀傷地，神色深痛地，靜靜將一朵紅玫瑰放在他那年輕貌美的亡妻靈位旁側。

巷子，突然颳起一陣怪異的風。

中年男子鎖上前門，走到自己停放的車子前，開車走了。

不久小店內的燈光又隱隱亮起來。不知什麼時候玻璃窗上又有人翻過「正在營業」的牌子。像是有人在裡面發撲克牌，還一邊輕輕吹著口哨。

有陣很濃很烈的香水味，裊裊傳出來。

那門簾，又一飄一揚了。

一點感悟，與您分享：

沒有任何符咒能保證幸運，最幸運的人，是那個能找到自信心在哪裡的人。

愛

當愛是一份如此強烈的意念，那麼它的傳達，就無需固定形式。

一

在倫敦那時搬過兩次住處。

第一次是從阿森納足球場附近，搬到市區的艾蘭道花園。因為足球場實在太吵。且週末球賽散場後，處處就是爛醉的球迷。

後來又從艾蘭道花園搬走。那是因為房客太多太雜，且走廊那電燈是聲控開關。夢裡常被夜歸者開燈的掌聲驚醒，以為又夢到自己赤裸裸站在舞臺上迎接掌聲。

第三次，索性搬到契斯維克，位於倫敦西郊。

以挑剔刻薄著稱的我，卻一直找不出我第一眼就喜歡這房子的原因。

房東是個 40 多歲單身漢。叫西門。頭已禿成地中海，難怪老戴著一個小紅帽。

為壓抑我看到那英國傳統小康居住環境的竊喜，我故意問：「有味道嗎？」

西門連忙開窗，「沒，極乾爽。不會有味道。」

「倫敦常年潮溼。只要是人住的地方就難免有味道，」環顧室內後我視線回到他臉上，「至少目前為止我仍覺得你像人類。」

「不，不會有味道的。我常打掃。」

「啊你是用鐘點工？」我像抓著一些挑剔的藉口了，「我不喜歡她們。我不想我襯衫幾顆鈕扣整條街都知道。」

「不，我自己打掃。」西門說。

這小洋房是三層樓。房在頂層，光亮通爽。大小家具一應俱全。且窗戶南向，窗外英國市郊小街美得就像明信片一般。每週 90 英鎊，簡直便宜透頂，但，肯定有些什麼缺點我還沒看出來。

「二樓是什麼房客？」我又開始挑了。

「演員。」西門一點都沒有表現不耐煩，語氣紳士得很，「舞臺劇《貓》的演員。深居簡出，晚上演戲，很安靜的人。」

「那一定是演《貓》演太久了。」邊說我邊找碴，「我房間隔壁是什麼？」

「雜物房。」

「裡面有發電機嗎？」

「沒，這房不會開的，不會用到。」

實在沒好挑的了，我租下來。

二

覺得還可以。

雖然離辦事處是遠了些，但環境清幽。加上大家作息時間有別，雖住同樓但極少碰面，就跟自己獨居差不多。

比如那《貓》演員就從沒碰上過。白天我上班，夜裡他演戲，要碰面除非他失業。

而房東西門是那種讓人不太感覺到他存在的人類。我觀察過了，他的顯示狀態有三種：在樓下大廳打瞌睡。上樓梯時有時就瞄到他在廚房自己洗盤子。從樓上窗戶看下來的時候他偶爾會在花園除草。

他對話更簡潔，總計有三種：一，你的乾洗衣物回來了，二，你的電話，三，你的信。

西門到超市購物全是靠自己，從不見有人送貨。我從未見過他收信，更沒見過他接電話。我雖挑剔刻薄，卻不八卦，井水河水，從不混一處。

但，那道樓梯我確實有意見。看房時怎沒注意呢？

樓梯如此狹窄，只要再增重 5 公斤我就過不去。

且這樓梯從樓下直奔三樓，斜度大，樓梯底下是個梯倉。天曉得這梯倉裡面堆放什麼，總不會那裡也住著一個哈利波特？整天聽到樓梯格格響，肯定在養老鼠。

「西門，請清理樓梯下的梯倉，我常聽到老鼠。」

「你聽到？」西門瞪大眼，「都在什麼時候？」

「夜裡，有聲響，或許你告訴二樓那位貓劇演員，他應該是捕鼠好手。」

「噢，他到南美洲巡迴演出去了。」西門仍舊兩眼閃爍，「你能幫個忙嗎？」

「《貓》我只會唱那首主題曲，捉老鼠不行。」

「不不，下次一聽到聲音，馬上通知我。」

「在凌晨 4 點半呢？」

西門看著我，眼神很肯定，「是。也通知我。」

三

奇怪，後來卻很久都沒再聽到老鼠在樓梯咯咯響了。

《貓》的演員回來，我說，「你還是錯過老鼠王國的午夜盛宴了。」

他翻了白眼，「那不是老鼠。」

「不是老鼠，那會是什麼？」

他還在翻白眼，「不告訴你，總之不是老鼠。」

「你是否想告訴我那是一些無法解釋的東西？」他還在翻，真擔心他眼球翻不回來。

究竟是什麼我過後也沒再深想。我絕不是個可親可愛的人，但我有個好處就是不理他人閒事——除非，除非這個閒事嚴重地影響了我。

我已經好幾天沒見到西門了。不在他的廚房。不在樓下轉角的電話沙發上。不在花園裡他那幾株營養不良但莫名其妙整天都悉心照顧的玫瑰旁邊。

我想他是作短暫旅行去了。

樂得清靜，又趁著夜裡那《貓》演員沒那麼快回來，我索性在晚間偶爾下去西門的客廳扭開電視。

美國電視劇輕快，但膚淺，英國電視劇緩慢，但深刻，雖不至於看到蕩氣迴腸，口乾舌燥卻在所難免。

本想爬到三樓自己房裡拿水，就怕回來來不及看電視劇裡的家破人亡。我不過只要一杯水，所以就到西門廚房去了。

還沒到廚房，大約還有十來步，我就聽到有人在裡面走動。

「西門是你回來了？」

他沒回應我，卻還在裡面走動。

「這幾天你到哪去了？我已經給你那些營養不良的玫瑰澆過水。」

西門聽來就像在廚房的後門邊上。

「西門？」

我走進廚房，並順手點亮電燈，廚房內空蕩蕩，並沒有人。

還來不及胡思亂想，冰箱的門，卻悄悄地兀自打開了，一個小藥罐跌了出來。

幸好是塑膠製造，但瓶蓋鬆了，有幾粒藥丸，散滾在地上。

「帕丁頓中央醫院。西門沃德曼。飯前。服後請勿操作機械或駕駛……」

我還沒把藥罐上的服用指示讀完 —— 那冰箱的門竟又兀自關上。

突然間，嚇得我。

一口氣跑回自己房間，汗毛倒豎，全身顫抖，直到深夜就算蓋住兩張棉被都無法入睡。

次日《貓》演員見到我，問，「原來你比較欣賞熊貓。」

「不不，我昨夜一晚沒睡，一直覺得屋裡有人走動。讓我告訴你，這屋裡肯定不止我們三人，昨晚我明明聽到西門廚房裡有聲音，走動的聲音，還有，冰箱會自己打開，還會自己關上，藥罐會自己從冰箱的架子上彈出來。」

《貓》演員毫無訝異之色，「那是西門的藥。」說著就走到西門廚房去。

回來他手裡就拿著那小藥罐。

「西門藥快用完了，他必須去拿藥。」

「但西門這時在哪裡呢？」我必須承認這隻貓只能使我感到更加混亂。

「我怎麼知道。」他又翻白眼了。

「會不會是失蹤了？」

「不會，」他大概翻夠了，「他是個十分寂寞的人，或許到湖區去了。沒關係，過幾天就會出現，只不過他忘了他的藥，噢我無法幫他，你也無法幫他。」

「那誰能幫他？」我竟然有點急起來。

他又翻白眼，「天知道。」一個轉身，居然就出門去了。

白眼貓不在。西門不在。屋裡空蕩蕩卻感覺某個角落其實有人，那幾天簡直就是自己一個人在演恐怖片。

果然沒多久，就發生比這還要恐怖的事。

四

記得那天，我從超市回來，兩手全是大包小包。不見西門蹤影，只好把全部東西捧著，自己慢慢爬樓梯上去。

一階。一階。這條樓梯，全長 38 階，我算過的。

樓梯的一半是第 19 階，較寬闊，這裡也就是通往二樓的缺口。

我當時已經爬過了一半。也就是說，已過了那個可以作為緩衝的缺口……而怪事，就在這時發生了。

一個龍鍾老態的背光身影，像個老女人吧？竟然就在三樓樓梯口出現，且慢慢走下來。

應該是西門請回來的鐘點工，但，怎麼會請個年紀這麼大的？

我說，「午安老太太，請借過，我沒退路了。」

我再說，「老太太，抱歉，請你先退回去。」

沒用，她完全沒聽到。而我雙手捧著滿滿的東西，連轉身都沒空隙，既不能撞上去，也不能退下樓梯。

「不，請你別再下來了……」

就在我不不不和別別別叫聲中，一陣極其寒冷的感覺由樓梯上直逼下來，腦袋頓時真空，血液幾乎凝結，我眼睜睜只能看著這從上面下來的背光老女人，穿過我的身體……

沒，沒有暈。如此刺激我怎麼捨得暈？但我相信我那尖叫聲已經一鳴驚人。因為當我如夢初醒跑下樓梯去收拾滾跌在樓梯上的日用品時，門外已有鄰居奮力拍門，人人都認定屋裡是發生了命案。

五

確實差點搞出人命。

當然不是我，喊的人通常死不了。是西門。發現他時就昏倒在後面廚房地上，幸好他那個小紅帽正好墊著頭顱，送到醫院後，醫生說他心臟病發作，幸好早來，遲些沒命。

不不。我並沒救他。

第二天西門在醫院醒來，窗外陽光恩寵他，頭依然禿，但臉色好多了。

「那是我去世的母親。」西門黯然說，「不是老鼠。」

「我明白。我會借些靈魂學和生物學書籍來看。」

「相依為命多年，她前年去世。我一直感覺她會回來看我，但她也知道我心臟不好，或許這樣，只聞樓梯響，不見人下來。」

「不。她有下來。她已經越過 95 公斤的障礙，下來了。」

「我知道她還愛我，」西門歉意苦笑，「她是想讓你救我。」

「當然，她一定知道我嗓門夠大。」

「抱歉，我會把房租和押金全還你，除此，你還要哪些賠償？」

倒是我傻了，「怎麼？不租給我了？」

西門愕然，「屋裡有我母親鬼魂。你還願意租嗎？」

「當然。倫敦鬼屋雖舉世聞名，卻不是每家同時有愛。好好休養，以後多互相關照些，我先走了。」

「趕時間？」

「那樓梯實在太窄了，我得馬上減肥。」轉身我就走。

數月來我第一次聽到西門的笑聲。

相信他母親聽到也會感到意外。

有了笑聲，他或者就不會如此寂寞。

原來他會笑。新聞。

一點感悟，與您分享：

只要能相信愛的存在，那麼愛就能穿透一切。

吳橋鼠戲

先要能有快樂的心，才有明亮。

先要不怕去嘗試，才能找到力量。

大年初四，北京市中心的東嶽廟，每年都會舉行六天的春節廟會。

南方今年大風雪，北京倒是冬陽豔照。東嶽廟內，大早就擠滿人。來拜神的，來掛祈福板子的，來看燈的，來看各類耍技的，來鬧春的，還有為了廟中各樣道地北京小吃攤子而來的，嘿，好不熱鬧。

東嶽廟建於元代，六百多年歷史，是中國北方最大的正一派道觀。

你一定聽過盧溝橋上的石獅子數不清，然而，在東嶽廟內的著名歷代碑刻也幾乎一樣數不清。乾隆皇帝自己來附庸風雅一番不在話下，元代大書法家趙孟頫，在這裡也留下書法名碑，他的行書「張天師神道碑」，俗稱道教碑，更堪稱鎮廟名物。

東嶽廟除了文物多，還有四處奇妙玩意。

那就是「透亮碑、小金豆、不吃虧、機靈鬼」，嘿有趣呢，且耐心聽我道來。

「透亮碑」，是廟裡一塊刻著鏤空蟠龍的石碑。那刻工也實在太好了，剔透中朵朵晶瑩乍隱乍現，人就說裡面包住的是美玉，沒想到，陽光照著時，確實真煞有其事。

「小金豆」，其實就是一塊臺邦石。石頗閃亮，據說只要摸摸它就能點石成金，但假如偷偷摳點帶回家那就會遭災禍。其實哪有金子，不過是些銅渣罷了。

「不吃虧」，那是在一塊碑石上刻著捅了馬蜂窩後抱頭亂竄的一窩小毛猴，手藝一流，因此出名。

最後是「機靈鬼」，這個，還真有點玄虛。

假如沿著廟裡神路走去東碑林，那麼就能看到有個刻在某巨碑石座之下的小道童。這小道童打著燈籠，玄的是，無論你站在哪個位置，他都會向你面露微笑。

呵呵，也許就是視覺把戲吧。

其實春節廟會五光十色，每個節目都引人入勝，還真的沒幾個人注意到廟裡這些原有的玩意。

就如林家夫妻帶著那小孩彤彤，他進到廟會裡，雖然看到那麼多熱鬧的東西，臉上卻依舊毫無表情，像一絲感覺都沒有。

冬天陽光看似強烈，但卻是冷的。這個孩子沒笑容，因為這片陽光，是冷冷地照在彤彤坐著的輪椅上。

彤彤出世時，雙腳其實還好。怎麼知道身體長得快雙腳卻長得慢，這時都 10 歲了，雙腳卻還留在 6、7 歲光景。醫生說，這是一種局部性發育遲緩症。雖不至於完全癱瘓，但假如病人老是不願意走動或不願意練習腿部肌肉，又或者病人放棄了信心，那麼情況只會越來越糟。

林先生戴著一個誇張的米老鼠帽子，看來全家人已先到過地壇廟會了，因為只有地壇那裡有賣這種怪帽的攤子。這個爸爸，一邊走一邊回頭一邊逗孩子笑，可惜孩子就無動於衷。

林太太把冰糖葫蘆一粒粒退出來遞過去，彤彤嘴巴，仍閉得緊緊。

夫妻倆的無奈，完全淹沒在廟會周圍的喧譁熱鬧裡，根本沒人注意。

他們一家三口在廟內轉啊轉，當來到小吃樂園隔壁的一處角落，彤彤的眼睛和表情，竟然都有反應了。

「爸 —— 那是什麼？」彤彤問。

林先生不禁湧起一陣高興，「啊彤彤，這是吳橋地區的訓白鼠絕技，呵呵兒子啊，今年鼠年呢，這絕技，應景啊。」

林太太心明眼快，「咦攤子怎沒人呢？也許在附近，我去找！」

林先生說，「還是我去吧，你顧著孩子。」

「來啦來啦！」突然一個小道童從樹下走出來。看他 12 歲光景，眉清目秀，笑容可掬，來到他們眼前，樂乎乎問：「嘿嘿，什麼事情呀？」

「就想看這吳橋絕技訓白鼠。」林先生神情殷切。

「哦？這白鼠戲，要湊夠 8 人才耍的。」

「啊？」林太太有難色，「那一人要多少錢？」

「5 元。」

「爸爸我想看。」彤彤輕輕抓了父親那襲寬大的冬衣袖子一把。

難得兒子想看，林先生說，「好吧年輕人，給你 40 元就算 8 人，可以嗎？」

道童扮個鬼臉，還在笑，「還是不行，只有你們三人圍著，若被老道抓到我就要被罵了，何況我還不管這個呢，我是隔壁水餃攤上的。」

彤彤默默聽著答話，就不再出聲了，可他兩眼仍殷切地看著那個又紅又綠又樣樣精緻的袖珍型馬戲班攤子，臉上難掩失望。

「那誰管這攤子啊？」林先生急了，「年輕人你說吧我去找他。」

道童笑笑，聳聳肩，竟一溜煙跑回隔壁水餃攤去了。

彤彤憂鬱的眼，這時更垂下，「爸，媽，我們回去吧，什麼都別看了。」

林先生林太太走也不是，留也不是，心裡很著急。

只見那小道童，跑回水餃攤上，勺了一大碗湯，吹著氣，然後就熟練地抓起一把麵團在手裡扭呀捏，一邊捏還一邊笑笑看回來。可沒幾下，那麵團就被他捏成幾隻雪白水餃，然後呼地一扔，就都扔進鍋子裡。

接著他又笑笑跑過來——「哎呀年輕人，你怎麼那麼喪氣呢？過年啦，來來，笑一個吧。這些白鼠啊就愛聽到笑聲，你肯笑，或許牠們就會跑出來表演給你看也說不定。」

彤彤抬起眼，半信半疑，問，「會嗎？」

「會啊。」小道童說，「來來，你就開心一點，笑一個。」

林家夫妻只覺得他說得有點玄，但看道童又像是並沒惡意，也就陪著笑。

道童見大人笑了，又去逗他，「你看看，連你爸媽都笑了，來來你也表演一個。」

彤彤垂下了頭，「我……我笑不出來。」

「噢，那就沒得看嘍。」道童又眨個鬼眼。

一旁的林先生林太太，不斷慫恿著孩子，也殷切地盼望著。

是長久的不快樂把彤彤那僅有一點笑容都磨掉了。

他其實不該是個憂鬱的孩子，其實他也想過從自己的軟弱無力中站起來，也想過要離開這張輪椅，就像其他小孩那樣無憂無慮走進陽光裡去。

緩緩地，彤彤終於抬起了頭——「那我能不能一邊看一邊笑？我是說，假如真的很好看，那我當然會笑的。」

對彤彤平時連話也不想多說的情況來說，林家夫妻這時能聽著兩個小孩對話，心裡一暖，他們兩個這次還真的笑了。林先生說，「你們等等，我去廟裡問問，把負責人找來。」

突然那小道童挑起眉毛，用下巴指指馬戲攤上那個籠子，「哈哈，不必啦，你們看，白鼠們都列隊出來啦！」

果然。七八隻可愛的小東西，整齊列隊，小小耳朵，尖尖的嘴，吱吱地叫，一看就知道訓練有素，各有技倆，各展才華。

真是好看。這些小白鼠，肥肥豆豆地爬上小木塔，爬上了風車輪，爬上了鐵絲鞦韆，啊哈，甚至還會你一高我一低的互相提槓桿呢，一時看得大家都圍上來，大家都在一邊稱讚一邊笑。

彤彤實在開心極了，這次他是真正放懷地笑。陽光緩緩地移動，一線燦爛這時移入林太太眼裡，浮起一片晶熒滾動的亮。

彤彤不只笑，竟連手都舉起來，大概想準備鼓掌了。有隻白老鼠，不只會站起身子，還會哈腰打揖地給觀眾們行大禮，突然，牠還出其不意一躍跳出攤子，跳到彤彤身上。

彤彤笑著大叫一聲，整個人突然站起來想抓住牠，可閃電般快，牠又跳回攤子上去了。

這一幕把林家夫妻都看傻了。

林先生興奮的說，「彤彤你看，你真的能夠站起來的！只是你平時不願意相信罷了，你現在不就站著嗎？」

林太太抱住孩子，熱熱的淚貼在孩子衣襟上，「答應我，彤彤，你答應我，以後媽推你到公園去，你要跟媽一起走回家，好嗎？」

彤彤緩緩舉起小手，撫在媽媽的頭髮上，「好的媽媽，我相信我可以，我答應你。」

三人回頭再看，原來白鼠戲早演完了，原來人也散了，林家夫妻突然想起要跟那道童道謝，但馬戲攤上已經沒人，再看看，也不在隔壁那水餃攤子上。

四處張望，都沒看到人。

張望間，遠遠看到一位身穿棉襖頭戴小皮帽的老者，匆匆地捧了個大盒子過來。到了攤上，就馬上道歉，「不好意思不好意思，塞車了呀，就一直堵到東大橋呢，來遲了，莫怪莫怪！」

只見他急急打開盒子，裡面是七八隻肥肥豆豆的白老鼠。

老人笑不攏嘴，「先生太太，跟孩子一起看個吳橋白鼠戲吧？」

林先生一時愣住，腦裡轉個不停正想把事情搞清楚，

這時隔壁水餃攤上有個客人大聲申訴了，「喂，你們家水餃怎麼不包餡呀，你看，這裡面有好幾個都只是一塊麵粉團！」

這客人一叫，鄰桌一婦女也嚷起來了，「我就納悶嘛，水餃怎沒包餡呢，還以為手快漏包了，喲，怎麼連賣個水餃都在坑人！」

那攤主急了，卻也摸不著頭緒，只好一味道歉，「對不起對不起，一定是在哪個環節搞錯了，來來來，都給你們上一碗新的！」

林家夫妻還在四處張望，卻怎麼再也看不到那個機靈的小道童。

彤彤眼球轉轉，看著那水餃攤上的騰騰大煙，看著那攤主把一顆顆雪白的水餃從翻騰的滾湯中撈上來，似乎以為自己已經想到了什麼。

但，有可能嗎？

不可能吧？

彤彤說，「爸，我也餓了。」

林太太忙著接話，「孩子的爸，那我們到外面找個餐廳吃飯吧。」

溫暖的冬陽，照著三人長長斜斜的身影，雖然走著，林先生卻一直沉默不語，他多次回頭，仍覺得事情玄得很。

那廟會依然鬧哄哄，就一直鬧到傍晚。

會散後，廟門終於關上了。

無人的廟，夜裡靜中有祕，就在東碑林那道神路上，就在那些竹子林之內，有塊石凳上面，不知是誰，竟忘了個小小的手提燈籠。

而夜色，像流光般降臨，又像流光般消逝。

更玄的是，在黎明前，石凳上那小小燈籠又不知道被誰提走了。

清潔工人一早來打掃，走過神路，走向東碑林，一眼就看到石碑上刻著那個叫「機靈鬼」的小道童，而無論他掃到哪裡，都覺得這小道童正在向自己笑。

是的，過年啦，希望總在前方，沒什麼理由不開心的。

那清潔工人掃掃地，自己開心，自己也笑起來。

一點感悟，與您分享：

第一步，先讓自己感覺明亮起來，你才會笑。

只有你笑了，你才能感覺世界也會明亮起來。

深夜

你以為是這個時候，其實不是在這個時候，你以為不會在這個時候，偏偏就是在這個時候。

小心你的自以為是。

王婕的接觸

深夜三點。

整條馬路，靜得像是一個片場裡拍戲用的的假布景。幾乎沒車輛了，只剩街燈惶惶地照著，一副水靜河飛的樣子。

這裡是市區的邊緣，邊緣外就是郊區。

原本就不熱鬧，但也不似郊區般沉寂。這裡可說是一種介於兩者間，可以說是緩衝，也可以說是曖昧的感覺。

邊緣地區的特徵，就是生活有點變化無常。它能夠突然因為某些活動來了很多人而熱鬧。但，也可以一下子像被遺棄了般讓人拋諸腦後。

你很難肯定什麼。這是邊緣。也許是這樣。也許是那樣。

氣溫，漸漸下降了，攝氏 17 度。秋夜的涼意，一動不動地覆蓋在街上。

對著十字路口的 24 小時便利商店，門鈴響起來。

正在打瞌睡的女店員王婕，是個新來的，才 18 歲。她被這陣門鈴響聲驚醒，倏然抬頭，可是當她環顧店內，除了安靜的貨架和冷冰冰嗚嗚響著的冰箱，並沒發現有客人。

王婕感到有某種警覺浮起。她轉過身，緩緩抬頭，盯住自己頭上那面防盜廣角鏡。

看不到什麼。鏡裡一排排貨架安靜得像一列列色彩繽紛的停屍間，但沒有人。

可是王婕再轉轉身子時，櫃檯前已站了個背影。

看身形應該是個男子，但沒轉過身來。

當王婕說完「歡迎光臨請問您要些什麼？」時，背影緩緩地，轉過來了，她簡直不敢相信自己眼睛，眼前這人，一頭黑色長髮幽然貼著兩邊高突的顴骨，他臉皮浮腫，眼袋特別大，嘴唇微微泛紫而且發黑，兩隻眼睛目光空洞，可怕的樣子就跟故事裡那些吸血鬼一樣。

那人將選購的東西放櫃檯上：一個麵包，一瓶水，還有些錢。

看到他要的東西，王婕安心了一點，他是人，能吃能喝，一定是人。

但王婕仍不敢正臉看他。樣子太恐怖了，她壓抑著自己的恐懼，收錢，找錢，然後側過身蹲到櫃檯下面去抓袋子，但站起來時櫃檯上已空無一人。

麵包和水，仍在櫃檯上。

瞬間她嚇青了臉，崩潰般頹坐在地上哭起來，直至從廁所回來的另位女同事聞聲趕來把她扶起來，王婕仍嚇得半句話也說不出來。

范章的接觸

范章就是王婕那位女同事的表哥。

他在便利商店對面的卡拉 ok 做代客泊車。那晚王婕受到驚嚇後，女同事就把表哥范章叫來。

原來范章也遇過這種事。

他說：「其實我遇過兩次。第一次大概是一個月前了。那晚客人多，車子只好泊到停車場後面小路去。記得那時我已經泊好位正想下車，但瞄到車子前面不遠有個舉止奇怪的影子。可惜背光，一時也看不清楚是誰。但很快，這影子就像游在空氣裡那樣游過來，嚇得我要死，我趴在座位上完全不敢動。後來，藉著街燈我稍微看清楚了，原來也是長長頭髮，就像你說那樣的面目恐怖，可是他只在我車窗前站了一下，嗅了會，大概以為車裡沒人，就又游走了，像被三分鐘熱風吹去那樣。」

王婕閃著大眼：「以為車裡沒人？嗅嗅？那麼你覺得他就是在找人嗎？」

范章說：「沒錯，我感覺它就是在找人！你剛到這裡還不知道，這裡是個邊緣區，以前啊，聽說還沒發展起來之際，我們現在所處之地就是一個停放棺材的義莊。據說，有次夜裡狂風大作，行雷閃電就把那義莊給劈了，一些四散破落的棺材後來都空蕩蕩找不到屍體，後來就聽說，聽說這一帶時常鬧鬼。」

王婕似乎想起什麼，「你剛才說你遇到過兩次？」

「是，第二次遇到，就是在從前義莊那裡的入口附近。那晚下班後很累，我就抄近路回去，經過那片荒地時我就看到了，飄來飄去，也像在四處找什麼，然後……然後……」

「然後怎麼了？」

「不知道自己是眼花還是太害怕，我看見它……看見它……」

「怎麼了？」

「他走到一棵樹下，就把自己整個頭拿下來。」

王婕嚇得尖叫，女同事緊抱住她，不再讓她表哥說下去。

另個深夜

女同事勸王婕別一時衝動辭職。

其實王婕也知道如今找工作不容易，過了幾天，心情穩了些，也只好留下來。

為了不影響印象，這件事她也沒向主管反映。

便利商店人來人往，沒幾天，這事情也就漸漸退淡了些。

又是一個較為繁忙的週末，可偏偏女同事突然經痛難耐請了病假，她又得獨自值班。

深夜秋風，時爾嗚咽般吹進門縫，王婕心裡，突然又直起疙瘩。

收款機上顯示這時是深夜 2 點 50 分。不知為什麼，面對著空洞洞的店內，好像每個貨架後面都躲著什麼，王婕的心，莫名其妙猛跳起來，更加感到手足無措的她，只好找塊抹布，索性去擦牆上那些香菸架子。

但就在她轉身不及數秒，背後櫃檯就發出輕輕的敲叩聲了。

王婕轉過身，完全愣住，竟然就是「它」。

天啊怎麼會這麼恐怖？黑色長髮緊緊貼著兩邊顴骨，「它」的臉這次不只浮腫，彷彿還有些地方開始糜爛，甚至像有血絲。

王婕整個嚇傻，卻也不敢看「它」，她盯住桌面，顫抖的幾乎連聲音都發不出，「歡迎光臨請問您要些什麼？」

看沒動靜。王婕悄悄把眼抬起來。

突然「它」吐出一條血淋淋舌頭，簡直就跟電影裡的鬼一模一樣。

但這次，鬼沒買麵包，也沒買水，它伸出手，更伸出尖尖的手指甲，向王婕比劃出一個示意非常明顯的動作。

噢？王婕當然知道這個動作示意什麼。

不過，即使要魂飛魄散，可王婕還不至於完全歇斯底里，她並沒完全失去理智，這時她已經恍然大悟，知道「它」其實要什麼了，「它」所要的，比拿掉她的命還可怕 ——「不，不！我可沒有什麼萬用鑰匙！晚上店裡也沒多少現金！鬼，你就放過我！我求求你，求求你了！」

鬼對哀求無動於衷，卻瞪起一雙血絲滿布的可怕眼睛，身子更直挺挺地，浮游一樣，漸漸湊近櫃檯。

王婕確實是怕，但怕她也誓死不從。又怕又叫，她就只能拚命喊「求你放過我」。

那鬼，像是不耐煩了，突然張開紫色的口，喊了句，「開！」

開？

確實是開。是張開了這鬼的嘴巴。沒料到嘴巴一張開，整條假舌頭就掉下來，鬼見狀一愣，但回過神來也太遲了，三名警察已衝進來，沒兩下就把「鬼」降服。

「小姐，拜託，你現在不必再踩著地上那個報警鈕了，請鬆開腳吧。」一個警員說。

另名警員一手就把鬼臉上黏著的膠皮扯下，「原來真的是他！一直扮鬼扮怪，看！這王八蛋腳上還穿著直排輪呢！」

「早就懷疑是他了，老說這裡鬧鬼，他才是鬼。」

范章氣急敗壞，那頭長長假髮還是戴著的，只是狼狽地歪了。

「他竟然敢這麼做，肯定是有內應！來，帶回去讓他好好享受一下，就會從實招來！」

人都離去後，這裡一切，很快又恢復了平靜。其實這時才剛好午夜三點。

驚魂甫定

王婕不知道自己算不算立了功，抓了「鬼」，還揭發了內奸，主管算是表揚了一番，給了點意思意思的獎勵金。但整件事最讓她興奮的還不是那點獎金，而是每次跟顧客談起時，那份洋洋得意，很過癮。

秋日天高氣爽，好心情的王婕，整個下午嘴巴幾乎沒停過，樂得滔滔不絕。

「對啊，她那什麼表哥，我根本就從沒聽說過。當然兩人就是一夥的啦，我怎麼會笨的沒想到，先來嚇我，先做好這裡鬧鬼的鋪陳，然後再來繪影繪聲，你說嘛林先生，我們年輕人從老家好好出來打工，那不就乖乖打工好了嗎，何必起這種歪心呢，你說是嗎？」

林先生其實常來，這「抓鬼」故事聽過也不只一次了，只好禮貌地，微笑回應著。

「世界上哪那麼多鬼呀，您說，掛假髮，吐舌頭，溜溜冰？這辦法也太遜了吧？」王婕笑。

「呵呵，倒也是。」林先生陪笑，「對了，這裡有輕便型小手電筒嗎？」

「有啊，不就在您站著那裡的下格架子嗎？」

顧客眼睛稍稍往下，看了看，「沒啊，沒找到呢。」「我來幫你找吧。」王婕過去。

林先生陪笑，「不好意思，我就沒看見。」

但是當王婕走出櫃檯，再彎下身子之後，她就看見了。清清楚楚地，光天化日裡，這個常來常往的顧客林先生，這個常常跟她聊天的客人，這時站在櫃檯前面，一臉歉意地看著她，但他卻只有上半個身子。

她看到，林先生上半身截斷的地方，後面就是玻璃門，再後面就是汽車來來往往的街道。

但王婕不知道，是自己該怎樣慢慢地站起來？

是該若無其事地把小手電筒遞過去交給他？

還是應該大叫一聲，才好昏厥過去？

收銀機上的報時器，清脆地「嗶」了一下。

怎麼辦呢？

這時才不過是下午三點。

一點感悟，與您分享：

先入為主，你就會以為你所看到的都是真相。

再加上自以為是，那麼當真相突然出現時，你或許就無從招架。

郵局

同是天涯淪落人，相逢何必曾相識。

他姓袁，袁小波，33 歲，是個盲人。

慶城這裡的人對他了解就那麼多。對了還有，他是位推拿師。

其實袁小波不是慶城人，他對慶城也不熟悉。他沒家人，就靠自己一手出神入化的推拿功夫，半輩子各處遊走。

他只聽人說過，慶城這裡頗為荒僻，是個鳥不生蛋的地方。

可一直遊說他把這房子買下來的仲介，卻把這裡誇得天花亂墜。

「聽我說袁先生，雖然現在時代改了，但瘦死的駱駝比馬大，慶城古時候畢竟也曾是鹽商馬商交會之地，這個城鎮啊，現在人氣可旺了，而且經濟消費能力都很不錯，你真的打算開推拿館，這房子就正好在鎮上最正中位置，想想，是個焦點啊，你一定不會後悔。」

袁小波語氣平靜，「聽說，門口就是一條三岔路？房子就在三岔路口上？」

「啊……是啊，四通八達嘛。」

小波心裡其實清楚得很。看房子時，就對摸到處處黏著的紙張感到懷疑，仲介稱那些是以前留下的記事單和各類繳費單。哪可能？雖然時間久了，那紙張一摸再嗅嗅手指，就知道是畫符咒用的草紙。

但他也沒害怕。

小波說，「房屋面積是滿大的，我單身漢其實也用不著那麼大地方，能分租出去嗎？」

「哦假如有人願意租那沒問題，沒問題！」

小波不動聲色，這仲介終於說溜嘴了。

房子前後，共有四間房。前兩間房較大，且窗戶皆有鐵欄，或許以前還真是個辦公廳。

後兩間房較小，一間像休息室，最後面那間 —— 有問題，小波第一次踏進去就全身感覺異樣。

卻他也沒說什麼，房子，也就買下了。

這仲介自交易後也就消失無蹤，小波似乎就更能肯定什麼了。

但坦白說，他並不怕，也不介意，自己半生坎坷，飽受戳傷的一顆心早就如同廢墟。要說真有鬼，屋子裡天天飄來游去，那隻只能摸索著寂寞歲月的鬼，說不定就是自己。

推拿館算是開了。可是三天裡就只做過兩趟生意。聽客人口音，還是到焦山去遊玩時途經此處的外地客。

當地人，一個都沒有。

三天裡這兩趟生意中，一位婦女半途還投訴這屋裡空氣太冷，推拿到一半，她渾身不自在，扔下錢就急著走了。

另個老先生，一直說有人在撓他後腦勺，一直在抱怨。小波有點無可奈何，但也不介意，大家都同是淪落客，就當多個朋友也罷，或許以後熟了，就不會再有惡作劇。

然而第一宗怪事，就發生在兩週後一個半夜裡。

小波當時其實還沒真正入睡，卻聽到門口外窸窣有聲。

他悄悄下床，不動聲色穿過沉黑，慢慢踱到前廳去。那窸窣聲，更加地清楚，似乎就在門口外。小波屏息細聽一陣，不似異類，而是人聲，且彷彿不止一人。

小波摸到窗戶，稍稍推開窗縫，就感到有陣熱氣與焚燒紙張的氣味，他一下推開了整窗向外大喊一聲，外面的人頓時鬨然而散。

第二天，果然不出所料，小波在門口摸到一些紙張餘燼，以他經驗，能嗅出那種印刷全是冥紙。

這樣半夜三更到他門口來燒冥紙的事，後來也發生過幾次。讓他想不透是，即使是他房屋不乾淨那又與鎮上的人何干？他們怎麼會不時半夜到他門口燒冥紙？

這謎，直至第二件異事發生了，小波才恍然。

那也是個與平常一般的夜晚。小波獨自在屋內，調製一些推拿時要用到的藥酒。不經不覺，時間在他身邊逐漸沉澱成一片死寂。突然他就感到屋裡不知從哪個角落有陣陣涼氣飄過，房內像有一股莫名的沁骨寒涼，像是從地上長起來。

他已知道，這裡不是自己一個人。

小波停了手，問——「來者是誰？」

對方並無聲息。

「你也許有著莫大冤屈，又或是有著未了心願。不過，老是留戀在這裡也非長遠之計，做人已夠苦了，死了不就圖個一了百了，你又何苦——」

小波雖無視覺，但這時他已能偵覺出，這陣倏然逼來的磁場，其實就在桌子正對面。

「我叫祁鳳。」女聲幽幽。

「原來鎮上這些人半夜三更到我家門口燒冥紙，就因為你。」

「不，不是。鎮上的人到此燒冥紙，是他們要來寄信。這地點在百年前乃是鹽商馬商集聚的繁華地，而先生您這位置，正是一家最早的郵局。」

小波微愕，「百年前？宮裡是宣統，宮外是亂世，此處魚龍混雜可想而知，就算曾是個郵局，可如今都沒了，他們怎還來寄信？」

「先生您忘了？三叉口，陰陽界，您這個無形郵局，正是一條通幽路。」

「那姑娘又為何仍徘徊在通幽路口？其實，情不外業，人死情滅，業數該早已兌盡，你也應作了。」

「先生有所不知，亂賊縱火燒鎮那時，我就趕來這郵局裡取信，沒料到前廳失火塌下，我逃避不及墜入地窖慘死，如今屍骨仍封鎖在那片廢墟裡。」

「有地窖？」

「沒錯，就在先生腳下，想是郵局倉庫，凡是帶有物件的包裹，或是重要的掛號信件，通常都先存於倉庫，核對了收件人，才到倉庫領取。」

「哦，百年前的郵政，那是可以理解的。」「我雖只是一名彈唱女子，但平素潔身自愛，屍雖腐朽，骨應仍在，我看先生能夠在此居宿而一派坦然，想必是一位正直心腸——」

「明白了。但我無法見物，又如何幫你？」

「我就在地窖的西北角，先生只要鑿開地面西北方磚，大約就在那下方。」

小波良久不語，正思量著。

那叫祁鳳的女鬼，也久不作聲。不過，這情境卻不是一幅靜止的畫。桌子兩端，就是陰陽兩邊，小波的人是靜止了，但心沒靜止。窗外隱約投入街上的光，他眼睛雖然看不見，但女鬼半邊嚴重被燒毀的臉上，淚水就像兩道被封埋了百年而今又被掘開傷口的河，它們不停流淌著，像在苦等一個慈悲的答案。

小波又問，「小姐，兵荒馬亂的，究竟什麼信如此重要？」

「那時我每天都來看看，是他說的，他說他會寫信告訴我他幾時回來。」

「恕我直言，歌樂歡場，哪有什麼真話？」

「我相信他。」

「相信他你就丟了命，」小波笑得苦澀，「而他始終都沒來信？」

「我相信總會有天等到的，我命薄，等不到罷了。」

「明日我就鑿地。鬼魅也有出來虛弄狎人的，希望你說的都是真話。」

祁鳳沉吟半晌，「先生不也是茫茫人海裡一顆攀坎越坷的心嗎？你我同是滄桑苦澀，又何忍相欺？」

小波微微一震，心就似被狠撞一記，「你走吧，我幫你就是了。」

次日，小波停業，找來了大錘鐵耙，在前廳的西北角那裡就猛敲狂鑿。

那青灰泥地，雖說手藝落後，但既然百年世代踐踏都傷不了它，自然也有它的一份頑冥結實。敲到中午時分，小波才能敲破一個缺口。他蹲在缺口嗅探一番，才投身下去，地窖之下，陰溼黴臭，幸好沒有沼氣，摸索了半天，果然就在一個木架子灰燼旁，摸到人的骨頭。

換作別人也許還難肯定，小波是推拿能手，一摸就知是個女子。

憑他多年對人體骨骼的熟練經驗，這女子，身高約一米六，從骨骼上推算，標緻身形，足骨並無變形，生前並無纏腳。

那也是，她只是個命運多舛的彈唱女子。

然後，小波在牆角那裡，摸到她的頭顱骨。

禁不住小波胸口一酸。她也不過是痴情，怎就落得身首異處？

在他指觸下，女子五官雖已化泥，但在小波沉沉黑暗的腦海視覺裡，他彷彿已經看到她在笑，她在回眸，她在顧盼，或許，她生前還帶過長長墜玉的耳環，或許她一邊聽著男人的話，一邊相信著每一句，一邊就在那裡點頭……

一個是執著的薄命女子，卻落得像一場煙花。

一個是執著的無明男子，坎坷踏遍，只能自語度日。

小波雖無視覺，卻突然感到這時自己心裡那片黑暗，比世上任何黑暗都要來的更黑暗。

一時間，心情洶湧如攪，她的冤屈，他的不幸，都讓他們兩個永遠墜在無法透入一絲明亮的苦楚裡。

她曾經每天抱琴彈唱，卻沒人真正去聽過她的心。

他手裡能感覺到陌生人們身上的體溫，卻從沒有人給過他一點溫暖。

不期然地，小波將祁鳳屍骨緊緊摟在懷裡，就坐在地窖這片廢墟裡，第一次那麼盡情地放聲啕哭起來。

那晚的月色，並沒入室，月色只在屋簷外流過。

小波一番發洩後，爬回室內，在沉黑中找來一塊乾淨綢布，又下去廢墟那裡將祁鳳屍骨一片片一塊塊仔細包好。

他身邊傳來低低的抽泣。他知道，她來了。

「墜落地窖時，你是跌在一個大架子下，所幸如此，屍骨還滿全的。」小波說，「你哪裡人？」

「我家鎮江，直出慶城，過了焦山水域，就在姑鄰村。」祁鳳似帶羞澀，「陌路相逢，你都能如此相助，除了感激我再無話說。」

小波把他溫暖的手，放在包好的屍骨上，「你這屍骨，能否就在身邊先陪我數日？過後我自會把你送回家去。」

祁鳳沒出聲。

小波心想，或許她有所誤會，或許她以為我輕薄了？小波正不知如何表白這滿腹說不出的同情感受，還正想找出一句話，沒想到，自己手背上，卻驟然感到有一滴滲入心裡的涼冷。

他看不到，但他抬起頭。他只想讓祁鳳也認認他。

祁鳳始終沒說什麼，就那樣走了。

人鬼殊途，世事，恐怕十有八九往往只是無可奈何。

但說也奇怪，原本生意不怎樣的推拿館，生意竟然漸有轉機。

有人說，那是因為這袁瞎子啊不是普通人，他雖然看不見，但其實另有能量，不然的話他一個外來人又怎會知道那房子的蹊蹺呢？而且還在自己門口設了香案開了焚爐，還讓人直接去「寄信」？

現在到他門口寄信的人，白天有夜裡也有，無他，陰陽雖隔，唯獨「音訊」兩字，最牽人心。

但從來沒人看見袁小波自己去用門口那個爐子。不過，地窖那個缺口，他細心地，裝了個小門。

有時想起祁鳳，就算自己看不見也摸索著寫得不好，他卻也會給她寫幾個字，然後燒去給她。

霜再冷，月再涼，只要小波每次把字條點著了，那小小的火，就會由紙張一端慢慢地燒到他指尖拿著的另一端。

不是灼痛。不，不是的。這小小的隱約火光，就能照到小波無明瞳孔裡浮起的一絲溫暖。

像這晚，小波又「寄信」了。

紙條前面的字已經燒掉很多，不過，還剩三行——

「別再說沒人寫信給你了，

就算只有去信而不會有回郵，

我都會寄給你，袁小波上。」

一點感悟，與您分享：

送暖，本身就是一件美麗的事，相知送暖，更是一份至美情操。

逃離

最難逃離的，是人自己心裡那抹不去揮不走的陰影

整個下午，劉夏神情恍惚，額頭全是冷汗，盯住桌上手機。

簡訊鈴聲又響了。

他告訴自己就讓它響吧，不接。

但只要手機響，人就會很被動地接收。

果然是他意料中的簡訊。

訊息顯示：「劉夏，你逃不了。」

像見了鬼似，他把手機大力扔回桌上。

汗水已溼透他胸前一大片，這不是夢，這絕對是真實的。

而且是一個絕對真實的、永無止境的噩夢。

手機又響了。這次是電話。

是他一直害怕真的會打來的電話。這樣更糟，因為他不敢想像拒接這個電話的後果。阿龍是怎麼死的？身上連刺數刀，被人用鐵絲捆頸綁在廁所內流血過多死的。阿華什麼下場？阿華被剪掉舌頭還敲斷了腿，才被捅死。

對方語氣淡定，說：「1000 粒。」

劉夏幾近狂喊，「不，不行，太危險了！」

「800。」

「我過不了關的。」劉夏極度頹喪。

「800 粒登仙樂，不算什麼。」

「放過我吧，真的不行。」

「給你最後機會，600。」

「我這人沒用，會把事情搞砸。」語氣在哀求了。

「好，那明天把賭債連本帶利還我。」

「你知道我現在一窮二白。」

「那好啊，600 粒，辦完了，再給你半年不算利息的期限。錢還了以後桌上你依然有機會翻身。」

「我……」

「想想吧。你知道我人有多少，我也知道哪能找到你。」

說完對方掛斷電話。劉夏仍拿著手機發呆。

自己有過前科，他沒勇氣報警。但事不宜遲，他終於做了個決定。

就一個輕便旅行袋，一襲多口袋的風衣，在火車站盤旋良久，他看準了某趟車次，買了票就跳上一列臨近午夜開出的火車。

有如驚弓之鳥，一進車廂劉夏幾乎就仔細掃描過每張他見到的臉。

不能不提防，再緊張也得步步為營。

鄰座是個帶孩子的中年婦女，那孩子很活潑，一直要這要那，而中年婦女就忙於滿足他的要求。

中年婦女對面，是一對標準的幸福老年夫婦，他們相互照顧，或許是在作銀婚紀念之旅。

唉為什麼別人就那麼幸福？

他自己身邊座位沒有別人。

他對面，也只坐著一個衣著整潔的中年人。這個人戴著淺框眼鏡，態度斯文。

看來這些人應該都不是要找他麻煩的人。

突然火車笛聲大響，嚇了他大跳 —— 啊！

緩緩離站了。一下一下，節奏漸快地，終於，得救了，終於離開危險了。

突如而來的鬆弛，讓長時間沒喝過一口水也沒進食的劉夏不只感到疲倦，一陣搖搖晃晃後，他更感到暈眩，臉色開始發青。

對面那斯文中年人微抬起眼，看著他，眼神關切，也帶疑惑。

「沒事，只是暈車，想嘔吐。」劉夏說。

中年人有點詫異，「車剛開不到 10 分鐘，就暈了？」

鄰座那熱心母親，見狀給他一點水和餅乾。

還問，「是不是沒吃東西啊？」

對面中年人又掏出小瓶綠油精說，「試著抹一點，你臉色很差。」

稍作遲疑，劉夏終於接受好意。

中年人又用手推推眼鏡說，「夜車就是辛苦，忍一下吧，設法睡一覺，明早 7 點就到終點站。」

「我半路下車。」劉夏連忙說。

「那也不能一直眼睜睜撐著啊？不敢打瞌睡，就怕睡過站？」

「啊……是的。」

中年人微閉上眼，似有感觸，「唉，其實錯過了站也無所謂，只要別錯得太遠，就像做人嘛，倒回頭也應該來得及。」

劉夏聞言，馬上仔細再打量中年人，「你……是傳教的？」

他笑了，「不是，我是一名醫療人員。」

「還以為你是傳教的。」至少醫生還好，看他也不像來抓自己的。

「其實」中年人說，「傳教與醫療頗有同處，一樣能救人，是嗎？」

「沒人能救我。」

中年人神情誠懇，「年輕人怎麼了？」

「我只想到個可以讓我重新開始的地方去，我好累。」

對自己的脫口而出，劉夏也感意外。

中年人靜默良久。片刻後，他語氣更為祥和，「這樣說吧，至少你明白自己應該重新開始，這就已是一個好的開始。」

「但我是個意志薄弱的人。」劉夏無限懊悔。

「再給自己一次機會，意志是能鍛鍊的。」

「你真的不是宗教人士？」

中年人又推推那個淺框眼鏡，莞爾一笑，「還真的不是。」

車聲轟隆隆地響，車窗外，沉黑呼嚕嚕像片巨大黑幕往後掃去——

劉夏心裡不是沒後悔的。

只是連他自己也覺得這個後悔像來得太遲了。

這時的他，只覺得自己完全孤單，前途茫茫。也只能埋怨自己，為何以前沒想過會落成這樣？

車廂前面，遠處的拉閘這時被人拉開了。

這個閘被拉開，也就像劉夏整個人被拉開。他心跳突然加速，眼睜睜瞪住那鐵閘開口——

是列車長。

這列車長有張粗獷的方臉。臉上還有些刮不清的鬍子渣，幸好態度看來還平和。

中年人又關切的問，「怎麼了年輕人，有票嗎？」

「有。」劉夏神色慌張，上下摸遍自己風衣口袋，終於找到車票。

中年人說，「你臉都青了。」

「沒事。」

列車長終於來到他們這邊了，一邊檢票，一邊交代大家看好自己行李財物。

之後，列車長一眼就看到行李架上那個劉夏的旅行袋——

「這是誰的？」

原本快打瞌睡的人，幾乎都聞聲而醒，面面相覷。

「誰的？」列車長提高聲音，再問。

劉夏極力保持鎮定，說，「我……的。」

列車長瞄旅行袋一眼，說，「這樣放很容易掉下來打在人頭上，放好一點吧。」

劉夏暗鬆口氣，馬上站起身將架上的旅行袋放好一點。

列車長隨口又問，「袋裡是什麼？」

「沒什麼……一些隨身衣物。」

「打開看看。」

「真的沒什麼。」劉夏的臉，倏然轉白。

「沒什麼那就打開看看。要不要我去叫警察來？」

劉夏只好拿下袋子，在眾人睽睽下，將它打開。

他撐開整個袋口，遞過去讓列車長檢查，「說了，就是隨身衣物。」

列車長端詳一陣，見劉夏神情，也把手伸進去翻挖一輪。袋裡真沒什麼。

但這時候，劉夏發現全車廂的人竟然都笑了，且還是一種極端詭異的笑。

他們臉上一個個竟都是一副幸災樂禍表情。眼神裡，更有一股讓人感到寒冷又危險的目光。

帶孩子的中年婦女一邊瞄住他，一邊從自己袋子裡拿出包藥丸，陰沉地笑，「這包東西就是他讓我替他帶著的，您是在找這個嗎？」

什麼？這……？

那對恩愛彌篤的老夫妻，也各自從隨身行李中抽出一包藥丸，「是找這個嗎？上車時他說風衣上口袋不夠多，叫我們替他各拿一包。」

更難料是對面那中年人，他和善的笑意早已變得猙獰，「你以為你真逃得了？唔？」

「不不！不不！他們撒謊！全是在陷害我！我沒帶藥，我……這次真沒帶藥，一粒都沒帶！」

列車長也訕笑起來，更把整張方臉湊近他。劉夏這時清楚看到放大的鬍子渣，還嗅到那嘴裡陣陣的惡臭。列車長咧開嘴，笑得更得意，「這次你是沒帶藥，不過，自己卻已吞了不少，唔？對嗎？」

「沒，沒吞藥，我沒。我戒了。我……就要戒，不不，我馬上就戒！馬上戒！」

列車長臉色更加陰森，他從制服的衣袋裡掏出一包五彩繽紛藥丸，然後倒滿一把在自己掌心，說，「戒？沒有，你一直沒戒！你吃的正是這種登仙樂，對嗎！」

劉夏頓時歇斯底里了，「不我沒有！」說著就想用手推開列車長，誰知火車竟然在這時突然剎停，車廂一衝一煞，人們在尖叫，歪倒的身子全亂作一團。

趁著混亂劉夏一手抓起袋子，一躍就跳出窗戶 —— 怎麼知道，一頭又撞在石柱上了……

醒來時，他發現自己已躺在一張他非常熟悉的病床上。

那中年心理醫師，推推臉上的淺色眼鏡，無可奈何地，索性停止記錄。

他如常地安慰劉夏，「總算還好，你終於還是醒來了。」

到底還是醒來？怎麼，我就不該醒來嗎？

這不是夢。不，這次絕對不再是夢。

眼睛明明是睜開的，那怎可能是夢呢！

劉夏眼睛狠狠對著天花板。好吧，那就從天花板開始。

天花板？但場景又好像不太對。不，不對。不是天花板，該是手機。

該是從手機響起開始的……

接著，劉夏無可抗拒地，又再深深墜入某些不斷重複的場景裡。只要腦海中有任何閃現，他就會被導向一遍一遍的回憶 ——

應該是這樣的，一定沒記錯，昨天自己匆匆收拾行李，搭車，被逼狗跳牆般，從那火車的車窗裡跳出來。

是嗎？真的就是這樣？

有個獄警終於進來了。這人總刮不清腮邊的鬍子渣，粗獷的方臉，就像一塊剛起黴的木板。

劉夏仍在極力思索，事情真的發生在昨天嗎？或是——

獄警先在一旁看守他，但時間一久，就有點不耐煩。

獄警問那醫生，「怎麼了？你那腦電波檢測器發現新數據了沒？這次，他又去到哪一段了？是查袋子？還是跳車窗？還是跳車窗之後又發現火車突然煞車是因為輾死了自己？」

醫生深鎖著眉，望望劉夏，說，「還沒仔細問呢，他才剛醒來。」

獄警搖頭，「嘿我還真服了，一個情境相同的夢，竟然能一直重複的做。」

醫生又推推眼鏡，不禁唏噓，「假如他腦皮層神經受毒品侵害的情況仍無法改善，那以後他或許就只能一直重複這個逃離的夢。」

這時劉夏像真的想起什麼了——「聽好，事情是這樣的！」

獄警和醫生都看著他。

「是這樣的，當時火車鳴笛一響，我就覺得頭痛，然後就看到我對面是位中年男子，他看來……看來，對了，就像位宗教人士！」

醫生邊聽，邊愣愣地，盯著監獄醫療室水管上一道道鏽痕。

他轉向獄警說，「這些鏽痕是滴水造成的。雖然過程緩慢，但再漏的話，水就會滴到他床上去，該弄一弄了。」

獄警瞅一眼，「是嗎？他剛來那時，是沒有的。」

醫生隨口問，「他來多久了？」

獄警打個哈欠，「他？那……應該是 7 年前的事了吧。」

床上劉夏還在追述，「……接著我一手抓起袋子就趁亂跳出車窗……」

監獄外，天空有朵白雲。

只是緩緩地，靜靜地飄過。

一點感悟，與您分享：

對自己的愧疚，才是最深，最傷的愧疚，也是最大的懲罰。

潔身自愛，才能免墜深淵。

星

親子之愛，可以是如此緣深情厚。

沒有懷疑，只有付出。

精誠所至，萬物動容。

他們家有錢。不，是非常有錢。

因此當醫生第一次搖頭時，彭豐頤就決定要買下這別墅。

然後全家都搬過去。

所謂「全家」，也就指他自己，他太太，還有患上血癌的兒子小霽。

別墅在聽濤灣，位於海邊的一處高坡上。

假如是開車，公路到了盡頭，另有私人開闢的小路能通進來。

當車子經過那片寬廣的、中央有座大理石噴泉日夜不停噴水的花園之後，就能來到別墅正門。

彭豐頤不是暴發戶，他倒是個真正打拚奮鬥的殷實商人。有了事業就成家，太太也是商界能人，夫妻兩人聯手，所向披靡。

他們兩個都年過三十才結婚。小霽在婚後次年出世。孩子身邊，一切都得到最好的。

最好的保母，最好的環境，最好的起居飲食，最好的學校 —— 可惜這最好學校小霽半途就放棄了 —— 就在唸國一他 13 歲那年，他被查出患上血癌，只好停學到國外各處求醫。

但小霽體質不宜化療，也因為他的白血病細胞抗藥，不見效果。

折騰半年，就連骨髓移植手術，數月前也在國外做了。

但移植的骨髓抗逆宿主，又引起移植後多項併發症。

小霽現在是長期處於間歇性發燒，口腔咽喉、耳鼻皮膚都出現了發炎，還曾多次內出血，情況已經很糟。

別墅的第二層有 12 間房，其中半數都是為小霽安排的。除了他自己的病房，其他就是醫療照顧與日夜護理員工們的房間。

彭豐頤夫婦絕不是那種以為只要有錢就能對得起孩子的人。他們無論工作多繁忙，一到時間或有任何需要，都會立刻抽身趕回來。

他們每天傍晚都會跟這些醫療及護理員工開會，詢問兒子詳情。

「完全不能進食嗎？」彭太太問。小霽看來平靜，像在床上沉睡。

「今天咽喉及口腔發炎無法進食固體，但能自己吞嚥流體營養，不必插管。」

彭豐頤小心翻開被蓋，「手臂這些黑色淤塊還在？」

醫療人員搖頭，「這情況，恐怕消失不了。」

彭太太的手，輕拂小霽手臂上的淤塊，她作了個深呼吸，「歐裡夫醫生什麼時候會再來？他究竟是怎麼說的？」

醫療人員回答，「早上才來過，他說情況不穩定，讓我們馬上通知你們回來，他說明早會再來，他只說……只說……」

彭豐頤打斷，「知道了，謝謝你們，都下去吧。」

房內空氣，頓時就像已經凝結成塊。彭豐頤平日再堅強也無法掩飾此刻心情，他走到窗前，樓下花園中央的噴泉不是噴水，彷彿都是他心裡的眼淚。

「豐頤快來，小霽好像甦醒了。」妻子輕聲但興奮地叫她丈夫。

小霽確是醒來了。

眼周因發炎而顯得浮腫，但那雙瞳孔仍是個機靈孩子的瞳孔。

看到父母，他眼裡流露一份熱切，也難掩飾快樂。

「別說話孩子，媽知道你要說什麼，都不必說，我們都聽到了。」

但孩子目光不斷流盼。彭豐頤似乎另有感覺，說，「叫人給他點水，他確實有話要說。」

「何須叫人？來，媽給你水。」女人拿起杯子裝了水，將吸管小心翼翼探進他嘴裡。

小霽扎實地吞入幾口。他瞳孔更明亮了，臉色也似有好轉。

吸管拿掉後，他竟還能稍稍用舌尖舔舔帶腫的嘴唇。

「爸……媽。」

彭豐頤湊近，臉偎著臉，「孩子你想說什麼？」

「我……」

眼淚流下婦人唇角，都融在她慈祥的笑容裡，「說吧孩子，都會為你做到。」

小霽並沒太大激動，血癌早已把他折磨得心枯神竭。他語氣平靜，但清楚，「爸，媽，我想……看……星。」

男人的心頓時如被撕扯，彷彿已感覺到當一個孩子提出這樣的要求，或許是自己也已感到時間無多。

但豐頤還是陪著微笑，「當然，孩子，你一定會看到星星。」

婦人也微笑，還問，「就看星星嗎？別的不要了？」

小霽溜溜地看著父母，精神確實像好了許多，「好久沒看，已經忘記它們是怎麼……閃的？」

彭豐頤輕輕握住兒子的手，「沒問題，爸爸馬上安排，讓你看到整片天空閃亮的星星！」

但，他把話說得太快了。

這月分正逢雨季，夜裡都是雲氣密布，哪來的星星？

彭豐頤在別墅之內上上下下巡遍所有窗戶，無論哪個窗戶都望不到晴朗的天。

絕沒可能看到星星。天上雲氣濃密，就算把小霽病床抬到花園中央，恐怕一兩天之內都難以償願。

沒錯他很有錢。但他的錢，無法叫星星出來。

急得像熱鍋上螞蟻，太太悄悄給他遞張名片。

彭豐頤一看，「不是吧？這豈不是欺騙？」

女人也不揩淚，就讓淚水奔流，「這不是欺騙，這是滿足他的心願。豐頤，他已夠痛苦，我不想他還帶著個遺憾離開 —— 而這是能做到的，以我們能力我們還能做到最好，或者還能做到接近最真實的境地。求你了，他已經對一切失望，我們不能讓他連這小小要求也失望！馬上打電話吧，派車去接人，叫他們漏夜趕來！」

電話打了。對方曾受過彭豐頤很大恩惠，午夜前也驅車趕來了。

來人巡視了別墅周圍環境，鄭重的說，「彭哥，雖然我能馬上把所有工作人員都調來，但您的別墅是在高坡上，戶外周圍空曠，真正能支撐搭景設備的條件並不多，你要的這個星空，今晚是絕沒可能了，順利的話，最快的星星也要在明晚才能看到。」

彭豐頤像聽到了希望，「可以，明晚應該也可以的，但小霽臥室的露臺和窗戶都在南邊，需給他換房嗎？」

「彭哥，看憂傷把你累成這樣了。哪需換房呢？天幕上的電源接通後，別墅任何窗戶都能望到閃亮的星星。」

夫婦倆不勝感激，再三吩咐醫療人員加倍小心，一定要把小霽情況穩住。

也奇怪，小霽次日竟叫人意外地好轉。他坐起了身，甚至能夠進食些稀飯。

彭豐頤當天在公司辦完幾宗難以推託的事，下午就跟太太一起趕回家。

當車子駛進別墅那個私人路口，他們已能見到有數十位工人忙碌地搭架，心裡雖是陣陣惻然，卻也踏實。

真的，小霽這天精神真是出奇地好。夫婦倆也就在小霽房裡一起進餐。

孩子吃了點稀飯和小杯果汁。飯後，屋裡上下人等，都默默地依照程序進行著一切。沒多久，小霽就躺回床上，彭太太也就湊過去看他——

「你很快就會好起來，看你今天精神就好了很多。」

小霽望著他們，「因為今天……你們都那麼早回來，我開心。」

彭豐頤瞄瞄時間，湊上前笑說，「你不是說想看星星嗎？」

「爸，」孩子極力微笑，「不會有的，現在是雨季。」

「呵呵那你要意外了，今天天氣好得很哪。」說著彭豐頤就順手拉開簾子。

大家看出窗戶和露臺，但天上只是黑色，什麼都沒有。

婦人望著丈夫，男人看著妻子，一時不知怎麼辦好。

彭豐頤說，「爸去樓下給你拿點冰淇淋好嗎？」說著就要轉身 ——

「看到了，爸，星星……出來了。」

夫婦探眼望去。是否是兒子眼花呢？還是他倒過來安慰他們呢？天上仍是漆黑一片，哪有星？

彭豐頤試探地問，「兒子，你真的看到了？」

「是……看到了。」小霽露出微笑，「而且，它們在……閃。」

夫婦倆再望出窗外，啊確實，真的有，天邊上真有一顆隱隱在閃爍的星，而且越是看著它，它就彷彿閃得越亮。

母親撫摸著孩子的頭，父親緊握著孩子的手。彭豐頤在熄掉燈火的房裡極力控制自己，「孩子，看，你終於看到星星了。」

小霽說，「謝謝……爸，謝謝……媽，謝謝你們愛……我。」

夫婦倆裝得若無其事，彭太太說，「你是我們的孩子，當然愛你了。」

小霽仍在微笑，「是因為你們愛我，我才看到……星星。」

其實對小霽突然好起來的精神，夫妻倆早有某種預感。

因此他們兩個一直陪伴在側，看過星星後，接近半夜時分，小霽就很安詳的離開了。

彭太壓抑著悲痛，漏夜召集家人，打點一切。

彭豐頤到花園裡，找負責幫他搭景的那位片場朋友。

那人聽聞小霽已走，瞬間愣住了，一臉的愧疚，「彭哥，你信我，我真的已盡力，但沒想海風會那麼大，那片天幕確實搭不起來。」

「什麼？」彭豐頤愕然，「你沒把天幕搭起來？」

那人搖頭，「我對不起你們。」

彭豐頤傻住了。小霽房間向南，那是絕無可能的。

即使天色晴朗也無可能。

因為那是北方天空上最亮的北極星。

「彭哥你沒事吧？」「沒事，都收工回去吧。」

事後，夫婦倆仍為此事苦苦尋找那個能作解釋的答案。

後來有天，一名小霽從前的護理人員，在小霽一本書裡發現夾有一篇作文。

那是小霽 6 年級的作文。

其中有句話，對年紀還那麼小的孩子來說，寫得確實動人……

「我就是知道，只要爸爸媽媽愛我，那麼天上就總會有閃亮的星星。」

一點感悟，與您分享：

愛，你要能相信，才能感受到。

只要你能感受到，就算只是一點心裡的亮光，都能閃爍如星。

誰在上網

虛擬的吸引肯定比現實來的巨大，因為虛擬是個無限制的幻覺空間。

小心這個空間，它布滿著無底的陷阱。

劉輝，25 歲，網路沉迷者。

下班回到家大約 8 點。8 點半吃過飯洗完澡他就上網，周遊於各處的與各類的聊天室。

夜裡悶熱，幸好冷氣房與外界隔絕。

但人臉在螢幕冷光照映下，猶如一面貧血紙張。

劉輝瘦小。深近視、兩肩還有點垂，但最要命是年紀輕輕，頭頂就稀落得很。

當然，他有很多網名。

最愛用的代號是「無極夜簫」。當然，還有其他的。

「浪裡蛟龍」和「酷男」，是他上網時和女孩聊天專用的代號。

「星霄雲岸」則適宜在愛情論壇上闖蕩，他覺得這名字能營造一種孤絕於世外、瀟灑如俠士的形象。

他也有個女性化網名。當然有此需要。劉輝變一變身分，就能用它來試探與自己正處於「網路上交心」的女孩，能知道很多正面溝通時無法刺探的訊息。

但他最喜歡仍是「無極夜簫」。

他覺得這是神來之筆。此名能溫文爾雅，又能傳送一個多情風流的形象。

以劉輝的狀況來說，上網要上到大概凌晨 1 點，才能達到疲累效果，不然他就會失眠。

當然，假如豔福不淺，再加上眼福也不淺，遇上哪個有展示狂及挑逗狂的網友，那麼他就能悄悄把房門上了鎖獨自欣賞。

室外，住宅區的天空儘管一片悶熱，樹木儘管昏昏欲睡，但假如空中有一隻巨型大手能一下子掀開這城市的所有屋頂，恐怕人性各種真相，都很驚人。

劉輝開始有點累了。不是才剛過午夜 12 點嗎，怎麼今晚運氣就那麼差？

擁擠又忙碌的聊天室，突然有句話，跳落在劉輝的私訊盒裡。

對方的網名是「磁場紅唇」。

對方文字，用了深赤色——「無極夜簫，還在嗎？」

劉輝立刻回覆：「在。」

對方也簡捷俐落：「帥哥您好。我房裡好熱。」

上慣某些網站的人就會心知肚明。劉輝傳出訊息：「要收費的職業小姐勿擾。」

對方看來一點也沒生氣，「無極夜簫，熱無所謂，但我們需要一點音樂。」

一股好奇不禁由劉輝心裡湧起——「你們？什麼你們？你們需要什麼音樂？」

「你不就是一支無極夜簫嗎？我們這裡要跳豔舞，那你就得開始演奏啊！」

劉輝知道，是已經誤打誤撞連線到某類網路上的派對社群了。

這類網路上的派對，來源出處無從稽查，誰都不知道它們發自哪裡？在虛擬的空間上，只看到有同樣興趣的人擁擠連線，人人都各有影片，個個都盡情放任，在這裡道德毫無約束，什麼人都有，危險指數最高，卻也特別吸引沉迷這類刺激的人。

劉輝問，「會員制嗎？」

螢幕答，「是。」

劉輝問，「什麼條件？」

螢幕答，「好奇、夠膽、有創意、樣樣全能。」

劉輝笑了，「樣樣全能？那豈不成無政府狀態的菁英大會了？」

螢幕此刻出現一道接受影片與否的邀請。以為眼福飛至的劉輝，按了。

影片上，像是一處不知來歷的室內，到處吊滿了粉紅色氣球，還擺了張紫紅色沙發，鏡頭前有一幅搖晃的金色珠簾在遮遮擋擋，鏡頭後的一切若隱若現，讓劉輝目不轉睛的是，那裡至少有四五個惹火大膽的尤物，全戴上了面具，正向著鏡頭極其挑逗的跳舞。

劉輝問：「你們是在放片吧？一點真實感都沒有。」

螢幕只顯示一行字：「升 X 路 39 號 X 通商業大樓，地下室。」

劉輝自己笑了，一定是上網上昏了，打上一句——「這不是真的。」

螢幕最後顯示：「真或假，帥哥慢慢看清楚吧。」

劉輝真的想看清楚，但可惜只有半分鐘，那個影片即被對方切斷，螢幕又回到聊天室那種慣見的擁擠湧動狀態。

劉輝看看錶，咬咬牙，心裡撲撲跳。

真有那麼刺激嗎？相信呢？還是不信？

終於還是拿起手機，給死黨王凱傳了個簡訊，並附上地址。

王凱回覆：「這些網路上找人的色情聚點不是早就掃蕩過了嗎？哪裡還有這種事？」

劉輝再傳：「那影片很清楚，我都看到了。」

沒多久王凱再回覆：「你先去吧，我的玩樂大隊正在歌房 k 歌，晚一點才到。」

王凱不能一起去，那麼一個人就真的有些危險。

究竟去呢？還是不去？

劉輝心裡像被攪拌機打過，再也沉澱不下來，他看著螢幕，那些滾滾訊息，那一個個看了叫人心跳加速的影片，是另個吸引人的花花世界。

螢幕上，人們在虛擬與真實之間的互相試探、互相欲拒還迎、互相調弄撩撥。

一切的真真假假，背後都包藏著一劑劑叫人上癮的藥：好奇。

有些人，一開始還能理智地分清虛擬與真實。網路上的種種「你來我去」，就當暫時「姑且信之」也罷，那至多也只是一種暫時性自欺欺人的愉快。

但假如真的掉入這一座座虛擬迷宮，誰都難保證為了這份好奇最後要付出多大的代價？

升 X 路 39 號的 X 通商業大樓，這地址並不難找。不到半小時他就叫了一輛計程車趕到那裡。

劉輝禁不住笑了，真是匪夷所思，網路上還感覺如此虛擬，其實原來就在市心。

這商業大樓，據知還是一棟有點歷史歲月的老建築。

確切的歷史不記得了，只聽說二戰時，這裡曾淪為敵方的一個什麼中心。

一般情形，市區裡的商業大樓白天都會比較繁忙，而到了晚上多數就變得死氣沉沉。不過，也有一些商辦，在地下室設有酒吧、桌球室或某類私人俱樂部，那麼，就算時間再晚，偶爾都能看到還有一些泡夜店的人，會稀稀落落在通往地下室的側門樓梯進出。

但這棟 X 通商業大樓，又似乎不完全這樣。

平時劉輝也來過，它的大廳正門就在前面，但這時大廳正門一定關閉了。

而這棟大樓的側門，真是有點古怪，劉輝繞著大樓找了好幾圈都找不著，都快急死他了，最後他索性靠著大樓外壁繞走，尋覓了很久，原來側門竟是藏在大樓後面停車場的一個老式配電箱後面。

奇怪，如此老式的配電箱，還有人用嗎？還能用嗎？

就在那裡，旁邊有一道又陰暗又潮溼的窄梯，不過，卻是一盞燈泡都沒有。

「喝！」劉輝暗笑，「還真夠隱蔽的，這樓梯下面，肯定精采。」

一下子劉輝就這樣把提防的念頭拋開了。

他連想也沒想，就摸索著沿梯而下。

樓梯越深，越轉彎抹角，也感覺越來越窄。漆黑中還有股腐爛般的泥巴味。劉輝並沒對這些產生一絲警覺或懷疑，他還掏出打火機照明，終於，他來到一道半關的門，輕輕地，他推開門，悄悄步入。

門後面的光線，其實非常奇特。那種光既不是亮，也不是暗。

彷彿是地上穿遍了無數小洞，搖曳的光就是從地底下透上來的。

在劉輝還沒完全仔細看的時候，他還幻想著剛才螢幕上那些極其挑逗的跳舞尤物，不過，當他仔細看之後，一陣詭異感覺，油然澆上心頭……

哪有什麼尤物瘋狂豔舞？魅幻如魔境的氛圍中，他一時甚至無法肯定自己身邊的四周圍是否還存在著牆壁？這裡一點都不像地下室，這裡一點都不像一個「室」！這裡更像是一個無邊無際的茫茫空間，環看四周，其實什麼都沒有，劉輝一時間還以為自己失明了，因為他什麼都看不到，四周就是無限盡頭和無限遠的透明。四周全是一片透明。只不過，在這片透明裡他逐漸像看到還有無數的人，身體也是透明的，面目也是透明的。這些透明的人，像一群虛擬的族類那樣，從他身邊一直排到四周的無盡無涯去。

沒人察覺到他的來臨。

就像在網路上從沒有人介意誰來了誰走了一樣，人人都那麼忙，人人都在上網。

沒桌椅，因為這些人也沒腳。他們一排排就像重疊的浮空影像，半懸在空中，每個人面前都正對著一片片懸空的螢幕，而且都正在上網……

沒錯，劉輝終於報到了。這裡，原來就是那些來源出處無從稽查，誰都不知道它們發自哪裡的虛擬終端。

漸漸劉輝不覺得害怕了，反而像是回了家。

他開心了。而這時身邊不遠，有一塊螢幕就像鬼火般向他搖曳飄過來。沒錯，沒錯，螢幕上正是剛才把他招來的那群尤物，上面還有一句剛傳的訊息——「歡迎你來報到，無極夜簫。」

劉輝這時只感身輕如燕，彷彿自己整個軀體全被掏空了，掏空後就只剩下一種他沉醉上癮的快感。每次上完網他都有過一陣那樣的感覺，一種完全掏空後的麻木虛無……

很快他就融入了。身體透明了，腳消失了，浮空懸著，進入虛無，再分辨不出來……

王凱見劉輝兩天都沒理他，那晚深夜上網時，就順便在聊天室找他。

但劉輝卻像已經不存在了。無論哪個網名，都再也找不到這個人。

突然，螢幕私訊裡出現了一行字：「王凱你在嗎？」

聊天室全用代號，還有誰能知道他真正名字？王凱笑了，手指急速在鍵盤跳動——「王八蛋！你玩我？那棟 X 通商業大樓是 75 年前老建築，大樓總共有十幾層高，不就是舊時日本兵的情報部嗎，宣布投降那時他們集體自殺，後來這地方就成了自殺勝地，我那晚去過了，根本就沒地下室！你去挖墳了你？」

螢幕顯示，「怎麼沒地下室？本公子還在此開心著呢！」

王凱一團疑惑，「你還在那？啊？」

螢幕顯示，「是。」

王凱更疑惑了，「顧著玩，就不必吃飯工作過日子了？」

螢幕顯示，「等等，我正在辨認是誰的手餵我吃草莓呢！」

王凱再也坐不住，屁股扭來扭去，褲子太緊了，「哼，你別爽過頭！」

螢幕顯示，「來吧。」

王凱手指亂顫，「真是那棟 X 通大樓嗎？確實沒地下室啊！」

螢幕顯示——「樓梯入口在後面停車場，在一個很老舊的配電箱旁邊。」

王凱需要肯定：「真的？」

螢幕顯示：「來啊。」

王凱在做最後決定⋯⋯

十秒後，螢幕再問——「來不來？」

電腦這端也沒有人了。

因為王凱早就飛快地，上路去了。

一點感悟，與您分享：

只有回到現實世界，並且從現實世界裡找出生命扎實的意義，才不至於被虛擬的幻覺捲走。

白日夢

在現實中，人往往會把夢當作是個逃避勝地。

卻在夢的虛幻無常裡，人無法掌握一切。

一

翰文又再一次氣急敗壞地摔電話。

辦公室做清潔的阿姨見狀說，「李先生，都 10 點半了，再晚我搭車回家很麻煩。」

「拜託，我還得打幾個國外電話。我送你回去吧。」

「你就非得如此賣命嗎李先生？做人不就幾十年，何況這幾十年裡還得有自己真正生活的時間，那才算是自己的。」

「阿姨你說的太好了，你有部落格嗎？」翰文有點愣住。連個清潔阿姨都能照顧到自己的生活哲學，說真的，他這些年是否已經把自己逼得太緊？

阿姨笑不攏嘴，向他扮個鬼臉。

翰文又埋頭工作了。600 噸化工原料，偏偏遇上春節前貨運港口倉位極度爆滿，卡在港口外面也不知如何是好。土耳其客商天天長途電話急催。船期一再延誤。原料出口信用狀眼看就要過期作廢。所有麻煩擠在一起。中午還吃了個其爛無比的蛋炒飯，就一直開工到晚上 10 點半。

這就是我李翰文的生活嗎？

也不是因為那晚阿姨的話，也不是那晚回家做了個富有啟示的夢，但不知怎麼搞的，第二天吃完午飯翰文經過路口那家旅行社時，想也沒想就竄進去，還訂了當天夜裡就飛往峇厘島的六天遊。

眼睛盯住機票，不錯不錯，管它天塌下來，6 天呢，熱帶沙灘，迷蹤雨林，火山溫泉，世外桃源，那才是我李翰文的生活呢。

飯後回到辦公室，填上請假表他就收拾桌子。不到三點他就走出公司大門，個個同事目瞪口呆。回家拿了包包，五點趕至機場，六點搭上飛機，深夜十一點他就舒舒服服躺在峇厘島某飯店的一張酥軟大床上。

還別說，就看你有沒有實踐的膽量。要做就去做。看，這不就已經做到了？

這才是我李翰文嚮往的生活。

二

熱帶雨林，瀰漫著茂盛植物與潮溼土壤的氣味。這跟平日辦公室的全天候冷氣完全不同。

峇厘島火山多，火山腳下的樹林，尤為濃密。

密林中，煙霧更是遠近迷梟，彷彿還有一股永難驅散的潮溼。

這份慵懶感，讓翰文覺得很舒服。早上行程就是這個休眠火山。據說此處還有個非常古老神祕的村子。

就連這神祕村子裡也霧氣奇重。幸好村民都很熱情，團員們在村裡看民俗表演兼品嘗村民的土酒。翰文看了一會，了無興趣，但也不清楚自己興趣在哪，便獨自向村子後方的密林走去。

據說這個休眠火山百年內噴過幾次，地上全是肥沃的黑色火山泥，難怪林子生態密集，全是互相糾纏拚個你死我活的樹木。

可是走沒多久，翰文就發覺自己迷路了，樹林像沒了邊緣，怎麼也出不去。

正在慌惶之際，見一名身穿深褐斗篷的老者，低著頭，垂著臉，坐在一塊長滿青苔的大石上。

翰文才剛走過去，老者就問他，「迷路了？」

「你能說我的話？你是……」

「不必害怕，我能幫你。」老者抬起頭，臉上全是又深又斑駁的皺紋，鬍子不只蓬鬆，竟然還是全褐色的。

「您能幫我走出樹林？」翰文打量他。

「你真的只想走出樹林而已嗎？」

他腦筋一時沒轉過來，「不懂你意思。」

老者炯炯看他，「你不是很想擺脫目前那種生活嗎？」

翰文突有警戒，暗暗地捏捏手，不，不像做夢，但他倒是有點迷亂了，「你 —— 究竟是誰？」

「我是這樹林裡的巫師，我能滿足你三個要求。」

翰文有點啼笑皆非，肯定是念幼兒園時聽童話故事聽到腦袋深處了。林中仙人給凡人三個要求？呵呵，哪有這等事？翰文不信，「開玩笑吧，哪有這種事？況且我也沒什麼要求。」

老者微笑，蓬鬆鬍子裡裂出滿是皺紋的嘴，這老者，竟連牙齒也是褐色的，「真沒有要求嗎年輕人？你不是感覺自己生活很被動，天天感到緊張卻麻木，可是想追求的目標又遙遠又模糊嗎？」

翰文微微震動了，「你……難道真是？」

老者仍微笑，「說吧，三個要求？完全不附帶條件，放心。」

翰文仍帶警戒，「沒有，真的沒有。其實誰年輕時不辛苦呢？我真的沒要求，只要以後沒人再來煩我，再也不必面對那些討厭訊息，以後只要我能自己一個人好好活著那就行了。」

「很好，你正好已經提出了三個要求。」又開又攏的褐色嘴巴內，撩捲著一條深紅色舌頭，「年輕人，你這些要求，都會變成事實。」

他心裡感覺好笑，就憑你這怪老頭？翰文看看他，「謝謝你，但你還沒告訴我怎麼走出去呢？」

老者笑了，「其實世上沒有迷路這回事。你只要一直往前走那麼就能走出去，簡單道理，難道你真的不懂嗎？」

更怪了，不就一直是在往前走嗎，哪有出路呢？

三

但更不可思議的事發生了。

翰文往前走約百公尺，腳下突然被什麼硬物絆倒，當他再爬起來時，他發現自己竟然就站在公司的大門口。

啊？他完全愣住。

是真的還是假的？我不是在度假嗎？這明明就是公司門口，我每天煩躁與沉悶的根源。這絕不可能認錯，但可能嗎？

可是細看之後，翰文又似乎發現，這也不似他上班的地方。

這地方很怪。哪有這樣的辦公大樓？竟然在原本該有文字符號的地方完全沒了文字符號。到處都沒有，招牌上沒有，大廳內沒有，電梯內外也沒有，翰文只能憑著每天習慣去按電梯樓層，當他來到公司門口，啊？門口連公司名字也沒有。

但，他又是太熟悉這裡了。

這就是他天天忍辱負重臥薪嘗膽的地方。他自己就曾經說過，就算夢遊都不會迷路地回到這裡。可怪的是，公司裡怎麼會如此安靜？翰文看看壁鐘，哦，原來又跟往常一般，自己又來早了。

不過當他打開電腦，電腦上除有圖片，也再沒任何文字符號，沒有新郵件，連舊郵件也通通消失了，更嚇人是，所有圖片裡只要有人也都一個個沒了臉孔。所有人物，他們頭的前面就是一塊光溜溜蛋臉。

這有多恐怖，他就剩下自己一個人，其他全是蛋臉。

牆上的員工集體合照也是如此。臉都消失了。所有員工手裡捧著員工優異獎獎狀，齊齊排成一排拍照，但人都沒有臉。當每個人都沒有了臉，那麼身體幾乎就是一模一樣的，沒有分別，沒有你我他，什麼都沒了。

翰文嚇得全身幾乎癱瘓，頹然倒坐椅上，一不留神，就把桌上自己的杯子碰落在地。

潑嘭浪一聲。

還看著那杯子在眼前摔破了。

這時才察覺，這竟然是他從樹林裡走出來後唯一聽到的聲音。

天啊，有生以來從沒遇過如此可怕怪事。這是個完全隔絕的、除了自己再無別人也再無訊息的世界。

突然他想起什麼。翰文提起最大勇氣，把顫抖的手伸入褲帶，掏出錢包，向錢包裡自己照片看了眼。

竟是連自己也沒有了！果然連他的臉也消失了。現在的他，只是一個不具代號的軀體。

忍到這時再不能忍，他歇斯底里大叫一聲……

四

沒錯，大叫一聲翰文就醒過來。而醒來後的情況，就如他自己在潛意識裡所設想的一樣 —— 真有幾位旅遊團團員關懷地圍在身邊，然後大家就紛紛告訴他，他上午如何在樹林裡自己迷路了，或許碰上些當地不乾淨的東西，不小心中了邪，但現在已經沒事了，一切恢復正常，難得是這世界裡人人都有了自己的臉，身邊一切也清清楚楚布滿擁擠的訊息符號。

他應該已回到原來那真實世界裡。

是嗎？

一位不厭其煩老愛不停亂說話的團員說，「哎呀你沒死算走運嘍，村子後面那樹林聽說很蘚，常有什麼樹精木妖出現，你一定是健康不好磁場疲弱才會霉運當頭，小心還有更壞的在等你。」

翰文倒是聽得舒服。只有聽到這個爛人極度誇張口沫橫飛肆無忌憚地說，他才可以肯定，這該就是原來那個真實世界。

是的，很矛盾。他根本不喜歡平日這個世界，但他又慶幸自己還能回到平日這個世界。

他有點釋懷，甚至感覺好笑。發生過的一切竟然如此真實感。

那位老者或許真是隻千年樹妖，而自己確實在他魔法裡也目睹過那個無人的、蒼白的、荒涼的、孤獨的、更恐怖的無訊息無自我的世界。

這也許是個啟示，現實是無可奈何的。但恐怕很多人都知道現實無可奈何，也還是得回到現實去。

他，盡力集中精神，向身邊圍住他的團員們問了：「我，我如今在哪裡？」

那嘴巴不能停下來的團員，好像只有喉嚨不停抽筋才會感到人生有意義，他仍在一旁喋喋不休，這種人，恐怕也只有喋喋不休才能活得下去，只見他越說越興奮——「快起來吧，要趕去機場了，飛機班機 XX1313 號，還有 2 小時就起飛，你還是快點換上一身乾淨衣服，這趟班機上至少有整兩百名乘客，大家都穿得光鮮點，那至少明天他們收拾飛機殘骸時挖到你，死也死得漂亮些。」

「啊？你亂說什麼！」

「死啊。我說死啊。這趟班機會在泗水附近墜毀，呵呵，生死本無常，就遲早而已，人都得死，你我注定都是這趟班機的罹難者。」

這次翰文真正大聲向他吼叫了。

走開，你們走開，也讓我走開！我再受不了這種真真假假虛虛幻幻的折磨！」

李翰文揮著手踢著腳，「都給我走開！我要回去我的世界！」

一雙溫柔的暖手，輕輕在他肩膀上拍了下，「李先生。」

是清潔阿姨。

阿姨說，「我擦完茶水間的地板出來，就見你趴在桌上睡了，李先生，唉，問問你自己，累成這樣，真的值得嗎？」

翰文盡量提起精神，「我做了個很可怕的夢。」

「是嗎？」阿姨遞來杯熱飲，「喝點熱的。」

「咦，這不是我杯子。」阿姨解釋，「這是我給你新開的杯子。你那杯子不知道怎麼了，幾天前我一早來到，就看見摔在地上破了。」

「幾天前？」

「是啊，幾天前，你不是在峇厘島度假嗎？不知道誰把你的杯子打破了。」

他這時想起了，杯子是他自己打破的。

但假如幾天前還在峇厘島，那他怎麼回來打破自己杯子呢？

翰文全身顫抖，眼睛瞄到桌上電子日曆去。

六天已經過去了。

「阿姨，我是在做夢嗎？你是真的在我前面嗎？阿姨。」

身邊並沒有阿姨。

而那個新杯子，還裝著冒煙的熱飲，在桌上。

但他的精神太混亂了。

或許，只有心理醫師能治療他的分裂狀況。

他已經無法相信自己眼睛，大概，又要大聲吼叫了。

一點感悟，與您分享：

南柯一夢，夢總要醒來，不只因為夢裡無法掌握主動，

更因為人性裡總有一份慣於被主宰的潛伏依賴，驅使他又乖乖回到無奈的現實中去。

愛的信箋

——「是。就來寫信。很多很多的信。」

石彥完全收起了笑容，說，「要寫一百九十二封。」

一

一九九二年，東京，世谷田區。

荒見石彥的虛弱身體一動沒動，肅穆的眼神，望著車窗外，景色一直在倒退。

原本已漸平靜的心，彷彿又被撩動起來。

景色能倒退，那他的時間怎就不能倒退？

才三十二歲，命運是否太殘忍？

櫻上水其實距離明治國立醫院也不遠。搭京王線，就六個站。因此他選擇了櫻上水。

他不是作家。平時甚至很少拿起筆來寫東西。因此他不能肯定自己能否把整件事情做好。

銀行去過了。銀行表示，一切可依照他安排的進行。

心裡確實放鬆了些。鬆弛得有點像是麻木。這時自己眼裡看到的，無論人，無論景，都開始帶點接近透明的感覺。

小廣告上的地址並不難找。櫻上水，三段，三零三室。

月租六萬日圓。包水電瓦斯，不算貴了。房間有十鋪榻榻米大小。

他一直沒見到過房東夫婦。接見他的，始終只是房東的孩子。

原來房房東並不同住，不過這孩子因為就在不遠的高井戶中學上課，所以說好了，他住在樓下另個房間裡。

是個已經十六歲的少年，極懂事，完全能照顧自己，也不胡亂說話。

真正跟少年接觸，還是他跑到樓上來找石彥……

「荒見先生，我幫你在玄關旁的鞋架上多添了個鞋格。」

「十分感激。但恐怕不必麻煩了，我至多只在這裡住幾個月。」少年有點愣，「就幾個月？」

「是。大概就三個月。或許，四。」

少年笑起來，有些靦腆，「也就是說，這個春天荒見先生就一定是住這裡了？」

「是。」石彥點頭，「你名字，能知道嗎？」

「是。我叫雄一。家裡就我一個小孩。」

「雄一，」荒見石彥微微閉上雙眼，「這裡夏天是怎樣的？」

「生命聽來十分蓬勃，甚至很吵。」少年一臉清純，「先生，我說的是蟬聲。」

「對啊，那是生命在盛夏的聲音。」石彥嘴角彷彿掀開一絲笑意，「那夏末呢？還有秋天，秋天這裡又是怎樣的？初秋，仲秋，晚秋？還有冬天？每個季節都是怎樣的？」

雄一似乎有些疑惑，「先生是一名攝影師吧？您到東京來，是否要部署您日後的攝影工作活動？」

「不。」荒見石彥搖頭，嘴角那笑意有點苦澀了，「我是來寫信的。」

雄一更加迷糊了，「真抱歉，我是無意聽到的，說先生是從北部的淺蟲而來到此地，如此遙遠，先生來東京就為了寫信嗎？」

「是。就來寫信。很多很多的信。」石彥完全收起了笑容，「要寫一百九十二封。」

「那麼多？求職信嗎？抱歉我多問了。」

石彥看著他，「不。都是給家裡寫的。」

雄一腦袋猛轉，但仍不能明白他的話，卻也不敢再問下去。

他抬眼看看石彥，「先生，樓下那冰箱的溫度已經調低了，那是因為看到您把注射藥品都放在那裡。抱歉打擾您了我這就先下去。有什麼需要請通知我吧。」

石彥呆呆的看著少年背影，心裡再禁不住，像撕裂般痛楚起來。

二

石彥果然就是寫信。

每天日夜地寫信。

說過了，他不是作家，平日也極少拿筆寫東西。因此就算已經寫到第一百八十二封，這些信究竟能寫成怎樣？他自己心裡也不知道。

他確實沒信心自己能把這事給做好。

他不知道窗外會變成什麼樣子？不只是季節，而是那街道，那些人，這個城市，都會變成什麼樣子？

季節溫度、環境景色，或許還能應付一些，但有些情況再如何都是無法想像到的。他不是個寫小說的。他無法去營造太多。

然後，在第一封信寄出去後，石彥靜靜地等候了一個月，並沒有退回來。

但他心情卻開始變得很複雜。信沒退回來，那原本就該放心的。但又說不上，石彥又想到許多別的不好地方去。

第二封信，他託雄一幫他寄出。也沒退回來。

「先生您無須擔心，我想應該是平安的。」雄一聲音放輕了許多，「我不只說那封信，我是說，先生您的孩子。」

石彥明顯已經瘦削的身體坐起來，看著雄一，「你手肘怎麼了？」

「沒事，就在操場上撞了一下。」雄一說。

「雄一，我想問你，你十三四歲時，對父親是一個什麼樣的看法？或說，感覺？」

「我父親？」雄一用手弄了弄自己手肘上那套架，「你看，學校醫務處把繃帶綁得不好都露出來了。我父親是一個很好的人。」雄一還設法用小手指把繃帶塞回去，「我父親嗎？他很疼愛我。」

「其實我想問你，還記不記得自己十三四歲時，希望父親對自己逐漸長大這回事，是個什麼看法？或說，你希望他如何看待你？」

「我？」雄一說，「我希望他能給我力量和勇氣，我希望他滿意我的成長。」

「你和父親，是什麼話都能說嗎？」

「我希望是那樣。」雄一又去弄那繃帶，「先生，等一下我把這套架脫了先藏在你這裡，今晚我會去看我父母。」

「你怕他們責怪你？」

雄一連忙搖頭，「不，我父母極度疼愛我，是不會責怪我的，我是怕他們看到了心裡難過。」

「是。」石彥苦笑，「確實是那樣。」

雄一這時抬頭，看著外表都已瀕近枯萎的石彥，過一陣子才說，「先生三天沒洗澡了，是否我能幫忙？」

石彥眼睛轉轉，「可是雄一，我這裡住很久了，卻從來沒見過你的父母。」

「我去給先生準備洗澡的水。」雄一說。

「慢著。」石彥伸出顫抖的手，從被子底下摸出另封信。他先仔細地把信封上的地址檢視一番，遞給了雄一，「這是第三封。」

「是。」雄一接過，「你說過的，我也記得，這是你幫你兒子取名字的信。」

「沒錯。就叫荒見萌。」石彥一絲慘笑，「是男的，縣醫院曾做了超音波。」

「先生還要喝點水嗎？」

「不。」石彥把身體坐起挪到小桌几旁，「我要寫信，你說的沒錯，就是要給他力量和勇氣，其實也就，就剩幾封了。」

三

二〇〇八年。也是春天，但地點是日本北部的淺蟲。

雖然雄一是已經非常熟悉那地址，但他從沒到過淺蟲。結果，還是氣喘吁吁的花了一些時間，才找到荒見石彥的家。

春天是來了，但春天仍被大雪覆蓋著。

淺蟲是個北方小鎮，家家簡單樸素的門口也積起了厚雪。幸好，在門旁的牆上，雄一仍看到那裡依然掛著個小牌：「荒見」。

在皚皚雪色反照裡，這兩個端正漢字給了雄一無比勇氣，看來沒有改變，這裡仍是荒見石彥的住宅。

他輕輕地，推門入內，遠遠就看到院裡有個少年在剷雪。

少年發現來客，迎上來問——

「請問先生找誰？」

「我找渡邊雀子。」

「那是家母，先生哪位？」

「那你應該就是荒見萌吧？我是你父親的好友。」

少年瞬間愣住，怔怔看著雄一，突然他飛也似跑進屋裡，也不管雪地溼滑就把一位四十餘歲婦人扶出來。

因為雪也是白的，因此渡邊雀子兩鬢微微泛起的銀白並不顯眼。她很有禮貌地跟雄一找招呼，問，「先生真是石彥的好友？」

「是。我就叫雄一。」雄一答。「這是先生給你的信。」

雀子這時仍神情平靜。「這次怎麼你親自送來了？」她接過信，卻沒急著看，只繼續說，「真為難你，替他寄信，每月一封，都十六年了吧？」

「太太都知道了？」「是他自己疏忽。名作家加藤秀良五年前已經去世，他怎可能去年還在電視上看到加藤的訪談而有所感觸呢？」

雄一低下頭，「不過，也沒遺憾了。先生活到十六年前春季的最後一天。」

雀子悽楚苦笑，「不，他一直活著。即使在那作家加藤去世之後他還是活著的，我讓他的小孩也一直這麼想。」

「太太心裡責怪先生嗎？」

她搖頭，「我早已不怪他了。他把希望留給我不就是要我好好活下來？雖然那是個欺騙的希望，但我們確實因此活了下來。」雀子眼眶裡映著一層閃爍，「他離開時，痛苦嗎？」

「他走得安詳，那時暑假剛開始，我一直在他身邊，初夏有花，蟬也開始叫了。」雄一說，「我答應過他，一定會替他遞送這最後一封信。」

「為什麼就這一封你要親自遞送？」

「我答應替他看看荒見萌。」雪花突然又似紛紛飛舞起來的碎絨。雀子出人意料地平靜，轉過身，將信交給身邊紅著鼻子淚水滿臉的兒子。

她慈祥的說，「這是父親的最後一封信，你十六歲了，該能堅強起來。」

雄一在他們家留宿三天才離開，石彥病逝前三個月的所有細節，他都詳細說了。

臨上車時，雄一問，「太太，為何你一直都沒搬走？」

雀子看著小路盡頭，說，「因為我怕郵差無法投遞。」

雪這時下得更大，更密。

雀子說，「雄一，請代我問候你的父母。」

已踏上火車門梯的雄一，這時回過頭，說，「其實我從小就沒父母，十六年前，我是從先生身上看到一位父親的愛。十六年後今天，我又從太太您這裡看到一位母親的愛和一個妻子的愛，謝謝你們。」

火車汽笛響了，白煙噴出，雪花亂散。

找到座位，雄一心情平靜地，坐在窗旁。

這時已經有 32 歲的他，腦海中緩緩又浮起荒見石彥的臉。

那感覺，就像看到十六年前的石彥坐在對面座位上，如何支撐著自己衰弱的身體，如何保持著肅穆的眼神，卻帶著一份堅決的愛，望出窗外，任由景色倒退，把自己帶到一個每天日夜寫信的東京去。

雄一知道，窗外的雪，是越下越大了——

茫茫地，雪花，就像漫天飛舞的無數碎紙片。

但，每一片，都是愛。

一點感悟，與您分享：

真正的愛，會與信任，與體諒，與義務，永遠同在一處。

地點

怪的是無論尊尼從哪個角度入畫，所描繪的草叢裡一定會出現一個很詭異的告示牌。

黑底白字，巍巍然立在漭漭一片草叢前，荒涼，淒涼，更像個警惕。

一

美國猶他州中部，有片不大也不算小的草叢沼澤區。

面積大約 86 公頃。其中邊緣約有 20 公頃地段開放為遠足區。附近大學的學生，在春季短假期間，許多都會結伴到此遠足踏青。

在開放為遠足區的部分，除了蓋有一些休息站及公廁，一直沿著邊緣地帶，也都有頗高的鐵籬笆圍住。

沒人能輕易的攀過籬笆到禁區內去。

傳聞倒是很多。

有人說裡面只不過是個高度隱祕的無線廣播站之類，或許就是情報局祕密基地。

有人說，裡面其實是個環保研究實驗區，常會遠遠看到有野生動物竄跑。

有人說裡面毫無人煙，只有高與人齊的野草濃密覆蓋，是個隔離外界的絕地。

有人說，裡面有邪教藏匿。

有人甚至說，草叢深處，是個鬼域。

盛傳裡面是鬼域並非空穴來風。近日確實有些前往遠足但夜裡趕不及回到鎮上的學生，繪影繪聲說聽到草叢裡隱隱約約，似有不斷嗚嗚般的聲音發出。

據曾聽過「聲音」的學生說，他們因走遠了趕不回鎮上，就在邊緣露宿，到了夜裡，就聽到黑漆漆草叢內傳來一陣陣猶如人群齊聲低哭哀啼的淒厲呼喚。

愛玩冒險的學生故意在夜裡走入草叢，甚至帶著工具想剪開鐵籬笆爬進去一探虛實。

但怪了，那鐵籬笆竟然無論怎麼都剪不開。不只剪不開，連想在籬笆底下挖個地洞爬進去都不行。籬笆根部彷彿深深埋入地底極深處，誰都無法挖出地洞。

不過草叢雖詭異，但至今仍未聽有學生神祕失蹤或去遠足就走不出來的事。

直至最近，發生了「尊尼告示牌事件」。

二

尊尼 18 歲，父親是印第安人，他那雙眼睛長得特別斜——太斜了，以致有時給人感覺他兩眼老是在不停顫抖翻白，雖然人都體諒，但久視之也頗覺恐怖。

尊尼是美術系學生，有點神經質，人極敏感，並患有嚴重夢遊症。

怪事就出現在他最近的繪畫作品上。尊尼最近幾乎都在畫那片草叢。從各個不同方向，從各個不同角度，就如寫生般。

怪的是無論他從哪個角度入畫，所描繪的草叢裡一定會出現一個很詭異的告示牌。

黑底白字，巍巍然立在漭漭一片草叢前，荒涼，淒涼，更像個警惕。

沒人見過這告示牌。草叢邊緣只在東南西北四個方向豎著「不得擅入」牌子，並無其他告示。

更何況尊尼畫作裡完全不見鐵絲籬笆，而他絕無可能穿過籬笆進入草叢之內。

告示牌還標示著一些地方距離，像「穆赫蘭公路離此 0.7 英里」、「自由峽谷離此 1.5 英里」、「處女烈火道離此 1.7 英里」、「魅影遠足小徑離此 2.6 英里」。

穆赫蘭公路、自由峽谷、處女烈火道等等人都知道在哪，但最後一項「魅影遠足小徑」？卻從沒聽過有這樣的地點。

導師探詢下，尊尼只好承認自己所畫，或許是夢遊中所見情境，而實際上他並不知道有這草叢。

「你感覺自己到過這草叢多少次了？」導師問。

「不記得，但最近腦裡都是它，彷彿就是真的。」尊尼說。

「夢遊者醒來是不可能記得自己去過哪裡的？你怎可能記得？」

「我不是記得，我是在那裡。」

「你真的覺得見過這告示牌嗎？」導師問。

「是。黑夜的草叢，彷彿就只有這告示牌最顯目，它彷彿……就像跟著我，無論到哪裡它都會在我面前 —— 」

導師笑，「尊尼，你說的純屬夢境，根本不存在一個這樣告示牌。」

緩緩，尊尼轉過臉，瞪起那雙翻白斜眼。

導師臉上調侃的笑意漸消失了，卻感到尊尼身上有股莫名詭異的恐怖。

尊尼的床鋪依舊常在夜裡空著，他的草叢畫作依舊出現這片詭異的告示牌。

有天，尊尼在作畫半途突然昏厥，人們圍上去，發現畫作上那告示牌處處已染得鮮紅斑斑，猶如被噴濺上片片可怕的血跡。

不知道那是顏料還是真的血跡，尊尼被送到學校附屬醫院檢查及治療，但什麼都查不出來。

出院後第二天，宿舍裡來了個中年人，指名找他。

一看就知道是個印第安原住民。雖作現代打扮，但此人長髮如飛瀑，一掛鷹鼻如鉤，他扛著一個巨型大包，兩眼在陰沉目光下，炯炯懾人。

「你必須帶我去，尊尼。」這人說。

尊尼不敢逼視，垂下眼說，「也許，也許我真的沒去過那裡。」

「不，你確實在那裡。」這人說，「只是你沒醒著。」

「連我自己都無法證實看到的虛實，又如何帶你去？」尊尼氣急敗壞。

那人從大包裡掏出一個腳鈴，「繫上它，我就有辦法跟著你。」

「可是你為何要這樣做？」

「我必須做。你會明白的，」那人說，「把它一直繫著，記住。」

說完，人就像個融入牆壁的影子般，轉眼在尊尼的恍惚失措中離開。

三

月黑風高，尊尼的床鋪又空了。

由草叢邊緣看進去，黑色的高草就似一支支高舉搖擺的手臂，像在招引著什麼。

尊尼腳上繫著的腳鈴，像著了魔似，與其說跟隨他的步伐，不如說像受到某種力量指使，在漆黑中四處尋覓。

就在尊尼身後不遠高草叢中，一雙炯炯懾人眼睛，也步步跟隨。

這晚的風，彷彿把草都吹得很低很低。

尊尼翻起眼白，就像個失明的搜尋者，他並沒察覺自己其實已來到草叢邊緣的盡頭，更沒發覺 —— 就在草叢盡頭這個一切都在搖晃浮動的小角落上，他自己身體，一下子竟變得像透明般，不費吹灰之力就能整個人穿過鐵籬笆走進去⋯⋯

尊尼著實愣了一下，摸摸自己下巴，不是做夢。

後面緊跟的身影也像透明般，在腳鈴陣陣細碎如咒語的聲音裡，也穿過籬笆進去了。

原來，籬笆之後的草叢，與隔著籬笆之外看進去的草叢，是兩個完全不一樣的世界。

風吹得很低很低，高與人齊的草被吹得東歪西倒，在遍地狂捲的一支支搖擺手臂之間，原來草叢裡四處都竄跑著一堆堆形狀模糊的、就像由一股股黑煙聚集而成的浮動人影，還有馬的，還有牛的。

眼前景象把尊尼嚇著了。

虛浮、搖晃、高草間的憧憧晃晃，就如釋放了一群四處竄流亂瀉的鬼魅。

其實，之中許多人影都已受了重傷，但他們仍狂揮著手臂，驚逃竄跑在萋萋高草之間，失去雙親的孩子像被踐踏過的草一般在曠地上哭泣，負傷的男子用無助的身體維護住身後的一家人。大限已至，一場侵奪的殘殺，一場血腥的滅絕，一場人類的恥辱。

尊尼耳際，只聽到陣陣淒厲痛苦的哀嚎聲與追殺聲交織地混在風裡，但彷彿一切又已是變得那般細弱，變得那般氣若游絲，草叢裡，處處只能看到亂竄亂逃的魅影，那些已經不是活著的人，似乎只是一個個還在張著口尖叫的嘴巴。

目睹慘狀的少年愣愣站著，心裡的痛，漸漸變成一陣浮起的寒涼。

這些白人是在開拓蠻荒土地嗎？這裡原是他們原住民的發源地嗎？

多少人類歷史裡，無論時間已過了多久，當初的掠奪就是掠奪，當初的殘殺就是殘殺，現在的仁慈撫安，算什麼動作？

他們憑什麼掠奪？就憑他們覺得自己文化比別人高一等嗎？他們憑什麼踐踏？就憑他們更會動用武力嗎？因此他們藉著所謂帶來的人類文明亮光，就能夠處處搜尋，處處殺人，並且最終還明目張膽塗改歷史？

尊尼從沒想過就在校舍不遠的這片草叢，竟藏著一段血腥的過往。

站了一會兒，他似乎已感覺到白天那個找他的印第安人已跟上來。

「你跟來了？」尊尼輕問，「沒騙你吧，看吧，到處不都是這些指示牌？」

那人「嗯」了聲，神情逐漸凝住，說，「尊尼，你只是見到突然出現的指示牌嗎？」

尊尼回答，「是啊，我只看到一個個指示牌被豎起來，但我不明白我為何能看到它們，我不是在夢遊嗎？我怎可能清醒的？我怎可能看到這些血腥的過往？」

那人又安靜了。

不久，尊尼聽到一聲沉沉嘆息。

那人說，「你這次是清醒的，尊尼，只是你一直沒有想到真相罷了 —— 這些年來，其實有股冤屈的力量一直都在為這片土地冤死的他們不停地搬動和豎起這些指示牌，但遺憾一直沒遇到能看見的人。誰都聽過白人當年在美國中西部屠殺原住民的事，但那些歷史往往已經被溫和化了，被所謂文明發展邏輯這些振振有詞的道理掩蓋了，原住民的冤屈，就如此永遠沉埋在勝利者的冠冕上，尊尼，是我們冤死的祖先，是他們一直想把某個淒涼的訊息傳達到鐵籬笆外面去。當然，他們全都死了。一百二十年前這一刻，此地全族印第安人正在被歐洲移民至此的白人殘忍追殺，他們謂之感化，謂之開拓，謂之順服，其實就是在肆意屠村，趕盡殺絕。」

四

一處一百二十年前屠殺印第安族人的地點又被證實。一處原本淹沒的血跡，在人權歷史上又作了次其實毫無意義的記號。

不久，高草叢地邊緣的鐵籬笆突然都被拆了。

高草叢整個被剷平。昔日屠村地點，也不知道根據哪個原貌，被開發為一處原住民歷史露天博物館。

尊尼的夢遊症不知道什麼時候痊癒了。他自己懷疑，或許就是腳上一直沒拆下來那個腳鈴所致。

而那位留著長髮、長著鷹鉤鼻的印第安人，據說是猶他州山區裡一名族人祭師的後代，還據說他眼睛什麼都能看到。

但自從這地點被改為原住民博物館後，也不必靠這樣的眼睛了，因為一切魅影都已消失。

連夜裡那常常穿過風聲傳來的淒厲哀嚎都早沒有了。

有次尊尼回來學校參加慶祝會，看到博物館旁邊不遠處那個上次他穿過籬笆進入草叢的地方，也就是他看到殘殺土族的地方 —— 已經蓋起大大間的麥當勞……

那個麥當勞叔叔，有著血般鮮紅的微笑。

這樣健康的笑容，其實全世界不分東西方，到處都有。

因為不同版本的麥當勞，都是那麼高大，那麼有實力，也都會笑。

一點感悟，與您分享：

地點被掩埋，歷史事實被扭曲詮釋，在人的文明裡，這才是最大的恥辱。

孩子

她小心走到鏡前，坐下說：

「不知道怎麼了，手術後我老覺得脖子後面整天像有重物墜墜的，墜得我有點麻。」

方醫師脫下手套，走回桌邊，戴回那老花眼鏡，給護理師使了個眼色。

護理師把美琦從檢查床扶下來，示意她到後面穿回自己衣服。

美琦輕輕咬唇，「怎樣，醫師？」

方醫師神色凝重，搖頭，「不能做了。」

美琦神色愕然，「什麼？才 3 個月。很困難嗎？」

方醫師看看護理師，護理師會意，走出去並順手關門。

美琦急了，「我必須做，3 個月後我未婚夫就要從國外畢業回來跟我結婚，我不能不做！」

「子宮壁已傷痕累累，再做，以後容易形成慣性流產。」

「那也得做！」美琦真急了，「我不可能再等！」

方醫師拉下眼鏡目光直射過去，「你自己說已經做過多少次了？既然知道就要結婚，那……」

「什麼大不了，不就一時疏忽！」

「還是一時之快？」

美琦又羞又氣，「不做就算，我有我生活方式，你不必管我！」說完抓起包包一怒離開。

當然，她還是做了。當天下午，到另家私人診所做了。

這診所連燈光都頗簡陋，慘慘的光照在手術檯邊那個不鏽鋼醫療盆裡。幾粒從她體內扯出來的東西，凝著血塊，還帶有點半透明，但已經一動不動，在微冷的空氣中，慢慢地轉成暗紅，再轉成黑。

那女醫師給了她一包消炎藥，說，「應該沒事，早晚吃一顆。」

「這就可以？」

「痛的話，就再加吃一顆。」

其實，真是痛的。

那痛楚就像體內有一把冰刀在慢慢割肉。美琦感覺全身奇冷，腳步虛浮。好不容易攔了輛計程車回家。

會過去的。她想。無痕無跡，日子會恢復以前模樣的，不必擔心。

或許，等好一點了，去換個髮型。或許，先去看看婚紗店。

然後真的，3 個月後美琦就結婚了。他那位畢業回國的丈夫果然一表人才，品格端正，比以前夜店跟她亂搞的那些男人要好得多。

人都說他們是天造地設一對。切蛋糕時，高過他們幾個頭的蛋糕就似一座幸福寶塔，而那些快要疊到天花板的香檳酒杯，玲瓏剔透，就像無數的閃爍眼睛。

美琦很快樂，這些疊起的香檳杯子，在閃爍的眼睛見證下，不停地被注入晶亮剔透的香檳。

但其中有對眼睛，特別像一雙出奇睜大的血絲眼球。

「你怎麼了？」丈夫漢霖連忙扶住她。

「沒事，」她迅速掩藏神色，「只是有點眼花。」

純粹幻覺，她安慰自己，人類都快上火星了。純屬幻覺。

回到他們兩個的愛巢，她更肯定倒香檳那時只是疲倦，因為一切是如此美好。

漢霖俯下臉熱吻著她，說：「好妻子，我要一輩子好好愛你。」

美琦閉上眼，手指緊緊抓著丈夫後腦勺的頭髮，「我也是。」

漢霖呼吸急促起來，「我們就要個白白胖胖的小孩，好嗎？」

「好，好。」美琦這時不介意生孩子了，別說一個，再多她都願意生。

但漢霖突然停住。他雙眉一皺，臉上閃過一陣狐疑，然後，就一切中止。

「怎麼了？」美琦心有疙瘩，但語氣控制還好。

「沒事。」漢霖似有所思，「忙了這些時候，或許我們都太累了。」

美琦只當沒事。

事情就這樣過去一些時日，她也沒去再想更多。

婚後 3 月，她就發現自己又懷孕了。

但只懷上 9 周，不知道怎麼地，就流掉了。

她盡量不去翻閱自己心裡那層陰影。她以為下一次多加注意一些就能順利。

但沒多久，叫人遺憾的事一再發生，事態之嚴重讓她精神和肉體上都受盡了折磨。

她回到那女醫師診所，做了個徹底檢查。女醫師仍是一副不以為然的表情，「沒事，子宮內看不出任何異常。是有些舊傷痕，但懷孕應該是沒問題的。」

說了等於沒說，美琦無法接受這答案。她臉色開始陰暗，坐在那裡，說，「我必須懷孕。」

女醫師一雙眼就似探燈，「有夫妻問題？」

她像喃喃自語，「我們夫妻間的事很不對勁。他越來越少碰我。然而，進行的時候我又感到他總是神色有異，就像在跟另個人搏鬥。醫師，這大半年我們夫妻關係越來越僵。求求你了，我現在急需懷孕，再沒懷孕就恐怕維繫不了我和我丈夫的感情。」

女醫師說，「科學雖發達，但這種事也講機率的，也許還要有一點——天意。」

「天意？」

「這也不是加減乘除的功課。生命的發生有許多自然巧合，」女醫師再給她一包藥，「我看你就隨緣吧。」

但隨緣不能解決她的問題。

過了一段時間，在美琦萬般努力下，她又再次懷孕。

但這次情況更糟，第 7 周就流掉了。更讓她感到恐懼是，這回血流如注，子宮甚至開始有脫位跡象。幸好意外發生在晚上，漢霖急忙將她送往婦幼醫院的急診處。

經醫生搶救，命是搶回了，但子宮內因有復發的潰爛傷口多處，整個子宮必需割棄。

不能說她毫無悔恨之意。但這已經不是她跟自己釐清過失或表示歉意的時候。

那些不羈過往，幾曾何時就是她認定為人生快樂的價值觀。且不管這價值是否有人認同，但再三墮胎帶來的惡果，確實是美琦這時深深感到的最大疚歉：一個母親的疚歉。

丈夫漢霖坐在病床旁，神情疲倦，但態度平和，望著臉色蒼白的她。

美琦流淚說，「對不起。」

漢霖只是抬眼，看著她。

「以後不可能有孩子了。」

漢霖也不出聲，靜靜別過臉，美琦聽到輕輕一點啜泣。

她心裡這時才湧起一場接一場的大戰，就算再多的後悔也不足以抵償這場戰禍，她的心就像被無數鐵蹄踐踏於上。

漢霖洗過臉，回來說，「休息一會兒吧，我明天再來。」

她問：「你真的會來？」

他點頭，「會，這點，你放心吧。」

第二天漢霖果然前來。

醫生把旁人支開，很坦然地，向一個丈夫交代了他妻子的確切情況。

漢霖一邊專注聆聽，一邊只得用專注來掩飾自己的尷尬。

醫生最後說：「可喜的是，你太太復元情況竟然出奇地好，她今天就能出院，你好好照顧她吧。」

漢霖沒多話，辦好手續，就把美琦接回家。

「現在覺得如何？」漢霖問。

「還可以。」美琦小心走到鏡前，坐下說，「不知怎麼了，手術後我老覺得脖子後面整天像有重物墜墜的，墜得我有點麻。」

漢霖站在一旁，看著，看了好一陣子，只說，「沒事的。放心吧。」

或許，最慶幸的是美琦最擔心的結局並沒發生。漢霖並沒有離開她。也或許這樣她覺得是個更重的懲罰。

日子飛快。半年，一年，都悄悄過了。

漢霖變得愈加沉默，他們夫妻間並非再無親密關係，只是雙方都心知肚明，一切已經不是原來的心情。

而美琦的頸椎還真不知怎麼地，麻痛感更加嚴重。

她認為自己一定是在某個不經意的時候把頸椎扭傷了，因此去看骨傷科醫生。

骨傷科醫生檢視後說，「你頸椎其實沒有真正受傷跡象，假如有，就會有瘀傷或變形等等症狀，但我檢查過，沒有。」

「那我頸椎一天到晚怎會那麼痛？總有個理由吧？」美琦問。

「根據你對疼痛的描述，也許就是……」醫生欲言又止，「不過那又不可能。」

「怎麼不可能？你直說無妨，什麼不可能？」

「除非你是個扛稻米包的苦力，你說那有可能嗎？」

「那不可能。但總有個原因啊？」

「或許是枕頭長期不適所致？這樣吧太太，說真的我從醫數十年也沒見過您這情況，我想你還是到脊椎專科照照 X 光，就能一目了然了。」

脊椎科的 X 光片送回來：一切正常。

但美琦情況卻越來越糟。這麻痛感後來甚至是一大早就來侵襲她。一纏住就不放。

有次麻痛得激烈得幾乎令她痛不欲生，她告訴漢霖，「受不了了，與其這樣痛下去，索性用把菜刀把自己整個頭砍下來算了。」

漢霖看著她沒說什麼，但看她痛成這樣，也於心不忍……「美琦那你為什麼……為什麼要……？」

美琦愕然，「怎麼了？」

漢霖想起他們的初戀，熱戀，想起他們暫別兩方時的互相承諾，但這時再挖掘一切，還有意義嗎？

美琦看他欲言又止，「說啊，究竟怎麼了？」

漢霖說，「其實我也不知道這辦法行不行，但我就試試替你解決吧。」

第二天晚上，美琦發現漢霖買了輛小孩學走路的「學步車」回來。

「這……」

他沒作聲，小心拆下包裝。

美琦除了疑惑，心裡也很不舒服，「原來你還耿耿於懷失去孩子的遺憾？」

漢霖看著小車，「這不是遺憾。這是治療你頸椎的藥，是你小孩學步的工具。」

她不相信自己聽到的話，「你說什麼？」

漢霖真的沒別的意思，卻也只能把自己心裡的刺痛緊緊壓著，一直壓下去，想壓成一種平靜……

他把整輛「學步車」裝好後，說，「在你拿掉子宮的第二天我就已經能看到他了。離開了你的子宮，他就只能抱著你。就是那樣，一直抱住你的脖子。有時候他把自己掛在你胸前，有時他就騎在你肩膀上。不過他現在也一天天長大了，該學走路了。車子買回來，也許你的孩子就會放過你的頸椎，不再如此日夜纏你。」

她嚇得臉都青掉，「你說……孩子……就一直那樣抱住我？」

漢霖點頭。

美琦顫抖得像艘快翻覆的船。前因後果，似個吞身大浪……「你說我的小孩？那不也是……我們的小孩嗎？」

漢霖走到窗前，再怎樣深呼吸，仍是一片麻木，「不。他不是我的小孩，其實，我們結婚那時我就能感覺他在你身體裡。我不是他父親，所以他一直抗拒我。」

美琦幾近崩潰，「不可能不可能的！他不可能還在那裡！」

男人嘆息：「也許他那位有著藍色瞳孔的父親從沒愛過你，但孩子卻是愛你的，所以才一直跟你抱在一起。」

「抱我？那我該怎麼辦？」美琦幾乎崩潰。

漢霖走過去，向她張開懷抱，「他既已來到，就是這裡一分子，我想，或許只有接受他，才能平息他的委屈與不滿，我可以試試。」

美琦一時羞愧莫名，撲到漢霖懷裡失聲痛哭。

漢霖輕輕撫拍她的肩膀，「明天我會試試把他抱下來好嗎？雖然不是我的小孩，但既然是你的，而你以後再也不能生了，或許我就只能接受這個事實。」

神祕的夜，就在他們身邊。

神祕的夜，其實四處有著許多看不見的眼睛。

漢霖心裡那五味雜陳的情緒，漸漸平復……

他彷彿開始不害怕了。其實他每天都見到「他」。

就在她肩膀上，像個不斷放大的肧胎。

這時還帶著一份新的疑惑，不斷向他眨眼。

一點感悟，與您分享：

一條生命，就是一條求生的生命，無論如何它都想要活下去，請尊敬它這個要求。

回家

他就在這麼個熟悉的貧困裡長大。

那片土地上有著許多親切，許多熟悉，許多無奈，也有著太多宿命的怨懟。

但，家還是要回去的。

這天，已是臘月二十了。

華北大風雪，壓在頭頂的天色是一片陰沉灰慘。

無情雪片，斜掃人臉，虎子瑟縮著，悄悄地躲入北京火車站外的一根巨柱陰影後面。

他思索著：這該是個夠隱祕的角落了。這根大柱子，這個斜角度，連監視器都無法追到。

但讓他感到極不舒服的，是身邊不遠那道像洪水般洶湧而流過的人潮。

全都是趕回家過春節的人。

人們大包小包的，而且身體擠著身體，黑壓壓的人堆，人人都要鑽進車站之內，常常就會忽略防備。

虎子就看到一個鼠頭獐目的人，將手悄悄摸到前邊一個男人口袋上，然後變戲法般，一下就用手指把錢包鉗出來。

又有另一個模樣極寒傖的高瘦個子，別有居心地擠在進站隊伍裡，他臉上裝得一本正經，手肘和下身卻故意在些女乘客身上不停摩擦。

人聲在沸騰，人身如危牆。

汗味，呼吸的氣味，體會，頭髮的氣味，匯成一股熱騰騰人氣，簡直難受之極。

虎子就一直瑟縮躲在柱子之後，心裡其實一點想法也沒有。

都快下午 4 點了，大雪天，灰濛濛，風如芒刺，今天就只有 5 點 10 分這趟列車開往哈爾濱。

沒人察覺，他已在這根巨柱後面等上了兩天兩夜，假如今天還等不到，那還得等下去。

他心裡只有一個念頭，就是想回家過年。

晃盪之間，他瞄到自己老鄉小麻子，正從另根巨柱那裡，極力忍受著洶湧人氣，像穿水游魚般穿過人群，靠到他身邊，問，「怎麼了？有辦法嗎？」

「沒哪。」虎子萬分沮喪，「你呢？」

小麻子也苦著臉，「唉我也沒。剛才差點就行了，我看到一個男人，帶著一個小男孩，那男孩還抱著隻大熊貓娃娃。」

虎子神情一振，「那……那應該可以呀，後來呢？」小麻子垂下頭，「那男孩大概鞋子被擠掉了，喊了聲爸。」

「然後呢？」

「然後那男人不顧人潮洶湧就往地上鑽，替他兒子把鞋子找回來。」

「那男人往地上鑽的時候你怎麼不下手？」

「我看那孩子臉色很不好，像病了，這樣上去，對他不好。」

「你……那我們是回去還是不回去！你！你真是——」

「沒用？對嗎？」小麻子一臉沮喪，「我不就想起我家小桂子，小桂子他身體也不好。」

「屁！」虎子氣急敗壞，「你就沒用！」

「那你不也在這耗上兩天？你也沒用。」

「我原本是看到有個女人，帶了一個小豆磨，可是誰知道是個孕婦，不行。」

小麻子洩氣了，「這不行，那不行，那我們怎麼辦呢？」

虎子望望天色，「能怎麼辦？都 4 點 10 分了，還有一小時火車就開走。」

悄悄然，無聲無息地，他們兩個冒著那極度難忍的人氣，閃進火車站大廳，再咬緊牙關，隨著洶湧人潮，來到二樓候車室。

到了二樓候車室，小麻子已被人氣燻得魂蕩魄晃，看來已經有點受不了了。

他臉色慘白，虛弱得幾乎透明，走到虎子那裡說，「虎子，你自己回家吧。」

「不，」虎子望著他，可也無能為力，焦急與傷感，絞成複雜的一團。

家。

可是，回家？

臘月二十，大寒剛過。他能想像這般時節，家門口那些積雪一定都把門前的路都堵住了。他還想起臘月每天一大早起床剷雪時的東北空氣。刺骨嚴寒中，無邊遼闊的天空其實是空曠晴朗的。他就在這樣的空曠裡長大。他就在這樣熟悉的貧困裡長大。那片土地上有著許多親切，許多熟悉，許多無奈，也有著太多宿命的怨懟。

恐怕誰都理不清這種矛盾。

多少農民就在這種宿命的無奈與怨懟中認了命？

以前人都說假如農民也能勒緊褲頭唸點書，那或許情況就會好一些。屁。現在這世道，多少願意唸書的農民就真能出頭天了？別說都市沒輪到你，連在縣裡想當個油田裡的雜工都得靠關係。喝，去當個黑礦礦工吧，一塌下來，那也就真正舒坦了。

虎子覺得好像再也看不見小麻子了。不知道他是否還在，或已經魂飛魄散。

候車室坐滿喧鬧的人們，長凳間，隱隱約約，虎子好像感覺到其實還有其他的「兄弟」浮著飄著。

一個小女孩，樣子很機靈，靜靜坐在不遠長凳上，手裡抱著個看來像是新買的人偶娃娃。

虎子瞄到了，悄悄過去。

這女孩很乖巧，眼神伶俐，看來就七八歲光景，虎子再瞄瞄那人偶娃娃，果然是新的，兩個眼球炯炯有神，更關鍵是它臉上五官都有孔竅，這是天意，再沒有比這更合適的了，而且她身邊的大人都說著自己熟悉的口音，絕對是一群老鄉。

然而就在這時，他又看到小麻子了。可憐的他，原來一直躲在一隻麻袋旁，他看來已沒剩多少能量，變得很輕，變得很透明。

唉。虎子心裡矛盾得難受。

誰都沒想到竟會落得如此。兩人一起來打工，午飯就坐在工地外馬路邊，咬一口又乾又硬的大饅頭然後再嚼一口鹹菜。那點薪資，連包菸都買不起。是誰把一根香菸掰成兩半分給他？是小麻子。夜裡所有工人窩在凍如冰窖的地下室，是誰又把那半邊被蓋推到自己身上？是小麻子。他家裡還有老婆小孩，聽說那老婆哭得死去活來，說要抱著小孩跳井，那，還是讓他先回去吧。

「小麻子你走吧，這小女孩的人偶是全新的，臉上五官都有孔竅，快走吧，快走，回到了就記得給我替大嫂問聲好。」

「我……」小麻子其實也看到這小女孩的人偶，只不過……就這樣分手？

這樣走了，就是永無再會。

「走呀你！沒用！走！」虎子拚命向他喊，只不過鬧哄哄的候車室裡，除非有特別磁場的人，不然誰都不會聽到，誰也都不會看到。

小麻子左右為難，但也確實想家。他看虎子一眼，說，「有話向家裡交代嗎？」

「有。」

「什麼話？」

「就說那天架子塌下來的時候我們兩個都死得痛快。」

「虎子，我們兄弟一場，我……」

「走吧走吧別再囉嗦，4 點 40 分，快上車了。」

小麻子原本還想說點什麼，虎子心裡酸酸抽抽，怕他改變主意，一聲不響就頭也不回地兀自飄開去。

4 點 50 分。大概還有 5 分鐘，就能剪票上車。

時間越靠越近，長凳上候車的人們也漸漸騷動起來。

四處是熱騰騰的瀰漫人氣，來自帶著焦急又帶著興奮的春節回家人潮。這股一年一度趕回家的期盼，就因為強烈，才能造成如此壯觀的陽氣磁場。

人氣逼鬼，虎子還真有點招抵不上了。可他也注意到其實機會甚微，因為候車室內好些角落，也浮游著幾位慘白兮兮心急如焚想趕回家的「兄弟」。

大廳上的電子鐘，已經跳到 4 點 55 分。

算了。命就是命。認了。看來注定就在北京大風雪裡做隻無主孤魂了。

虎子無限傷感，兀自苦笑，他放棄了。

他悄悄飄離候車室，飄到冷氣貴賓室去，那裡人少些，暖氣也好些。

然後他就瑟縮在最後一排的一張角落沙發上。

電視上，幾乎全是迎接春節的歡騰影像，他再躲也躲不開這股激情，也躲不開這份遺憾。回家？一定沒希望了，就剩那十來分鐘，車就開了。

一位約 50 歲的中年男士，穿著一襲黑色冬大衣，戴著個深灰色禮帽，兩鬢鬍子卻都快全白了，他小心翼翼走過來，在虎子躲著的沙發上坐下。

「也等車嗎？」他問。

虎子不敢相信。除了自己，除了他，這周圍再沒別人。虎子仍一聲不響。

「別怕，我看得見。」中年人說，「每年這時刻車站裡都會見到很多的。」

虎子不敢相信自己聽見的，「……老兄弟，你真的能看見我？」

「你不是等著回去哈爾濱老家嗎？剛才在外面我就看到你和你那兄弟了。你把機會讓給了他。」

虎子黯然，「小麻子對我好，家裡還有老婆小孩，他該回家看看。」

中年人故意把視線看向別處，卻悄悄將自己身上那襲黑色冬大衣掀開一些，問，「你吸菸嗎？」

「也吸的。」

「那你就不怕我的菸味了。」中年人緩緩說，「我剛買了個新菸盒，白銀鑄的，上面是個人頭像，也有眼睛鼻子嘴巴。」

「啊您……到您身上去？」

「別怕，我土命，屬陰，耗不了你。」中年人說。

「可這位大哥，我……鬼那麼齷齪，菸盒貼在您身上，這哪好？」虎子仍然遲疑。

「10 分鐘火車就開，」中年人仍把視線放向別處，「那你來不來？」

「來。」

「那來吧。」

虎子浮然而起，輕輕貼到中年人身邊，只見中年人探手到懷裡把那銀光閃閃的菸盒拿出來，緩緩打開，虎子一個閃身，竟就像一縷光線在電光石火間被摺疊起來，捲入那菸盒裡。

中年人將菸盒放回大衣底下的內袋。輕輕拍胸口說，「放心吧年輕人，一定能到家。」

廣播最後通報，提醒到哈爾濱的乘客趕快入座。

中年人起身，不徐不疾，往那道上車的長廊走去。

臘月的陽光，照在長廊整排欄杆上，一格又一格的，

很是分明，很是清楚，像一種秩序，像一種道理，也像冥冥中有一種不斷重複的韻律……

中年人彷彿聽到懷裡有個聲音問他，「大哥，感激您了，但你……又為了什麼？」

急急忙忙趕車的乘客，熙熙攘攘擦過中年人的身邊，誰都沒注意到他臉上那個安然的微笑。

中年人上車後，把東西安頓好，就在位子上安靜坐著。

他彷彿又聽到虎子問他為什麼了。

中年人望出窗外，像在自言自語，「春節啊，都得回家，呵呵，車就開了，坐好，坐好，沒事，為善最樂嘛。」

車笛突然大響，車廂內，人人都興奮起來。

一點感悟，與您分享：

無論情況如何，回家之樂，總是個那麼強烈的期盼，無視情況如何，助人之樂，總是一次次讓人感到生命依然溫暖的最大回饋。

傀儡

猴販叼著香菸，說，「猴子可以養來玩呀，玩膩的話，殺來吃呀，補呢！」

一位女士聽了幾乎暈倒。

又有人說，「哎這猴子剝了皮，不就像個小嬰孩？那怎麼吃得下？」

一

四川成都附近的青城山，是歷史悠久的道教勝地。

此處山巒，層層疊翠，群山間，又有煙霧長年瀰漫，形成片片奇景，早成為著名旅遊熱點。

許多人都愛到青城山遊玩。

愛看歷史遺跡的人，多到青城山的前山去。這裡道觀不少，這些遠在深山的道觀，遠隔人間煙火，牆壁與柱子全為玄黑色，裝飾卻以金色為主。黑與金，既莊嚴，又神祕。

每到週末，此地就有不少遊客。山中旅遊與廟裡祈福真是一舉兩得，而且許多遊客就住在道觀門前不遠的度假屋裡，熙熙攘攘，好不熱鬧。

不過青城山的後山，就較少人提起了。

其實也是能從前山那裡繞過去的。在道觀的另端，就有一條繞著山壁開鑿的窄道。

但誰要去後山遊玩呢？幾乎滿眼都只是山，山，山。

從山谷底下，偶爾還能聽到隱約的瀑布。在一些懸崖峭壁上，也有古時遺留的茶馬棧道。假如不怕迷路走進去，在悽迷山間也能看到些神祕的破舊亭子，甚至有人說，某些山壁缺口處也藏著一些形跡可疑的小徑，只是從來沒人知道這些小徑究竟通往哪裡。

假如去問前山廟裡那些道士究竟後山深處可有人煙？

道士們多是笑而不答。

其實，什麼年代了，世上哪還有奇異之事？就連前山道觀裡的道士，個個雖梳著道士髮髻身穿道袍，據知其實很多到晚上也一樣看電視劇和上網玩遊戲的。

二

又是週末下午，青城前山的道觀外，秋陽下全是遊客。

但細看下這天的遊客似乎被什麼東西吸引住了，不少人在圍觀。

原來竟然有人在道觀門前賣猴子。那猴販用的還是輛小貨車。車後門敞開，內有一個大鐵籠。籠內六七隻小猴崽，看來尚未成年，有些蜷縮一角，有些向遊客瞪眼露齒，有時還會整群亂跳起來，把遊客嚇得又怕，又感到十分刺激。

有人問了，「猴子能做什麼呀？」

猴販叼著香菸，瞄那人一眼，說，「養來玩呀，玩膩的話，殺來吃呀，補呢！」

一位女士聽了幾乎暈倒。

又有人說，「哎這猴子剝了皮，豈不就像個小嬰孩？那怎吃得下？」

猴販裂嘴，一口黃牙地笑了，「肉嫩呢。」

有人感到噁心，有人覺得有趣，有人甚至躍躍欲試。

遊客堆中，這時慢慢走出一名男子。看他三十來歲光景，米色襯衫，神情清爽乾淨，眼中炯炯有神，蠻時尚的，他還留著一頭飄然長髮。

「放了吧。」這男子說，「生靈萬物，原不該踐踏。」

猴販聽了，一臉不以為然，「哎呀別來這套了，你不買就別來壞我生意。」

男子語氣禮貌且溫和，「這又哪是生意？猴子在山上自由自在，你偏偏違法捕獵還拿來道觀門前兜售，這就是破壞環境的罪孽。」

猴販啐一口，把菸蒂扔掉，「好！你如此善良，那都買下來放生吧！」

男子思索片刻，問，「那要多少錢？」

「每隻一百，五大兩小，共七隻，七百元。」

「半價如何？」

「不行，至少六百，夠優惠了。」

「五百？」男子說。

猴販一臉不甘，但其實他也心虛，瞄瞄四周狀況，猶豫片刻，說，「哎呀算了算了，那好，就五百，給錢。」

「我沒錢。」男子說。

「哎呀你這人怎麼搞的？討完價又說沒錢，欠揍啊你？」

「這樣吧，給我 20 分鐘，我去賺點錢。」

猴販聽得一頭霧水。那男子卻轉身向身邊的圍觀者說，「各位朋友，大家想看一次完全不必用線扯動就能演會跳的傀儡戲嗎？」

猴販插嘴，「喂喂你可別扯遠了！這就能賺錢嗎？」男子仍舊風度翩翩，「那當然。大哥請耐心。」跟著，他又向眾人說，「各位既然遠道來訪青城，我這一手無線傀儡其實近年已經極少演出，看來今天可是難得的緣分，假如大家看過喜歡，不妨慷慨解囊，好讓我贖回這群可憐生靈，那也算各位日行了一善，如何？」

想不到還真有人好奇起來，「你剛說……不必拉線的傀儡戲？」

「沒錯。不必拉線的傀儡戲。」

眾人議論紛紛。又有人說，「那你說的是魔術表演吧？」

「並非魔術，確實是傀儡。完全不用線，能演會跳，而且還是全武打。」

興趣漸漸被撩起了，人漸漸都圍到這邊來。有人問了，「那麼這傀儡戲究竟在哪看呢？」

男子見人也差不多了，莞爾一笑，說，「大家請隨我來。」

三

男子將眾人帶到一棵濃蔭蒼鬱的大樹下。

樹下那裡，有個老婦人擺了個買香燭的攤位。

男子與老婦一番商討後，就把攤上的香燭暫時取下置於地上，只留下一個大紙箱。

也不是什麼特別的紙箱，就是一個原本用來包裝電視機的空紙箱。

他將紙箱的開口完全打開，向著眾人。

有人嘘笑了，「難道這就是傀儡戲的舞臺？」

「正是。」男子說著，緩緩走向觀眾群裡的一名婦人，「女士，想請您借這披巾一用，可以嗎？」

女士有點不好意思，看看眾人，還是把披巾遞過去，男子就將它蓋住那紙箱前面開口。

又有人笑了，「噢，居然還有布幕呢！」

猴販聽到笑聲，把鐵籠子推進車廂，鎖上車門，也過來看熱鬧。

只見那男子神色淡定，從口袋裡掏出一掠薄薄的網巾，手指撩幾撩，就熟練地把自己長髮紮成了一個髮髻。之後，他略捲衣袖，將左掌高舉，右手手指在左掌上大喇喇飛快連劃數下，只見他左手伸到前面，跟著就把紙箱前的披巾掀起——

咦，這下可怪了。

雖近傍晚，但樹下光線也不太暗，就不知道什麼時候，這男子竟然已經在箱內變出了數個動作機靈活潑，能轉會跳，還穿上鮮豔小戲服的傀儡來。

男子口中，唸唸有詞。

這些小傀儡，雖然一個個只有八九寸高，但個個都是全副武裝，它們不止動作靈巧，唱、念、做、打全都有模有樣，甚至出場時還帶各種表情。

霎時間只見它們在箱內不停地翻騰跳打，果然是全武行。

終於有人看出來了，叫，「吖，這可不就是大鬧天宮？」

有人看得更仔細，「喝，好棒，果然沒拉線，沒拉線這些傀儡怎會動起來啊？真神奇！真神奇！」

看得人人目瞪口呆。有人說就是魔術。又有人更正說，魔術已經不叫魔術而是叫幻術。更有人說這其實就是一種數位播放。有人想偷偷繞過圍觀者，到大樹後面看看究竟有什麼蹊蹺。

「對不起對不起，請大家就圍在前面看，」男子抬起頭，向大家做出要求，「大家給我留點面子吧，戲法就是戲法，您若真是揭了我的底，那什麼戲法也都做不成了！」

突然，有人大聲吼喊，原來就是那猴販。

「我偏偏就要拆你的臺！什麼鬼東西！」一邊說，就一邊繞到樹後去。

繞過去之後，卻好像一時間也沒發現什麼，就只好一直繞，一直找。

而那紙箱裡的情況，這時候才神奇呢。

真不知這男子用的究竟是哪種本事，紙箱裡這時何止是大鬧天宮，就連天宮裡那陣裊裊繞繞的迷霧，也都瀰漫起來了。

那煙霧啊，還模擬十足，就彷彿，就彷彿整個青城山上的霧全都給他搬了下來。

紙箱裡的齊天大聖，要飛到哪就飛到哪，何止身上沒拉線，恐怕就有拉線也沒能控制住它。只見它火眼金睛溜溜轉，搔首弄姿鬼精靈，打起來，還會呦呦嚶嚶地發出小孩般的喘息聲。

突地，那男子左手一揚，披巾一蓋，就把紙箱口給蓋上了。

「謝謝各位，獻醜了。」

眾人紛紛鼓掌。有人還在五里霧中。有人仍在瞪眼。多數的人，讚嘆之餘也不吝嗇地把一些錢掏出來。

妙的是那猴販，彷彿聽不見戲已散場，卻仍然繞著那棵大樹，轉著一圈又一圈。

男子見狀，就到他身邊，在他後腦勺輕彈一下。

嗨，就那樣他才懵懵懂懂地醒過來。

四

當大家還在不斷議論和嘖嘖稱奇之際，不遠處，突然有人大聲驚呼起來。

眾人尋聲望去，原來又是那猴販。

他在小貨車旁邊暴跳如雷，「我猴子！我猴子全不見了！」

他怒氣沖沖過來，就想一手扯住男子，怎麼知道一雙手在空中亂抓亂捉，明明在那裡，卻就是抓不住他。猴販急得大罵，「我不管你什麼那什麼把戲，還我猴子！」

男子笑笑，數清手上的錢，「啊抱歉，只有 50 元，那我就買半隻吧。」

「別裝蒜，快還我猴子！」

「猴子不都在你車上鐵籠子裡嗎？」

「你……是你用妖術把牠們都變到紙箱裡去了！」

「話怎能這樣說，我表演時你剛才不是在樹下找破綻嗎？我哪有使妖術？又哪有糊弄了你的猴子？」

男子說著，就把蓋著紙箱的披巾拿開，並還給婦人，箱內果然空空如也，「大哥，話別亂說，你不賣就算了，天色已晚，我得走啦。」

猴販氣急敗壞，卻苦無對證。

只見一名小道，這時從道觀裡匆匆走出，向男子恭敬地打揖，「師公，您今天有興致出山了？」

男子輕責，「你們啊，怎讓這些雜人到此擾亂？」

小道答，「是我們失責，但已打過電話，青城山管理人員很快就到。」

男子屈指一算，笑笑向猴販說，「這次青城山管理處會來 4 人，6 分鐘抵達，你再不走，那要不要我再替你算算你要被關幾天？」

猴販一聽落荒而逃，眾人大笑。

但是當眾人回頭時，又哪有什麼小道和男子，原來道觀的參觀時間早都過了，只見大門虛掩，只有一名老者在那裡打掃深秋落葉。

人，都散了。

天色，遽然地暗去，煙霧密繞的青城山上，又恢復一片寧靜。

但山谷深處，遠遠似有呦呦嚶嚶的啼聲，就像紙箱裡那些小傀儡發出來的聲音一樣。

它們一隻隻，都樂不可支。

一點感悟，與您分享：

能夠理解眾生的平等，才是對生命的最大尊敬。

陽光下

蘭姐原本已經不好的臉色，突然就像更繃緊了，那臉繃得就像快要裂開來那樣，全身還不停顫抖，跟著連眼球都翻。

冥冥中，陽光下似乎有一面肉眼看不到的網。

這面網疏而不漏。

底下這件事，也一樣。它發生在 1962 年星洲的小坡。準確點說，是在大馬路的陳桂蘭巷和白沙浮的海南二街之間。

兩處之間，距離不到 5 百公尺。事件中人物，原本也互相不認識。

那時我 11 歲，念 5 年級，這可是我自己第一次目睹的嘖嘖怪事。

我家就在大馬路的黑街口。因為愛吃炒米粉，有時也因為祖母忙著打麻將沒煮飯，每天中午聽完廣播劇，我就會到對面陳桂蘭巷巴剎口吃一盤炒米粉才去上學。

攤上有炒米粉，也有炒麵和豬腸粉。攤主叫蘭姐。那時我還小，只認為她也該算是中年了。雖然她一直都是靠自己處理攤子的大小事，但每次盤子遞來，那皮膚還是白白淨淨的。

我是個忠實顧客。蘭姐很疼我，她當然知道我是哪家孩子，也聽說過我家裡的事。那時代是不一樣的。社會就是街頭巷尾，街頭巷尾就是人世，真的發生了一樁事，很快幾條街就通通知道。

記得那天，已過中午，太陽熱辣辣，我坐在攤子溫室棚架下吃炒米粉，抬頭看到蘭姐卻覺得這天她臉色很怪，青青白白，像要生病的樣子。

「唉，我打敗仗啦，」蘭姐還半開玩笑，「等一下過去對面永福安買點清熱茶。」

「生病還開店那多辛苦？我生病就可以不上學。」我說，然後我還跟她分享一個祕密，「其實有時我是裝病的，也可以不上學，呵呵。」

「被你祖母聽到不打你一頓才怪。」

「她忙著打麻將，哪有空打我？」我還笑。

蘭姐瞪我一眼，「人啊，做過什麼壞事最後都會被拆穿，我看你這身籐條終有一天是吃定了。」怎麼說著，蘭姐原本已經不好的臉色，突然，就像更繃緊了，那臉繃得就像快要裂開來那樣，全身還不停顫抖，連眼球都翻了，變得很難看，兩隻手還直挺挺撐住桌面，我已經能感覺到整個攤子在搖得厲害。

隔桌有個阿嬸大喊「被附身了」，跟著就人人圍上來。

後面雜貨店跑出數人，看見她全身像觸電般，便合力把她拖到椅子上坐下，又手忙腳亂找來兩把筷子，一人一邊，用筷子死死緊緊地夾住她中指……

一個叫阿波的店員，像是有經驗，他做了個手勢，拇指跟中指抓成個圈，食指直直指住蘭姐額頭，問，「你是誰！」

莫名其妙，不就是蘭姐嗎？

但更莫名其妙的事發生了。蘭姐突然就整個人平靜下來，可是連態度和舉止也都變了，聲音也變了，她用著我從沒聽過的聲音說，「我是阿金。」

我哪能理解這樣的事？又怕又刺激，學也不上了，就是愣愣看著。

阿波又吆喝，「阿金，你好端端上來幹什麼？」

蘭姐像突然生氣，「阿波，別連你也來吼我，我知道你是誰！有次你明知臘腸壞了還敢賣給我，哼！我敢上來就不怕人，你馬上給我把尖嘴卿叫來！」

尖嘴卿？啊這個女人我知道是誰。她是我祖母眾多牌友之一。雖然她常作一身廣東順德大姐的梳妝打扮，卻是全身上下穿金戴銀，身邊還常常跟著一個楚楚可憐滿臉委屈的少女阿秋。

怎麼上了蘭姐身的阿金會那麼凶指明要找尖嘴卿呢？

阿波語氣溫和一些，「你要找就找到嗎？誰知道尖嘴卿在哪？」

更詭異的事來了。大太陽下，看得我全身起雞皮疙瘩。蘭姐這時，臉上表情就似那些紙紮店裡人偶一樣，蒼白、平板，微笑僵硬。她竟然還陰聲細氣笑起來，「她現在在海南二街那裡打麻將，快去叫她滾來，就說，阿金回來找她。唔，蘭姐這身體好舒服，唔，好舒服，真喜歡。」

太恐怖了，假如鬼上了身就能把一個活人搞成那樣，簡直太恐怖了。

人群中有人見識過這類場面，就說，「這裡面一定有緣由，不把人找來說好一切她是不會走的，那豈不就要了蘭姐的命！」在眾口規勸下，阿波馬上派人飛到海南二街找人。

我就一直留在攤上。到海南二街找到尖嘴卿的場面，是當時跟尖嘴卿同臺打麻將有位笑姐，這笑姐後來跟我祖母說起尖嘴卿當場尿溼褲子的情形，我才聽到的。

其實這個尖嘴卿、阿金、笑姐，甚至蘭姐，都是從廣東順德過來南洋的自梳女。她們後腦都梳著一條大辮子，並且發誓終生不嫁人。她們到南洋當女傭，存到錢就寄回中國唐山鄉下。打工時能夠寄住在主人家還好，到了老弱不能工作又沒法回唐山的，那就只能集聚在一處，租間

「姑婆屋」，或叫咕哩房，大家互相照顧過下半世。

尖嘴卿這人，真不簡單。她能言善道，出手都闊綽大方，是這帶自梳女的偶像級人物。

她還很喜歡做「會頭」。

而所謂的「會」，就是大家把辛辛苦苦賺來的錢存在一起。人人每月都存一點，錢由一個「會頭」來掌管，誰若是有急用，就能加點利息來「標會」，把錢先拿去用，之後再慢慢存回去。

據說，尖嘴卿自己一個人就做了好幾組會的會頭，難怪身上時時都不缺流動資金。

聽笑姐說，那天派去找尖嘴卿的人，是個不太懂得說話的人。這年輕人氣喘喘跑到海南二街，連攀帶爬登上狹窄的老房子二層樓梯，一看到尖嘴卿就上氣不接下氣，連說話都變得一塊塊……

「這裡有人叫……尖嘴卿……嗎？」

尖嘴卿冷笑，「尖嘴卿是你叫的嗎？」

「有人……找她，叫馬上去。」

「我就是尖嘴卿，現在很忙，誰敢找我？」

「阿金她說找你。」

「你發神經？說什麼？」尖嘴卿臉色變了。

「真是阿金……她自己說要找你的！」

笑姐說尖嘴卿聽了臉色大變，瞬間啪啦啪啦就在桌底下尿溼褲子，連腳都軟了。但這女人還死撐面子，哪知道才一腳踏下樓梯，就啪啦啪啦滾了下去，最後只得讓人用椅子把她抬到陳桂蘭街。

喝，那可是大場面。蘭姐攤子旁全是人，人們也不怕晒，幾乎半條街的街坊都到齊了。

遠遠聽到尖嘴卿來了，蘭姐瞬間怒火中燒，破口大罵，「爬過來！」

那抬人的年輕人說，「哪能爬？從樓梯滾下來，都跌得不能動了。」

蘭姐仰天長笑，「哈哈報應啊，報應啊！尖嘴卿，你睜開眼看看還認得我嗎？我是阿金！你好眉好貌生沙蝨，尖嘴吃人比鱷魚張口還厲害！」

尖嘴卿一聽聲音，魂不附體，「我錯了我錯了，什麼都是我錯了，你大人大量！」

蘭姐這時表情，從憤怒漸漸變作一片悽迷苦楚，「你這個禽獸！在我病死之前你是怎麼答應我的？整天就勸我把銀行所有存款提出來，說會幫我寄回唐山，大喇喇幾千文，你有寄嗎？還有，我從來沒標過會，會銀那裡也積了足足有幾千文棺材本，連這個你都吞了！還到處跟人說你是好心才幫我辦後事，好！我問你！我死了停放在大難館你總共花了多少錢？除了吞掉所有奠儀，後來還到我床位底下挖瓶挖罐，連存著的幾十元房租你都不放過。你喪盡天良，哪個自梳女來南洋不是磨破自己手指來賺錢？你說！你用自己的錢燒過一柱香給我嗎？你這隻傷天害理的禽獸，能騙人騙多久！」

「我錯了，阿金我知錯了。」尖嘴卿面青脣白，眾目睽睽下，無地自容。

「不行！吞多少就吐多少！通通給我寄回鄉下，不然我每晚來找你。」

「好，好。」

「還有，你要燒足東西來賠償我，洋房、傭人、汽車，到處跟人說你會燒東西給我，我死了什麼都沒收過，你連死人都騙！」

「好，我燒。」

「我還要一套紅毛裝！」周圍人都低笑起來。紅毛裝就是洋裝。

「我一輩子沒穿過，現在死不瞑目，你得燒一套給我。」

「……」尖嘴卿早已嚇得說不出話。

「我 —— 我還要吃榴槤。」

「啊？榴槤……能燒嗎？」

「你要命嗎？」

「好，燒，我燒。」

周圍人都開始笑了，這阿金死了還這麼精采，別看尖嘴卿平日如此尖酸刻薄，今天軟綿綿的還真讓街坊們大開眼界。

足足折騰了 20 多分鐘，人群裡有人覺得不對勁了，跳出來，站到蘭姐面前，又用那個手勢指在她雙眉之間，「阿金，你沉冤得雪就走吧，再這樣耗下去阿蘭就快沒命啦！」

見來者是個雄糾糾壯漢，那蘭姐竟還媚眼一拋，笑了，「就走。阿蘭她沒事的，她只不過感冒，我有吃過她的炒麵但不認識她，可也不會害她，我雖做了鬼，還有一點做鬼的道德！你們之後就替我說句好話謝謝她。」

真戲劇化，蘭姐雙眼閉上，沒多久，就悠悠醒來。

可是她已經全身大汗溼透，神情極度虛脫，對發生過的事一點也不知道，她還以為自己是在攤子上暈過去了。慢慢才有人敢把那天的事詳細說給她聽。

「阿金？」蘭姐思忖良久，「好像有過這麼個人。也很久了，吃麵付錢時她掉了張 10 元在地上，我撿起來還給她，那時聽到人叫她阿金，臉方方的，對了，脖子後有顆大瘤。」

我笑問，「蘭姐你愛吃榴槤嗎，阿金說她愛吃榴槤。」

「那味道嚇死人了，幸好那天她沒當場要吃。」

哈，放心了，這個人絕對是真的蘭姐啦，我天天又有炒麵吃了。

不過，聽說尖嘴卿自從跌斷腿，花掉她很多錢才治好，後來，也就很少在陳桂蘭街那裡出現。

當然，太陽一樣普照大地。

太陽底下一切也逐漸恢復如常。

而陽光下似乎就真有一面肉眼看不到的網。

這網疏而不漏。

有些事，是無法解釋的。

一點感悟，與您分享：

若要人不知，除非己莫為

守

男人說，「我肯定回來，不離不棄，就算我人不在了，我都願意一次次輪迴為馬，多困難我都會跋涉回來陪著你」

一

新疆阿勒泰地區的哈薩克馬，是人人提起都豎上大拇指的良駒名種。

哈薩克馬，體高約 1.4 公尺，重 350 公斤，是古老馬種之一。

史上有名的「大宛汗血馬」就是牠前身。牠的乘騎性極為優良，且耐粗飼，多麼惡劣環境，都難不倒牠。

還有個優點：忠心耿耿。

可遺憾是，如今連阿勒泰地區這些具有游牧原生態特色的牧馬場，也不得不向時代讓步了。有些是因為沒足夠的市場需求而相繼關閉。有些，則是隨著另類新市場需要，漸漸變相為吸引遊客的「草原式騎馬度假村」。

從小在馬背上長大的額爾提，雖然對此無可奈何，但也不得不結束生意。

牧場算是轉手了。幾天後，就會有施工隊前來進行改裝。

夕陽，淤血般紅，壓在草原上，看著先輩開拓的一片心血，他無限悵然。

就不遠，有個看來疲倦的人，牽著一匹馬走來。

額爾提認得人，也認得馬。

「怎麼啦杜爾？又怎麼啦？」額爾提問。

那杜爾一臉沮喪，「氣死我了！你這匹馬就不吃不喝，都三天啦，又不是病，又不是老，晚上還鬧脾氣折騰得像是中邪一樣，算了，我看算了，9 千元你還我，我去買另一匹。」

額爾提抓抓頭，「究竟說什麼啊？牠可是高加索名種耶，你知道牠值多少錢？我開個 2 萬元也有人要，怎麼牠就會絕食？牠嘛，性格是古怪些，但……」

「還錢。」

額爾提只好從布袋掏出那幾疊厚厚的錢，杜爾一手接過，一手遞過馬韁，「阿拉真主保佑你，再見。」

那馬，卻悄悄溜開了。

額爾提不必找牠。他知道牠會在哪裡。

就是邪門。

額爾提走到馬廄西邊的湖畔，果然，馬就乖乖在那裡。

其實他並非今天才發現這情形。只是他從沒真正想過什麼原因。

究竟是這隻馬的精神狀態有問題？還是牠真的會欣賞這湖畔風景的優美？

或者是：湖畔這片風景，真有著吸引馬匹的能力？

因為在額爾提的記憶中，似乎從小就有一幅定型風景，就在這湖畔，就在這棵古老的白柳旁邊，總會有著一匹徘徊不去的馬。

這是很難解釋的。為什麼？為什麼這湖畔總會有一匹徘徊不去的馬？他清楚記得父親拍過的牧場照片。只要拍到這湖畔，只要有這棵白柳出現，那麼同時也就會有一匹馬。

甚至，這一匹匹出現過的馬和這湖畔白柳在一起的情景，彷彿也就是這牧場的標誌。

但也難免感覺有點奇怪，因為現在看這匹馬，牠的精神狀態卻一點問題都沒有。

牠神情泰若，就在湖畔的白柳樹旁，靜靜吃草。

手機響了，大概訊號不好，兩端都在喊。

手機裡，「喂，我那挖土機下週在縣裡還有別的工程，所以明天我們就要先來施工了！」

「什麼？我還沒把東西搬完哪！」額爾提大叫，「還有人退了一匹馬呢！那這匹馬怎麼辦好？」

「就留在那吧，先不必拆馬廄，你先清理湖畔那些雜樹什麼的，度假村老闆要那裡修成登記站呢！……喂，喂喂。」

斷線了。

額爾提的思維也斷線了……什麼雜樹？湖畔那棵白柳可是他們家的活古董，大概由他爺爺的爺爺那時就有啦，像聽過人說，這棵老白柳，樹齡至少都已經有 3 百年了。

回頭一看，停在湖畔那臺挖土機，在逐漸低暗的天色下，宛如怪獸。

但奇怪，那匹馬，彷彿一點也沒理會挖土機的存在。

牠仍舊守在白柳旁。一動不動地，就像注視著這柳樹在歲月裡一次又一次更換已經更換過無數次的垂垂長髮。

真是怪馬。怎麼會有這樣怪的馬？額爾提想，唉，就留下來讓俄羅斯遊客的孩子當玩具算了。

額爾提回到營房，與妻小吃過晚餐，點上爐子，也就睡去。

那晚半夜裡，他像被一種梗在胸裡的無奈與傷感驚醒了。坐起身，無意地，他望出營房，只見那片無聲無息的湖面已被月色瀉成銀白，而那棵白柳樹，也就更白了，像種在夢裡的一樣。

天啊，那匹馬，竟然還在那裡。

二

三百年前的某夜，有一次半夜裡的月色，其實也就如此銀白。

牧營裡的柴火溫暖融融，在厚但柔軟的被褥上，熟睡著一個赤著胸膛的男人。

男人翻個身，惺忪地抱了個空，這下他就全醒了，然後他站起來，看出去，才發現原來女人又獨自到那湖畔去了。

「冷嗎？來，多添件毯子。」男人帶了件毯子出來，溫柔地，幫她披上。

女人幽幽說，「今天你種這樹苗，是白柳。」

「是啊。怎麼人人都說它快絕種了？在額爾齊斯河岸那裡，還很多呢！確實是白柳。」

「你這傻子，這些白柳，長至老去，就會倒下半截，然後長出新枝，雖能再長，卻不能離開母株，你這樣栽下，只怕難活。」

男人看著她，「這麼美麗的月色都美不過你眼裡的神情。這白柳，怎麼會不活呢？只要我們一直相愛，牠就能活。」

「明日你就趕馬入市，就盼你早去早回。」

「唉。」男人摟著自己女人，輕聲安慰，「現在連朝廷都設了內外兩廠，專門管理馬匹交易呢。關外馬市，近年交易甚旺，而我們的牧馬場又著重於養殖高加索良種，一定能賺到銀兩的。雖然，這一路趕馬的途上常有亂賊出沒，但我們只需小心多跑幾趟，往後就能找個更遠牧場，也好給你過上安詳些的日子。」

「不，我不走，就喜歡這裡。你在哪裡，哪裡就是我的安詳天地，我不圖別的，我只想多看見你。」

月色裡男人緊緊擁抱她，「我一定很快回來。」

女人害怕男人摸到自己臉上有淚，忙把他的手移到自己長長頭髮上。

男人笑了，「這白柳一定能長得好。」

「怎麼說呢？」

「因為它也想要有你這般撩人的長髮。」

女人心裡一抽，再禁不住淚簌簌而下，「記住，我一定會在這株白柳旁等你回來。無論何年何月，我都會等。」

「一定回來，不離不棄，就算我人不在了，我都願意一次次輪迴為馬，多困難我都會跋涉回來，永遠陪著你。」

女人一震，但已堵不住他的話。

月色，其實是悄悄涼下來的。

沉沉靜默中，誰都萬想不到一語竟然成讖。

當時局勢，許多關外清兵叛變，淪為亂賊，他們更接二連三對回族人民進行殘酷掠奪和瘋狂屠殺。

商路尤險，不少回族商旅慘被血洗。

那男人一直沒回來。

而女人一直在等。

等到白柳亭亭玉立，又等到它長得綠蔭鬱鬱，再等到她自己那頭白髮逐漸化為枯萎的絲，她臨湖，她偎柳，她望眼欲穿，但他依然沒回來。

認得路回來的，只是馬。

女人活著那時，就親眼看過一匹不知哪來卻常常流連於柳樹湖畔的馬。

她彷彿認得牠。因為她有次無意發現牠看著她的眼神。

她覺得牠也彷彿認得她。

可能嗎？但女人總相信男人終有一天會真正回來，而不是一匹馬。

沒有。男人始終沒有回來。

只是每匹馬在每次消失之後，沒幾年，又會有另外一匹馬來到這湖畔白柳旁。

女人終於離世，但那些回到湖畔來的馬匹，雖然已經不是同一隻，卻多年從未間斷過。

也從來沒人細心去注意這些。

在一個牧場裡，像這樣的風景極為尋常：馬匹、柳樹、湖水粼粼的光。

後來，甚至連這個男人和這個女人的故事都沒人記得了。因為牧民都經常遷徙，同一處水草，卻一直替換著不同的人。

是的，就連當作傳說，都沒人聽過。像額爾提，或許他注意到他那匹馬總愛留在柳邊有點邪門，但從來也沒想過其所以然。

三

第二天大早，施工隊果然來了。

但沒多久整個牧場就掀起大亂，沒人想到一匹看來如此溫順的馬，發起狂來竟有如此巨大破壞力。

當挖土機鏟完了營房外那片籬笆牆，開始駛向湖畔要把那株白柳也順道剷下時，那馬便發狂了，牠像尾巴著了火般衝向挖土機，並直向控制機械的操作員撞去。

牠不止在瘋狂地亂踩那又厚又硬的挖土機輪子，還幾乎踹上了駕駛座，像要撕開空氣般不停狂嘯，任何想靠近的人，都感到那就是一場殊死頑抗。

鏟樹的工作，根本就無法進行。

最終只得放棄。

那工頭氣急敗壞說，「算了，這樹就不鏟了，連你這馬一併當作附送的吧。」

額爾提看得都傻住了，久久愣在那裡，不能理解。

更啼笑皆非的是，幾分鐘前還在發狂踹人的馬，見挖土機停住，牠就像一切沒發生過般，又回到湖畔那株白柳樹旁邊。

四

所以說，世上並非每件事都能有個解釋邏輯的。

湖畔那株白柳，在這地方改為度假村後，竟然也還能好好長著，彷彿有著什麼一直在支撐它的生命耐力，或像有某股靈性力量護住它一般。

那匹馬，後來也老去，牠就在度假村當了八九年的小孩活玩具。

後來真的很老很老，不知怎麼地，竟然在某個晚上，牠就消失無蹤。

怪了，一年之後，又不知從哪裡來了一匹。那度假村的負責人，還笑笑說，這些啊，或許就是以前牧民跑散的馬匹，牠們都變回自由自在的野馬了。

其實這些度假村又能維持多久呢，沒幾年，時代休閒形式改了口味，牠們也都紛紛退場。

不過，湖還是在的。

那株白柳，據說活了三百年，樹頂上還有些活枝，但也真的老了。

度假村這片地方，後來又再次被鏟。

時間不斷沖刷，該處如今是個野外主題住宿遊樂飯店。

不過，改成什麼恐怕也難再給人留下印象了，偶爾聽到遊客對這片風景發出讚美，所讚美的，也只是這湖畔景緻不錯而已。

倒是有個遊客，無意注意到白柳，說：「啊白柳？這種樹，不是說快絕種了嗎？」

之後，又不知道過了多久，有天，一個臨著湖偎著柳樹在拍照的少女，向正在對焦的男友叫起來——

「哎寶貝你看後面，後面來了一匹馬！」

「吖，你擺好姿勢，小心牠踢你！」

「哎呀牠好像要衝向我這裡來耶！好可怕！」

「快快，快過來，別拍了！」

那馬衝到白柳旁，幸好這對男女已經閃開。

兩人驚魂未定，愣住，還哈哈大笑起來。

男的說，「看來還是匹頗年輕的馬，好品種，但脾氣就有點怪。」

女的說，「是啊，怎麼牠就不搭理人，看，牠在白柳那裡靜靜待著呢。」

說完，他們看看，就走了。

湖畔再也沒有人。

只有風吹來，馬匹鬃毛飄飄，很美。

就像那株白柳樹頂上還活著的稀疏柳條那樣。

擺著，擺著。

這時候，連風都微笑起來了。

一點感悟，與您分享：

愛，就是承諾，最深的愛，就是守著這個承諾。

刀

他朋友正色說，「我只能告訴你，以後無論到哪裡你都該悄悄把它帶在身邊。別太張揚顯眼，別賣掉它，更別丟失它。」

周暉對古董其實沒多少認識。

這位 36 歲年輕醫生，更喜歡在各處偏遠地區做醫療援助工作。他比較熟悉的不是古董而是病毒，能讓他感覺美麗的，是健康的生命。

因此，當他去年回到老家整理剛去世父親的遺物時，發現老爸竟然收著好多古董，也沒考慮太多，碰巧有位好友林銘是古董商，便打算變賣它們。

周暉對古董確實不熟。林銘仔細檢視過他父親的收藏後，很坦白說，「老周，你父親這些古董價值不菲，但抱歉我手裡沒那麼多現金，買不起。」

周暉愣住，「啊，那麼值錢？」

林銘指著其中一把刀，「我所謂的價值不菲，還不包括這把刀。」

周暉順勢看去，林銘所說那把刀，外型看來其實簡單：刀身長約 30 公分，略作羽形。不過，在刀的刃口上卻布滿許多非常細微的絲般劃痕。這些讓人不明所以的劃痕，熒熒照人，而且刀雖然老，刃口卻仍鋒利異常。

這刀有鞘。鞘上與柄上，也都有花飾。

但周暉也分不出那是什麼花飾。

周暉再端詳一番，聳聳肩，「我仍看不出它如此值錢。」

「不是值錢而已，」林銘正色說，「我只能告訴你，以後無論到哪裡你都該悄悄把它帶在身邊。別太張揚顯眼，別賣掉它，更別丟失它。」

「那其他古董怎麼辦？如今老爸也走了，房子留著我又不常回來住。」

「這樣吧，房子與古董我幫你找個真的能出價的買主，多年相識，對得起你了。」

周暉笑，「太好了，下週我在坦尚尼亞，之後會到雲南山區，要半年後才能回來。」

林銘只說，「出門在外，那刀帶著。記住了。」

周暉並沒太大疑問。好友如此囑咐，或許那刀真的是件稀罕之物。

旅行時置於託運行李內也不麻煩。但過海關時難免就被抽問了數次，幸好那設計看去也就是一件手藝品，一定是需耗費脣舌，但也不難於解釋。

後來周暉心裡開始狐疑，是接二連三地他感覺到這刀好像有狀況。

最初是在坦尚尼亞的某個傍晚。他回到義務醫療隊的宿舍，進房門後，累得正想倒在床上，卻聽到架子上突響起一陣猛烈聲響，循聲望去，原來是擺在架上這把刀，竟不停地晃動起來。

房內一切穩當，不可能是地震，但它在架子上顫抖得如此厲害，嚇得周暉一時也摸不著頭緒，而更可怕的事出現了，當回頭一看，原來床底下正有一截可怕的東西爬出來，那東西全身灰褐，還帶著黑斑紋，嘶嘶沙沙作響，竟是劇毒無比的非洲眼鏡蛇。

幸好周暉鎮定。他身貼著牆，慢慢移開，一逃到房外就大聲呼叫當地原住民前來抓蛇。

毒蛇可怕，但這把刀更令他不可思議。

周暉思索很久，卻怎麼也想不出蛇與刀有何聯繫？一在架子上，一在床底下，哪來引起共振的道理？

而讓周暉感覺這刀具有一股神祕力量，卻是另一樁事，假如當時沒這把刀，他險些就葬身在一場大火裡。

想起猶有餘悸。這次是他們到附近一個綠洲作游牧原住民的傳染病檢查，怎麼睡到半夜，惺忪中他又再次被這刀的猛烈咯咯聲吵醒，一醒大驚，營內早已湧入大片煙霧，若非這刀在盒子裡蹦狂亂跳發出極大聲響，他或許就來不及逃生。

周暉畢竟是醫生，至少思維是傾向於科學的，就無法相信一把刀在安靜時是一把刀，而在危急狀況出現時就變成一個警報器。

到了雲南昆明，他就開始在網路上搜尋。

「劍，具推刺的功能。刀，則適用於劈與砍。刀可分為背著的背刀，雙手帶著的帶刀，配於腰間的腰刀，長短一對的鴛鴦刀，另外還有脾刀、窩刀、割刀、船尾刀、繞風刀等等。」

總之看了也一知半解。周暉忘了林銘提醒別張揚顯眼的囑咐，甚至把刀拍了照片放到些兵器收藏網站上，就希望有人能指點一下他這把刀的來歷。

照片上網不久，就在周暉幾乎也忘了這事的時候，有人回應了。

回應者自稱來自湖北，說非常欣賞這把古刀，願意收藏，希望周暉出價。

周暉只好回應說此刀不賣。

但對方毫無罷手之意，勸賣的訊息一直不斷。

見周暉無甚反應，最後甚至說：哪怕只要能親眼一睹此刀，於願足矣。

就一睹此刀，於願足矣？

周暉真沒想到，這刀竟有如此魅力？一來覺得好玩，二來他心裡突生另個念頭，假如真能賣得好價，或者就能在雲南西部給當地山區鄉民搞個醫療小站也不錯。

於是他就出價了 —— 100 萬。

對方看到價錢，停了反應。

其實周暉只是試試。自己也在想，誰會花 100 萬去買一把古董刀呢？用高價把對方的糾纏斷了，也是好辦法。

叫他意外是，不久對方竟又回覆，說願意接受這價錢。

還希望周暉能速速帶刀見面。

周暉只能推說自己身在雲南，暫時無法轉去湖北。

對方看似頗急，表示無論任何地方，都願意前往看刀。

周暉不疑有他，就打了連絡電話。

對方問，「幾時能見？」

周暉說，「湊巧這裡連日暴雨，我們暫時也無法到山區去，數日內哪天都行。」

對方停頓片刻，說，「就今晚吧。」

「今晚？」周暉愣了，「天氣如此惡劣，你真的那麼急？」

對方立刻就說了個見面地點，是昆明某家飯店，還說，「9 點整，就說訂包廂老趙，希望準時。」

病人周暉見得多，可急於為一把刀而飛速前來的人，他哪裡見過？

冒著惡劣天氣，周暉帶著刀提早到達約定地點。

9 點整，果然有人進入包廂。情況感覺不妙，即使再沒閱世經驗，都能看出這個賊眉鼠眼的人絕非善類。

太晚了，周暉心裡暗打哆嗦。

「我就是老趙，刀呢？」

周暉只好從背包裡將刀盒取出。

他緩緩打開刀盒。盒內這把上鞘的刀，就像一位安詳老者，靜靜躺著。

周暉小心將它取出，置於桌上。

老趙斜眼瞄了一下，嘴角跳跳，「這就要 100 萬？」

「我……」

「錢我有。」老趙似笑非笑，「放心，都給你準備好了。」

「不不，對不起，這刀現在不賣了。」周暉直覺對方眼裡有股殺氣逼來，渾身汗毛倒豎，他伸手想把刀放回盒裡就走人。

「慢著。」老趙兩眼陰冷，也就像刀刃一般寒光凌厲，「這時賣不賣，其實也都無所謂，不過，刀能借我看看嗎？」說著就伸手過去。

「這 —— 」周暉說能也不是說不能也不是。

可是那桌上的刀，此時竟像是著了魔，急速地顫動起來，還把桌面敲得咯咯響。

老趙見狀，更站起來就把手伸過去 —— 。

而當他快觸碰到時，那刀不止狂顫不住，甚至還自己彈出鞘口幾公分，馬上露出一截白森森的嚇人刀刃。

但糟糕，老趙竟然一手就將刀擒住了！

他一下就將整把刀從鞘殼拔出。刀握在手裡，這老趙就臉色大變，「嘿，這般稀世奇珍怎麼會落到你這笨蛋手裡？ 100 萬？我有，可都是冥紙，你就到下面慢慢用吧！」

說著舉刀就往周暉頸肩砍下，周暉慌得一閃，這刀便狠狠一記砍到椅背上。那椅背上的梨木雕刻一下就破開兩半。周暉沒想到事情變得如此，幸好情急智生，一跳跳開兩公尺之外……

周暉大叫，「我一看就知道你是個心裡邪惡的人，別過來，刀還我，不然馬上報警！」

「哼，想得美！」老趙十分得意，冷笑起來，「這刀上了手還會還你嗎？告訴你，我才配用這把刀！它夠凶，夠狂，夠猛，這是把能聽從主人心意的刀，你這傻子還不知道吧？哈哈哈哈！」

「這是我父親的刀，現在它是我的刀！還我！」周暉厲聲訓斥，「它一直跟我在一起，它保護過我，它保護過我！」

老趙還在狂笑，「刀在誰手裡，誰就是主人！」

「不，這刀有靈性，我相信它有靈性！」

「那你就看看這把你相信有靈性的刀如何把你砍成兩段！」說著又再舉刀，往周暉劈去。

只聽得一聲劈天破地巨響，一記穿屋而過的猛烈雷火，就像一把更為巨型的猛刀，直劈到老趙手上，還將他擊得彈出房門外，瞬間昏過去。

周暉嚇得目瞪口呆，抓起刀和一切，連忙奪門而逃。

這簡直是科學無法解釋的事。

一把還會招來雷電火光的刀？

回到老家，他馬上找林銘，把刀交出說，「這刀我不敢要了。」

林銘將刀拿起一看，不禁搖頭，「敢要也沒用了，現在它只是一塊鐵片。」

「你說什麼？」

「我規勸過你，別張揚，別顯露，別想著賣它，你都做不到。」

「說什麼呀？」

林銘緩緩把刀就向光源，說，「這是一把取過很多人命喝過很多人血的刀。每殺一人，刀上就留有細細痕跡二條，原本是磨不掉的。它殺人越多，漬血越多，所有厲氣都會全聚刀上，遇有警戒，還會自己顫跳起來。」

「原來真的是把那麼可怕的刀。」周暉猶有餘悸。

林銘搖頭，「也不全是那樣。它壞，它好，關鍵在人。遇到好主人，它就是把保護主人的好刀，但假如落入壞人手裡，那它也就能壞事做盡。」

「啊？」周暉想想，「也不對啊，當時這把刀就握在那老趙手上。」

林銘對刀再看一眼，思考了一下，說，「話雖如此，但天地間依然有著一股不可褻瀆的正氣，就連這刀，或許它這些時日跟著你到處去做義務醫療久了，主人俠義熱腸，它也就有了這份認同於正氣的靈性。」

「噢，是這樣 —— 那麼這刀，還能不能……？」

「現在都不重要了，」林銘看看周暉，「它為救你，已經付出它所能召集能量的最大極限。經過雷火劈擊，它的一切厲氣也消失了，現在它只是一塊平凡的鐵，就這樣了。」

刀靜靜躺在桌上，燈，照著它。周暉沒想過它刀刃上有過那麼多血，更沒想過這些刀上的血，在不同的人手裡，就是不同命運。

刀的力量。

人的力量。

關鍵還有一股正氣的力量。

真是如此嗎？

燈火，溟溟然地，悽迷地照著這把刀。

卻再也照不出個真正答案來了。

一點感悟，與您分享：

人性的高處，能維持著一份正義，它接近神性，萬物能為之動容。

最後的微笑

因為這就是他印象裡最深刻的部分，因為這就是他與自己父親有過最靠近的距離。

光是這親密感覺，就已占據了這回憶的全部。

一

朦朧中，克強翻過身醒來，心裡一時說不出是疑惑，還是茫然。這是童年時多麼熟悉的一張床。可以說他就在這床上長大的，然而，這時卻十分陌生。

他妻子進房來了。說，「沒找到枕頭。大概不是丟了那就是已經送出去了。這是樓下的沙發墊子，先將就用著吧。」

「那些搬運工人都走了？」

「都走了，卡車也走了，今天這些卡車是把東西送到慈善單位的。」妻子說，「那些要運到英國的箱子，他們說明天另外派車子來載走。」

克強起身，走到連簾子也已經拆光的窗邊，感慨的說，「我就在這屋裡，這房裡，這床上長大，」克強望向窗外的花園，深吸口氣，「不過，卻是很寂寞地長大。」

妻子跟在背後，看著他。

克強繼續，「即使十多年沒回來，再看見這床，我似乎還能看見床上躺著那個寂寞的少年。」

妻子終於忍不住，「你是否仍感委屈？」

「也說不上。」克強輕噓口氣，「他們都忙。那年代那社會就普遍如此。孩子幾乎都是傭人帶大的。早上醒來我就找不著他們。晚上我不肯睡覺，其實就想等他們回來能見一下，但記憶裡，我至今仍想不起父母擁抱的清楚感覺。或許，就留這點遺憾。」

「算了，都過去了。」妻子說，「你長大了，自己也當父親了。」

克強抱住妻子，「我母親呢？」

「還好。她在樓下大廳，情緒安定。」

克強又看出窗外了，「我懷疑這時的母親是否能真正理解父親已經離開。那天在火葬場，父親棺木推進爐子時，我見她似乎是在微笑。」

「媽患失智症已有多年，別亂想。」

克強指向窗外對面另個露臺，「看，那就是小時候我父母的房間，但他們很少到露臺上來。我知道那房間空間極大，記得有次我病入膏肓，母親曾把我抱到那房間裡睡過幾天。但怎麼，他們之間彷彿就容不下我？」

「你父母並非不愛你。」

「是的，不是不愛我，只是沒空愛我。」克強苦笑，「沒關係，我現在已能理解。」

「那就好，」妻子也深情地抱住丈夫，「克強你說，母親她能習慣英國生活嗎？」

「那能怎麼辦？我們家在那裡。現在父親走了，總不能讓母親獨自留守這裡啊。」克強說，「這樣吧，我們也僱個傭人來照顧她。」

女人駭然，「不，怎麼能如此？你沒空照顧就以為一個傭人能代替自己？那你自己不是在重複歷史嗎？」

克強愣住，「啊？」

「克強，母親就一個，」女人也看出窗外，「我把幼兒園工作辭了，我來照顧她。」

「真的決定那樣？」

「我也想多跟小凱在一起，我也不想他生命裡留下一段模糊與寂寞。」

「對了，小凱呢？」

妻子這下笑了，「他說他要烤杏仁餅乾給奶奶吃呢。」

「烤箱沒搬走嗎？」

「還得住幾天，廚房東西都搬走了那我們吃什麼？」

窗外雲影掠過，夫妻喁喁說著，天色漸晚。

二

或許，克強心裡真正遺憾，是這次沒來得及回來見父親最後一面。

他甚至有點荒謬地想過：就算見到了，父親還會認得他嗎？

他沒忘記上兩次回來看母親的病，父親仍留在外地開他一輩子沒開完的會。

但憑良心說，他自己也從沒專程回來看過父親。

因為自己也忙。

人與人的關係，捲入現在這個社會模式後，彷彿一切就從淡彩漸漸變成素描，再從素描又漸漸變成只剩輪廓。

有些人，甚至連輪廓都模糊了。

想到這裡，克強心裡似有一陣突如其來的涼冷 —— 他自己，平時他常常就看到自己兒子小凱嗎？

難道父親都是比較高大陌生的？總有點遠不可及的感覺？

印象中，克強最清楚記得的一次，是父親曾用腳踏車載過只有 8 歲的他。到哪裡去，那早已不記得了，因為這印象裡最深刻的部分，就是他與父親能有過如此靠近的距離。光是這個親密感覺，就已占據了這整個回憶的全部。

他記得，那是個白天，身邊有樹木。他還記得，當那輛腳踏車在路上顛簸時，能一直感覺到父親喘喘的呼氣，感覺到這呼氣吹到自己頭頂上。

可是他不記得自己那時有沒有抬起臉來看他？

也無從想像父親在烈日下用腳踏車載著他是何種表情。他只知道自己整個身體靠貼著他的胸膛。在父親下巴下面，就是他的頭頂。

他坐在腳踏車的中間桿子上，岌岌可危。可那一次的岌岌可危卻得來不易，心裡滿滿，只覺得高興。

有些事，克強仍耿耿於懷，母親 5 年前患上失智症，父親卻也並沒因此放棄他的事業王國。有些事，克強覺得說了也是多說。他兩次從英國回來探望媽媽，都沒見到父親，他自覺心裡有數，也不多問什麼。

看著發呆的母親，他不知道自己現在做的工作是愛還是補償？他甚至不敢斷定母親知不知道自己丈夫已經離去。

「媽，你說說看，」他試著問，「你說爸又上哪去了？」

沙發上這老女人，漸漸地，漸漸地低下了頭，竟然像自己偷笑起來。

「這麼久見不著他，你不擔心嗎？」克強再問。

這時她緩緩抬頭了，看著兒子，依然在笑。

「那就讓我們照顧你，帶你去英國好不好？」

老太太突然點頭，「好，帶去，把她帶去。」

「那你還會想著老爸嗎？」克強問。

老太太神情裡，溫柔地浮起一份哀傷，她搖搖頭。

克強滿心酸澀，「媽，你說我爸……我爸他愛我嗎？」

聽到這話，老太太的臉驟然地變得痛苦而懊悔，身體就像有什麼已經附了身般在微微顫動，並極力要舉起那癟瘦的手，想觸碰到兒子臉頰上。

克強妻子正從樓上下來，見狀嘆息。

她安慰說，「克強，我不介意你三十來歲的人還突然變回一個孩子。爸的事情現在也都妥當辦完了，但你這樣做，對她，對自己，對死去的人，都不會是仁慈吧？」

大廳沙發上，一個給人感覺真實的老太太似乎這時才緩緩地回過神來，她愣愣看著面前的兒媳，似乎明白一切，又像完全不知道自己身上剛剛發生過什麼事。

三

臨走那天，克強原本打算再看最後一眼，就把房門鎖上。

但他其實仍在戀戀環顧。房間，屋子，還有這附近周圍的一切。

他還不明白，父親一輩子辛苦建立如此龐大事業，現在人說走就走，那又有何意義？

看看錶。車子就快到了。做完最後環顧，以後這裡就是別人的了。

推開窗。其實陽光明媚，花園內綠意盎然，那裡有一棵碩大的芒果樹，還是爸爸生前種的，看來，似乎有些景物比人還要經得起時間。

克強正在凝神之際，同時他也遠遠地望到，對面父母原來的房間，那一道步出露臺的門，不知在什麼時候，竟然也悄悄被打開了。

怎麼沒鎖好呢？該是鎖好的。

原來是他母親。

大概是怕路上晒吧，她已換上一身的白，這時站在露臺上，也看著花園。

克強又有點詫異了，這時她怎麼還到露臺上來？是真的捨不得這房子嗎？或是感覺到自己這回是真的要跟這房子永遠道別了？

「媽」克強隔著露臺喊過去，「車已經來了，怎麼不到車上去？」

她，緩緩地把臉轉過來，呆呆的，就那樣呆呆的看著克強，並且嘴部開始顫抖，像是要開始說話。

距離有點遠，克強聽不見，但他專心看著老太太的嘴唇，原來她說了四個字：「你——回——來——了。」

人與人之間的話，有些人，是要等了很久才能說得出口。而有些人，卻是一輩子也不會聽到。

他看著老太太的嘴形，但其實一個字也沒聽到。

他們兩個露臺間相隔四公尺，且有風。風，一直在微微吹拂。

「快到車上去吧。或者你等我。我過去扶你。」

老太太滿眼慈祥，不知是陽光還是露臺上那白瓷磚，

眼裡是一片晶瑩浮閃。

然後，她就那樣微笑了……就是那個微笑。

克強把窗關好，拎起地上最後幾件小行李。走出房門，走到走廊另一邊，推開父母親房間的房門，卻不見母親蹤影。

或許等不及，她自己先下樓到車上去了。

不。當然不是。

因為車子就停在大門口。而且就只有一部車子。

克強問：「怎麼就一部車子？」

妻子笑說，「我怕司機趕時間把車子開得太快，所以就讓小凱和媽媽他們的車子先開走。」

「是嗎？他們走了多久？」

「都走半小時啦，怎麼了？」

克強微微愣住，「沒事，我剛才在 ——」極力掩飾心裡那下激動。

這下激動，就像一片落葉終於靜靜回到地上，但如何再靜，這輕輕一下都已經敲響了土地。

克強鑽進了車子，卻仍然不捨地回頭張望。

望著自己窗戶對面的露臺，他淡淡說，「我好像答應了小凱帶他到海邊去，結果沒去。」

妻子一時並沒在意，「小事情，英國也有海邊，就遠一點而已。」

他說，「這個夏天，我們全家人一起去好嗎？」

「當然好，那太好了。」妻子吩咐開車。

克強又再回頭了，還是看著那個露臺。

陽光底下，遠遠，遠遠，彷彿那裡還有個最後的微笑。

一點感悟，與您分享：

沒有什麼是太遲的，即使只剩下最短促的時間，你仍然能夠感覺到愛。

滌翠峰

「原來施主還沒聽懂我的話。」

「我聽懂。你以為我是鬧著玩的，不是，我是真的來出家的。」

倪章其實年輕，才 26 歲。

他國字臉，耳朵有點反，人說這面相，性格或許會偏執些。

童年很不快樂。難怪他青春期就開始懷疑自己患上嚴重憂鬱症。

大學唸得很一般。畢業後工作也很一般。在倪章眼中，人生總是苦澀的。他交往過幾個女孩，最終都受不了他那種對生命的陰暗想法，不歡而散。

越這樣，人就越孤僻。越孤僻，倪章就越躲在一個充滿自築成見的世界裡。

除了唉聲嘆氣，他就愛拿一些談虛說幻的命理書籍來看。不只看得入神，還自覺已深得其義，老想著若再受不了這痛苦世道，隨時就拋棄一切遁入空門出家去。

對，遁入空門，不再聞問，一切再也與他無關。

或許這就是他要到滌翠峰的原因。

滌翠峰海拔 2,320 公尺。峰頂上，據說有一古剎，名「香巖寺」。

山腳下，採藥的藥農都知道有這滌翠峰。這一帶山巒地勢雖險，但據說，偶爾也有人上去過，一定有座山峰。

不過至於香巖寺，藥農們說，確實遠遠能望見頂峰上像是有片白牆，但那片牆看來巍巍然臨崖險掛，恐怕香火也不會鼎盛到哪裡去。

倪章覺得他們實在太過凡夫俗子了，就是要這樣奇險峻陡，才是最理想的世外清修地。

倪章決定朝向他的「空門計畫」出發。

週五那晚，他就來到山腳下，當晚他借宿農家，第二天，倪章備足糧水，大清早就獨自沿著依稀可尋的古道，開始登山。

離開山腳越遠，樹林裡那些久無人煙的幽徑，就越像永無盡頭。倪章必須時時記得把方向保持在山壁的左側，並且要時時聽到隱隱傳來山泉的聲音，才能確定自己沒走錯方向。

大概過了午後，樹林漸漸就稀疏了許多。之後，再繞過一道極為陡峭的山壁，眼前竟是叫人意外地豁然開朗了，啊，終於來到滌翠峰的頂端了，果然遠遠就望到一片潔淨如玉的白牆。

不就正是香巖寺？

倪章覺得，脫離苦海的日子已經不遠。

寺不大。倪章在外面觀察一番，發現寺外面倒有個纏滿攀藤的立碑，這塊碑只能讀出「重點保護古代建築」數字，下文就被爬滿的藤葉所遮擋，不清楚了。

倒是這寺，果然就矗立在懸崖的末端上。山門外只留著一道極窄山路，說真的，看下去確實巍巍危危，下面有如萬丈深淵，是一處讓人雙腳顫抖發軟的深谷。

「施主，迷路了嗎？」一位中年僧人，站在不遠。

「不不，我就是要來找香巖寺的。」

「來禮佛？」僧人微笑，「您有心了。」

倪章一股腦兒說，「這裡真好，我一來就覺得好，我要在這裡出家。」

僧人也不詫異，仍是微笑，「施主是塵世人，一定聽過也見過明信片吧？」

「嗯？明信片，知道啊。」

僧人說，「常常人們看到明信片，都會讚嘆那風景，都會覺得假如真能生活在那裡，那麼這輩子心願足矣，可是，當人們真的去到那裡，住不上三天，每個人都想回到原來的家去，呵呵。」

「那是明信片的攝影和印刷都太好了，與現實不符，那是被明信片騙了。」

「原來施主還沒聽懂我的話。」

「我聽懂。你以為我是鬧著玩的，不是，我是真來出家的。」

僧人合十，微笑，「貧僧法號覺真，那麼說，好吧，施主請進。」

倪章果然跟腳就進。

寺內布局，其實一般簡單。

佛門少花草，但寶殿外的兩側，卻有古樹。

左為一棵昂首蒼松。右為一株鬱綠古柏。

剛才那名僧人覺真，又領了另位法號叫覺然的老方丈出來。

這位老覺然，看來倒是頗有年歲了，他眉白如雪，卻童顏如玉。

他端詳倪章一番，「少施主，真決心出家？」

「是。人生苦海，太沒勁了，我覺得還是出家好。」

「苦海？施主吃過許多苦了？」

「我確實夠苦啦，從來就沒順心過，做人處處碰壁，全世界不喜歡我，我也不喜歡全世界，志不得申，情不得暢，了無意思，萬念俱灰，皈依我佛，才是歸宿。」

老覺然又問，「那施主認為，佛門是要進就能進的嗎？」

倪章說，「老方丈，佛經我看得不算少，再不懂，日後進修總可以吧？」

覺真一旁插嘴了，「施主是否萬念俱灰，才想到佛的好？」

老覺然只作一笑，「善哉，善哉。覺真，帶少施主到後堂沐浴更衣，給他剃度就是。」

覺真瞬間有些愣住，「啊？」

老覺然，邊笑邊揮手，「去，去吧。」

寺院一切設備簡樸，沐浴處只是一空頂小寮，頭上引來的是淙淙一脈小山泉。

後堂也不大，樸柱，素梁。

寺後小室之內，也不過一臥一鋪，木枕，棉被。

這滌翠峰明明有海拔兩千多公尺高度，倪章就搞不明白，怎麼沐浴出來反而渾身開始發燙？那個覺真和尚，也真是的，浴後把他帶到後堂這個小小內室就消失無蹤。

沒多久，那渾身燙感更加難以忍受。

倪章關上門，先脫掉身上所有衣物，只剩一條內褲。

可還是覺得熱，那熱，還不是普通的熱，彷彿房子外面已冒起一片大火災，一陣陣巨大無比熱氣，說不清從哪裡正朝向他逼近而來……

突然間，房門就砰然倒下了，熊熊火舌，就像一條條貪婪的、伸長的、不停向他狂噬的舌頭。哇噻！原來還真起火啦，這可是間古老建築耶，我的媽呀，倪章嚇得面青唇白，大呼救命，可是兩腳竟已完全發軟，絲毫動彈不得。

讓他更吃驚的事情發生了……

就在房門口的熊熊大火裡，這時竟衝入四名披胄帶甲的人，像是古代衛兵，又像是那些科幻片裡的外太空戰士。四個怪兵不由分說，把地上的倪章抓起來就往外跑。開始倪章還以為來了救兵，可是腦筋還沒來得及轉過來，這四個怪兵已經將他抬起，還丟入一個巨大籮筐之內。

糟糕，倪章心想：會不會是認錯人了？

還沒想通任何道理，只見他們已經把籮筐裡的倪章抬到寺外門口，還將籮筐套在一條凌空繩索上，跟著順手一推，竟然就把那籮筐向懸崖外面推去……

完了，倪章心想這次必死無疑了。只覺得四周狂風亂扯，天昏地暗，颼颼的風哭聲，扯得人真是心膽俱裂，他只感到自己的大籮筐就像流星般快飛墜，只是不知道會掉到哪裡去？

就在倪章半瞇著眼連自己怎麼死都不敢看時，突然，又像凌空有一隻大手伸出來把籮筐接住，然後又搖搖欲墜地，把它擲入一個山谷底下的深潭裡。

那籮筐一進水，先是把他嗆個半死。然後，也真是詭異，籮筐到了潭底，他發現自己竟然能爬出來，而且還能在水底呼吸，只不過，身上還是只剩一條內褲，不過這時倒是奇寒難耐了，冷得像所有神經都快發麻了一樣，而且這裡四周暗不睹物，就只能爬著身子，摸索前行。

倪章爬了沒多遠，漸漸地，他聽到了……

身邊四周全是一片飄搖悽苦的哀泣聲。

昏暗中，彷彿身邊有著不少人，全都赤裸著身體，滿身汙穢，人人手裡捧著一個破碗，都跪在那裡，絕望地向上看著。

頭頂上，這時卻嘩啦啦一陣腥葷惡臭臨頭倒瀉而下，看不出那是什麼，一灘灘，一坨坨，黃澄澄的。

身邊突然伸來一隻手，也遞給他一個碗。

就像每個人手裡那個碗一個樣。

「不不，我不要，不要，我不要！」

「施主，您不要什麼？」覺真問。

看自己還拉著覺真的手，倪章頓時鬆開，只覺頭昏眼花，其實還不知道真正發生了什麼事。

「我……我在哪裡？」

「香巖寺啊。」覺真說。

「不不，剛才的一切都是真的。確實是真的。墜落時我感到心膽俱裂，爬行時我感到暗無天日，那裡的生靈，情狀悽苦不可言狀，我……大師！大師我真是還在香巖寺嗎？」

「貧僧不是什麼大師，貧僧只是覺真。」

「覺真？是，是，就是真的感覺。」倪章心神仍然不定。

「施主你不是要來出家嗎？怎麼啦，忘了？」覺然老方丈，原來就在他身邊。

覺真扶起了倪章，說，「施主，到佛前去吧，都給你準備好了。」

三人緩緩穿過小廊。

臨崖望去，天色向晚，山腳之下，一處處隱約的燈火，點點如豆，它們是如此遠，如此小，卻又如此熟悉，如此靠近，熟悉靠近得倪章頓時整個人清醒過來。

「方丈我……」

老覺然聽見他，就停了步，微笑著看他一眼，說：「人生的苦樂，都是沒有盡境的。人心的憂與喜，也是沒有定程的。曾經極樂之境，稍不適則覺得苦。曾經極苦之境，稍得寬也就覺得樂。少施主，你的人雖然已經攀上這裡，但你的問題仍在山下。其實，生命裡的歷程，人人都必須一步步地走過去，才能明白箇中真義。少施主，你只不過是少不更事罷了，以後經歷多了，自然明白。」

覺真陪了個笑，說，「天晚了，施主不如到後堂用點素粥，早些安寢，明朝就能下山。」

「留宿？」倪章張大嘴巴。

「施主千辛萬苦不就是為了要來香巖寺？」覺真笑笑，「怎麼，明信片的美景能住三日，這裡就連一宵也不習慣？」

倪章怪不好意思的。沒錯，聽在耳朵裡有道理，但他想起剛才驚心動魄一幕，也不是心無餘悸的，只不過兩位僧人面容祥泰又心地和善，看來大概也不像壞人。

「好吧，那我就在此打擾一宿，明早就走。」

次日破曉時，山上寒氣隱隱逼人，天邊一角雖然只透出了一絲曙光，倪章卻早已完全醒了。

身邊萋萋荒草，觸目殘垣敗瓦，哪有什麼庭院殿堂？

只不過，身邊不遠空地上，那左邊的蒼松，和右邊的古柏，倒是還在。

不是香巖寺嗎？倪章感覺如夢似幻，坐在地上愣住良久，世上，難道真有這等怪事？

晨光漸漸照到山頂上了。其實殘垣敗瓦中，香巖寺有過的庭院殿堂，根基痕跡仍然隱約可尋。唯一在歷代歲月裡一直沒坍塌的，恐怕就是由山腳下望上來那道可望而不可及、潔白如玉的牆了。

走到牆外，倪章又看見那纏滿攀藤的立碑。

突然他像想到了什麼，跑過去把「重點保護古代建築」幾個字的下文撥開……

遮擋的藤葉被撥開後，「重點保護古代建築」之後，是「遺址」兩字。

另行小字：建於宋代真宗皇帝年間，西元 1007 年，仲夏。

倪章連忙掏出手機，時間是：2008/9/12 7:30am.

他這才吐口大氣，望著山下那片延綿無盡的綠，作了個深呼吸。

當然，他如今已經知道怎麼下山了，要認出懸崖邊那道小徑，也不是十分困難。

思前想後，倪章也不禁為自己的幼稚啞然，他轉過身，向那道白牆合十深深一拜，就下山去。

一點感悟，與您分享：

只有體驗不足的人，才會輕易地放棄體驗的勇氣。

生命不是閃躲的練習，而是需要真正投入。

罐頭

對，就用罐頭的形式！

就像它們以前自己的飲食文明那樣地包裝。

罐頭外面，貼上標籤紙，還要畫個小孩，還要有笑容，色彩要光亮奪目，要引人胃口。

這是最龐大的一次肉食品貿易交流會。

會場布置得壯觀無比。

完全純白色的展廳內，甚至暗示著一股近乎宗教儀式般的氣氛。

展品排列有序。肉食的內容，也樣樣標示得非常清楚詳細。

它們全部都已製成成品：紅燒的、醬滷的、油炸的、炭烤的、製成肉乾肉片的。全都用衛生消毒包裝，全都包裹在一種最新研發的真空防菌透明包裝裡。

要打開包裝品嘗，很容易，只要輕輕把這透明包裝前面的開封撕開，就能用包裝上附帶的竹籤，把整塊肉挑出來試口味。

與會者無數。多數的與會者都是肉食品加工商和商場買家。

不少與會者，一進入會場，就開始逐個攤位去盡情品嘗。

但也有不少與會者在議論紛紛，說這次交流活動，一定又會宣布一些新的肉食品加工規定。

比如，對基因改造動物體內最新發現的惡意酶，一定會作出一定的管制及規範。

又比如，在食物加工時，對複製哺乳動物體內的生物激素含量，也會訂下新的毒素容忍標準，等等等等。

與其說是一次貿易交流會，倒不如說又是一次社區管理委員會搞出來換湯不換藥的「肉食品蛋白質法案宣布大會」。

一位與會者，張著血盆大口試了一塊肉，「味道很不錯啊，假如這真的不是從腩部切下的肉，那麼這加工工夫確實可謂一流了。」。

攤主看到反應不錯，喜滋滋又把另一塊肉遞給另一位品嘗者，「你也來試試，也來試試。」

這位品嘗者，果然也很認真地，用上頜與下頜間的五排牙齒，細細咀嚼。

咀嚼一番後，卻有不同見地，「這肉，雖入口極嫩，但又嫌它沒什麼咬勁，味道和色澤都還可以，對了請問，醃製時有加色素嗎？」

攤主連忙解釋，「沒有，絕對沒有，這是由農場直接入廠製作的鮮肉原料，那是自然色澤。」

「真的是那樣的話，你這成品說不定還真的能有一番作為，只不過，你打算用怎樣的包裝呢？食物的包裝，一定要有刺激食慾的訴求力哦，呵呵。」

「啊果然有見地，您大概是廣告界的吧？」

「你真有眼光，這就是我的聯絡方式，」說完，接近對方，把自己複眼上那排兀突的瞳孔在對方的會徽上掃描一遍，「讓我來給你設計包裝吧。」

「謝謝謝謝，那太好了。」攤主樂得連下巴的鱗片全都翹起來，連謝不已。

話還沒完，會場上的光線，就逐漸變成了舞臺聚焦燈光。在掌聲中，這次肉食品貿易交流大會的主辦方，用粗肥但靈活的尾巴掃掃身上鱗片緩緩爬上了講臺，作開幕式演講……

「……各位，我們是一個偉大的、超然的、文化底蘊深厚的族群。尤其是我們的肉食文明，雖然經過多次因襲，但其母源文化也是本銀河系裡一次輝煌的成績。肉食，是維持生命的必需攝取，而如何進食肉類，可說也是我族文明裡最基本的生活表徵。不過，近年我們族群社會，在肉食上似乎漸漸變奏了，我們不只在菜餚上追求時尚排場，更追求噱頭，要滿足炫耀的虛榮心。本會衷心希望，大家以後實事求是，把肉類吃得自然一些，吃得合理一些，吃得文明一些，本會懇請大家在原料、加工、品質、衛生、安全、包裝等等環節上，都能符合我們族群的社會秩序要求。而這次肉類食品交流會，目的更是希望大家能在我們一貫沿用的傳統肉食上重新挖掘新意，當然，我們也歡迎各界菁英提出各類創意，但不能違反我們族群社會的肉食品蛋白質法案……」

才聽得一半，臺下原本的肅靜，卻又漸漸鬆懈了。

有些與會者又再開始一攤攤去品嘗肉類。

有些甚至交頭接耳，做起訂購供應的生意來。

「陳腔濫調！」剛才那位攤主，掃掃自己下巴上的鱗片，不禁訕笑，「說什麼更希望大家能在一貫沿用的傳統肉食上重新挖掘新意，其實，就是想指責上一季某些肉商利用巨蟹星雲新發現類蛋白那件事！」

那做廣告的，興致勃勃問，「對啊對啊，不是說那些類蛋白營養豐富嗎？」

「沒錯是營養豐富。但巨蟹星雲確實太遠了，那種能生產類蛋白的軟體生物也不懂來歷，它們能否在此繁殖也還是未知數。」那攤主，也許是站累了，索性把前腳收入腹腔，讓自己下身變作半個坐地圓球。

「噢，那可是個難題，」做廣告的又叉起一塊嫩肉，放進盆狀大嘴，仍用那 5 排牙齒慢慢咀嚼。

「唉，開發新糧食資源談何容易啊！我們對傳統肉類吃了那麼多年早已習慣了，哪能說改就改？」

「說的很好。肉就是肉，再怎麼包裝，底線還是要有肉，肉就要優質好吃。」說著又從盛器中叉起一塊嫩肉往大嘴裡塞，「又要夠營養，又要夠自然，又要夠時尚，又要講究口味，可是現在每天都是處處農場鬧暴動的消息，不然就是牲口集體自殺，這樣下去，連傳統肉食蛋白資源也買少見少，以後恐怕就真的要吃素了。」

「我聽說，」那攤主把前腳重新伸出，湊近身子，「最近在幾個新衛星上也開了牲口農場？真的嗎？」

「沒用，都是些複製工程。而且那些牲口都轉過了基因，已經不能自然繁殖，只能一次過屠宰，這又哪夠我們消耗啊？」

「噢那真遺憾。」攤主表現失望之情。

說談之間，會場大廳上突然一陣騷動，遠遠入口處，竟如潮湧般傳來一片喧譁之聲。

那做廣告的，連忙把自己額前那對長著複眼的觸角升得高高，往遠處一看，當下愕然，「喲，怎會讓這些素食主義者跑進來大會示威呢？太不像話了吧？」

那攤主也升高自己額前那對長著複眼的觸角，「對啊，我們的肉食傳統文明都經過多少年代了？那可能說改就改？不吃肉，那我們吃什麼啊？」

「對，這些異端分子有事沒事就瞎鬧，才不必理會 —— 奇怪，怎麼沒派鎮暴隊來呢？」

「喝，他們能有多大本事？何必鎮暴隊？呵呵。」攤主又把前腿縮進腹腔了。

「說的也是……」連那做廣告的也想把前腿縮進腹腔歇歇腳，沒料到這時，突然有個飛快小身影竄過來。

這小小身影，竟然把那攤主和那做廣告的嚇了一跳。

攤主連忙伸出所有的腳，將整個身體立起來，處於戒備狀態……「老天，這些示威分子怎麼把農場裡養的牲口也帶來了？」

那做廣告的，也馬上伸出所有的腳，把那小小身影絆倒在地。

跌了個觔斗，哇一聲，哭出來了……

原來地上躺著一個大概只有五歲大的孩子。孩子是白種，男性，雖全身赤裸，但眉清目秀。那做廣告的太空族類，瞬間定住了神，細細端詳……

「啊人肉我們吃了這麼多年，做廣告時也常用到它們的圖片和插畫，但活生生的我還是第一次看到。」

那攤主看到只是個孩子，解除戒備，反倒笑起來，「嚇死我，原來是個小孩子！」

「噢？他這樣算是小孩子？」做廣告的說，「可是超市裡一塊塊包裝好的肉，看來都頗大塊啊。」

「當然嘍，那都是成年牲口的肉。這品種在農場裡一般成年後都能長到 1 公尺多高，雌性在生崽之後還能供乳，牛羊馬鹿絕種之後，哺乳類牲口就屬它們的乳汁最昂貴了。現在哪還能那麼容易買到小孩肉？除非是過節或喜慶，要烤小孩的時候才能找到一點。」

那做廣告的太空族類裂開血盆大嘴笑了，「對對對，這些牲口自己以前的飲食文明裡不就有一道烤乳豬嗎？啊，豬？豬都絕種好幾個世代了，呵呵，那麼說，這次示威者竟然幫我們從農場帶來一塊好肉了？」

「對啊，」攤主一副垂涎狀態，「你剛才在我攤子上品嘗的，其實也就是小孩肉，只不過是蒙古利亞品種，較精瘦，但味美。」

小孩仍站著，看著兩隻高大的太空族類，毫無表情。

攤主突然張開它的一對外扇翼膜，閃電般快，把孩子包覆到自己腹部的腔袋裡，就像一隻長著翅膀的袋鼠，突然掠了一塊肥肉收到腔袋裡那樣。

做廣告的，由嘴裡那五排牙齒發出竊竊的偷笑聲……「幹嘛呀你？」

「做樣本啊？」攤主說，「這類白種，據知其實還分好幾類，有高盧，有盎格魯，有日耳曼，還有斯拉夫等等，這個先帶回去養著，我有個供應商就在太陽系遺址內，據他說，這些牲口曾移民到一個它們稱作火星的星球上，或許那裡還能找到些不同品種，那時我就能生產一些新的肉食口味了。」

「啊那太好了，你會養嗎？」做廣告的興奮不已，連尾巴都禁不住快露出來了。

「還不容易？它們文明消亡已久，如今都退化了，雖有大腦但已經不能再算是靈長類，天天定時餵食就可以。」

「現在怎麼辦？」做廣告的問。

「我們先悄悄溜出去。」攤主說，樂得它，又再猛掃自己下巴上的鱗片。

「你答應過讓我做包裝的，說話算話。」

「那打算要如何包裝呢？」攤主問。

「不是鼓勵我們在一貫沿用的傳統肉食上重新挖掘新意嗎？」

「對啊。」

做廣告的，臉上兩排蜻蜓般的複眼不斷閃爍，「我打算用罐頭。」

「罐頭？」

「對，罐頭！就像這些人類它們以前自己的飲食文明那樣地包裝，罐頭外面，貼上標籤紙，還要畫個小孩，還要有笑容，色彩要光亮奪目，要引人胃口，啊，就叫『午餐兒童肉』吧，一定好賣。」

攤主和那做廣告的太空族類，邊說邊鬼鬼祟祟溜出去。

這是乙女星座星雲群傾角 80 度刻星際聯盟最龐大的一次肉食品貿易交流會。

會場布置壯觀無比。

純白色，甚至像暗示著一股近乎宗教儀式般的氣氛。

會場上的傳達器，還重複播放：

「本會衷心希望，以後星際飲食文明朝向實事求是，把肉類吃得自然一些，吃得合理一些，吃得文明一些。」

一點感悟，與您分享：

假如地球的資源挽救不了，我們也許就淪為他人的資源。

玩水

說真的我聽了一點也不怕。

當時我還環顧四周，尤其是廳裡每個陰暗隱約的角落，不知道為什麼，我真的很想見到他。

以前我住在碧山。那房子買得有點即興。雖然知道碧山原本是華人墳山，但我對這地點沒什麼心理障礙。

住上好幾年，後來我才搬離那裡。搬離那裡也是即興式。當時想要賣掉酒廊，有個現成的房產仲介，順便也就換換環境，想住得離市囂再遠一點。

住碧山時，日子其實也滿平靜的。噢，當然平靜了，每晚等酒廊打烊收拾好一切才能回家，回到家都兩點了。然後睡到第二天中午，下午不到四點又得趕到酒廊打點開始營業的一切。

因此碧山的家，白天就幾乎很少有人在。隔壁鄰居常常以為我出國。家裡總是門窗深鎖，室內也難有陽光。

說真的。開始並沒明顯察覺什麼。

直至那位每隔三天到我家來的打掃阿姨，常留字條給我，都囑託我離開前要關緊水龍頭。

我沒關緊水龍頭嗎？也許是。但我也不以為意。

直至有次跟她碰面，她又提起：「廚房那水龍頭你老是沒關緊，很多次我來都看到水龍頭在滴水。」

這就怪了。其實我很少去用那廚房的水龍頭。經營酒廊，作息時間很亂，哪來時間自己下廚？三餐大多是吃外食。或許只有週一，酒廊不必那麼早開門那天，我偶爾還會願意煮一點。

說真的，一開始我還真的以為是水龍頭的閥門鬆了。

洗完菜的時候明明還是關緊的，可是一轉身到冰箱拿點東西，水龍頭就真的滴滴答答漏起來。

用手想把它再關緊些。但怎麼能關呢？本來就已經是緊的。那只好再次扭開，又再次關緊。

就是如此，關了開，開了關，最頻繁的時候，一個下午可以發生好幾次，像在玩水。

甚至有時半夜回來，原本好好的水龍頭，就像知道我回來了，打招呼般，它滴滴答答又漏了。

而我的作息時間很難配合，除非下午醒來時就記得去找水電工，或除非有水電工願意半夜三更上門服務，修理水龍頭的事就一直拖著，也忘記拖了多久。

後來我已不在乎這水龍頭漏不漏水了。那陣子我有些情感困擾。情緒很糟，精神也不好。

情緒很糟那陣子，半夜回到家裡身體已疲倦透頂，但精神卻像被一種莫名的憂傷吊在半空中。那時就會抱住酒瓶，兀自坐在客廳沙發上喝個不停。

而這討厭的水龍頭，最會選在這個時候跟我玩。害得我一直得起身來往客廳廚房之間，那樣的話，只好索性放下酒瓶，乖乖睡覺。

說也奇怪，乖乖放下酒瓶後，水龍頭也就變得乖乖的。

不過，水龍頭漏水這件事假如跟當時更多怪事聯想在一起，那就不能說是我純粹胡思亂想了。

後來我又察覺到的，是掉衣架。

實在是掉得很莫名其妙。好好掛在牆上的衣架毫無緣由就掉下來，掉太多次，就算大白天有時也覺得毛骨悚然。我室內是開冷氣的，為隔熱我甚至很少掀開窗簾。房裡不可能有風或氣流，更不可能吹倒衣架。

確實沒風。衣架都是自己掉的，出其不意，劈里啪啦就掉到地上。

很多次，下午要換衣服到酒廊去，我就拿出一套要換的衣服先掛著，但一洗完澡出來衣架就倒了。莫名其妙，再胡思亂想一些，那麼整個人全身就起雞皮疙瘩。

再來，那就是吃飯時掉筷子或掉刀叉。

那也詭異之至。筷子刀叉端端正正擱在桌上，轉身想拿點調味醬料，它們就劈里啪啦像被掃到地上去。

直到有天，無意看到一則娛樂新聞，我才把這一切切重新翻挖出來，仔細想個究竟。

那時香港的羅文還健在，他跟記者說，他知道家裡有一隻鬼。

但羅文說他感覺這隻鬼是朋友，並且很疼他，還常用各種暗示，提醒他在家裡疏忽的事情。

但我的沒有啊 —— 我是說假如我家那隻也是鬼的話。可是讀過新聞後我卻多了一份心，開始注意起來，也想方法看看如何應對。

我依然相信自己是個友善的人。我也相信萬物是友善的。我相信只要我對對方好，對方就會對我好。

我想，無論對方是什麼，無論對方跟我多麼不一樣，友善的感受應該都能觸動心靈，都有穿過障礙與隔閡的能量吧？

掉了衣架？那是什麼意思？我靜靜從衣櫃裡選出另一套同樣好看的衣服，掛在外面。

好，我穿一套，你也穿一套，好嗎？

天啊，不敢相信，不只奏效，效果還很好。

掉了筷子刀叉，嗯，那是我粗心了，我餓，那對方也會餓啊，我應該開桌時就先準備多一份碗筷。

試試看。

喝，天下終於太平。而且是匪夷所思地天下太平，哈利路亞，甚至水龍頭也不用修了。

但心裡那感覺至今仍難以形容。

自從「知道」了之後，我似乎就能常常感覺室內多了另個存在，就像多了一位室友。過一陣子，我甚至很想看看他的樣子。我覺得是位男性，因為他對我選給他的衣服都很滿意，至少沒再丟掉過。

而我感覺他存在最強烈一次，是這樣的：

某晚，我與兩位當歌手的朋友一起回來，那是因為大家在外還沒喝夠，打算回來大喝特喝。誰知道喝不到兩杯，整瓶酒無緣無故竟然倒翻，當時大家都已快爛醉，誰也無法快手救那瓶子，眼巴巴只能看著它流個精光。

朋友那時說再開一瓶。不知為什麼，我突然變得很清醒。我說不了，就聊聊天算了。其實那時我的感覺很明顯，因此我不想忤逆「他」停止我再濫喝的暗示。

接著，果然一切平靜。我和朋友也就一起聊聊天。後來其中一位朋友睏了，坐在沙發上，眼睛半瞇著。

嚇人的事就在這時發生。

這位休息的朋友，突然睜開眼睛，很清醒的說，「你們兩個說話就好，能不能叫那個人別在我面前晃來晃去嗎？」

正在跟我聊天的朋友嚇到了，他拉起那位還在休息的朋友，急急離開。

說真的我聽了一點也不怕。當時我還環顧四周，尤其是廳裡每個陰暗隱約的角落，不知道為什麼，我真的很想見到他。

後來我一直追問當晚那位休息的朋友究竟是看到誰在晃來晃去？是個什麼樣子？他卻什麼都不記得。

這次之後——卻好像有好一陣子再沒有感覺到「他」。

說真的，或許是我當時真的遇上很不開心的事，也沒有去想到「他」究竟是在還是不在。

我只記得那陣子，有好幾次都是在酒廊裡自己把自己灌醉了，然後讓員工送我回家。送到家裡，員工替我開門扶我進房，把我搬到床上脫掉我皮鞋也就離開，而常常就在靠近破曉時會突然酒醒，自己傻傻看著天花板，感覺一點希望也沒有。

有次醒來，不知道為什麼，迷迷濛濛中，無緣無故就哭得很悽慘，心裡想，這樣的委屈為什麼老是落在我身上？這樣做人還有什麼意思？

倒不如乾乾淨淨一了百了……

念頭好像就去到這裡，突然聽到浴室裡劈里啪啦地發出極大聲響。

啊，原來是它！

我極力爬起來，到浴室要關水龍頭，哪知道那水龍頭無論怎麼關都關不上，倒是把我弄得一身溼透，整個人頓時清醒過來 —— 在劈里啪啦的冷水沖刷下，我開始在問自己究竟是怎麼了？我怎麼會如此頹廢如此不濟？天，我竟然還想到要乾乾淨淨一了百了。

是「他」。是「他」在提醒我。因為當我完全清醒後，我不過就那麼再順手試試，那水龍頭……就這樣馬上能給關上了！

我完全相信「他」是存在的。

我也相信「他」是關心我的一位朋友。

除了這次，還有最後一次，我同樣強烈地感覺到他的存在。

有天我在碧山第 8 站看電影，看至半途，我耳邊就那麼一下子，突然有個非常迅速卻又非常清楚的聲音叫我回家。

回家？為什麼？

這時我才想到出門時煮下的湯忘記關火，馬上離場跑回家去，天啊，都快乾了。

但，也就憑這最後一次，我有了更多訊息。我知道他來自泰國，因為叫我回家那句話，雖然短、快，卻清清楚楚是泰語。

後來想了很久，我才想到農猜這位朋友。

農猜那時因為在新加坡接受培訓，好幾次都到我家小住。在他身邊，總有些莫名其妙的事情。因此當他後來開口問我，有沒有見過他遺漏的一個精緻小盒子時 —— 我就猜到一切了。

他說，盒子是一位高人給他的，裡面是一位很機靈的少年。有了他，當農猜不小心與不該相沖的事物撞個正著，或遇上有麻煩時，這少年或許就能幫他一把。

我問，「那就是鬼，是嗎？」

農猜嚴肅的說，「不要這樣不禮貌，是朋友。」

我又問，「你真的相信。」

農猜說，「這位高人介紹『朋友』給他時，他看到，覺得溫和老實，所以才接受了。」

原來農猜是可以看到的人。

難怪當農猜站在公車總站時他就能直接告訴我「這時周圍有多少正在集聚著」。

他還說沒什麼好怕的，因為他從小就看到。

說真的我沒見過任何盒子。我只淡淡的問：「那你知道他真正來歷嗎？」

農猜說：「說是火災燒死的。全身都灼傷。」

難怪，難怪他喜歡水。我是這麼想。

知道這件事之後，每次到廚房裡經過水龍頭，我都會不期然地打開一下，但心情彷彿不一樣了，心裡有股說不出的憂傷。

後來我也就搬離碧山。

記得搬家那天，還是報社幾位朋友幫我的忙，她們其中有位也有農猜那樣的眼睛。而直至家具都搬到新家之後她才告訴我，搬家公司正要離開時，她就看到這位我一直苦苦無緣看到的「他」。

她形容說：「十八九歲吧，異常乾淨，很乖，一直蹲在牆角，看著我們搬東西。」

「看著我們搬東西？」「是。」

我環顧新家四處，「沒一起來嗎？」

「沒。」

「為什麼？我對他也很好啊。」我問。

朋友倒是讓我問到瞪起了眼，「我哪知道他為什麼不來？我只是看到，我不是一直跟他接觸的人。」

是。我才是那個一直跟他接觸的人。

他沒跟來，什麼原因，我不知道，也不敢亂猜。

相信他是真的沒來。因為我再也感覺不到他了。也許，也許真是沒了那個盒子，他就無法過渡到另一個新的地點去。

但我這個新的家也有水龍頭。直到現在，偶爾想起他，我還會無緣無故去把水打開一下。

就那麼一陣子，有點想念，有點悵然。

但我心裡會說：「涼一涼吧，玩一玩吧，朋友，你在哪裡都不要緊，但你記住，你也要快樂一點。」

一點感悟，與您分享：

無論對方是什麼，無論對方跟我多麼不一樣，友善的感應，應該都能觸動心靈，都有穿過障礙與隔閡的能量。

變體

這些雞一天到晚就是拚命吃些特別設計的飼料，然後身上都能長出四對翅膀四條腿，又肥又大，長到豐滿了，就能像收割農作物那樣把這些翅膀和雞腿割下來。

城裡最近流行一個津津樂道的噁心笑話。

說啊，在城外某個偏僻所在，有片絕對隱密的養殖場，裡面養著千千萬萬隻雞，但這些雞啊，全都是光禿禿身上沒半根羽毛。喝，那還不止，牠們分別養在一個個僅可容身的籠子裡，一天到晚就是拚命吃一些特別設計的飼料，然後牠們身上都能長出四對翅膀四條腿，又肥又大。到了翅膀和雞腿長豐滿了，就能像收割農作物那樣把這些身上的翅膀和雞腿割下來，但很快，牠們又會重新長出來，那就說是 —— 哇塞，新科技耶！

哈哈哈，巴辣第一次聽到時，差點把飯都噴到老闆辦公桌上。

「巴辣」是這小子的綽號。整間雜誌社裡，他最巴辣了，沒有什麼題材不敢報導，沒有哪裡不敢前往，死纏爛打強追不捨，連老闆也忌他三分，也只有他敢一邊捧住便當一邊靠在老闆桌邊候命。

老闆表情，充滿了懸念，「我說巴辣，或許這不是笑話，或許真是一條爆料新聞。」

巴辣笑完了就用眼斜斜瞄他老闆，「我說啊，你肯定不屬雞，難怪對雞一點認識都沒有！雞真能長出四對翅膀四條腿嗎？假如有腦袋那你就用用吧，這是別有居心的人在散布謠言中傷某個速食名牌，假如我們做媒體的信以為真也跟著起鬨，不讓人家告到屁股掉下來才怪！」

「但，空穴不來風，而且你看看這個。」老闆遞過一份資料，「我就覺得，這宗拒絕土地徵用的官司，或許有內情，或許也就跟這個有關。」

巴辣油膩膩的手接過資料，是一疊堅決抗議土地徵用的申辯書，由一流名牌律師代表發出，可是所代表的土地擁有人不過是些普通農民……

唔，如此蹊蹺，確實有點問題。

老闆問，「怎樣？」

「要去到中部的國家公園那麼遠？那得給我四天來回。」

「沒問題，」老闆一臉垂涎，「兩點多了，剛才忘了買飯，你便當裡是什麼？」

「放心，放心，是酥炸魚頭，不是雞！」

巴辣哈哈大笑，馬上出門去安排採訪了。

中部的國家公園說是公園，其實就是一大片生態保護區。

但自從劃出這片大窪地作為生態保護公園之後，許多原來的稻田農民都搬走了。一來，是民生交通改了道，運輸農作物不再那麼方便。二來，這裡曾被洪水氾濫多次，泥土流失嚴重，如今除了一些地方管理部門之外，人口寥落，就剩下一條車輛稀疏的公路躺在那裡。

資料上說，那片拒絕被徵用土地，就在生態保護公園 10 公里處，巴辣好不容易才找到一輛郵局的郵車願意把他載過去。

他看了半天，認為最理想的調查角度，就是住在最靠近那片「問題土地」的農家。

這農家姓陸。陸老先生殷勤招待，晚飯時還特別為他做了一道紅燒魚頭。

巴辣最愛吃魚了，魚頭、魚肚、魚尾，一概歡迎。

「陸先生，真不知道該怎麼謝你才好！」雖然農家一天也會收一點住宿費，可看看那個魚頭，多大啊！在城裡紅燒起來隨便都能賣個幾十元。

陸先生笑了笑，「沒事沒事，你不說愛吃魚頭嗎，魚這裡多的是，呵呵！」

「對了陸先生，您屋子對面那整片藍色溫室棚架區，是誰家的？裡面種養著什麼呀？」

「啊這，不就種些大蔥馬鈴薯芹菜之類嘛，再頂多，我看就是雞雞鴨鴨。」

巴辣頭上亮起了燈，兩眼閃閃發光，「陸先生您是說 —— 有雞？」

「應該有吧，呵呵，」農村早現代化了，陸老先生也現代化了，他用了都市公關那套，用笑容敷衍，「是，呵呵，有雞，是用來吃的那種。」

「哎，我就要找那種雞！」巴辣很開心，「陸先生，您知道那溫室棚架是誰家的？」

「哦，那裡可是 10 多萬平方公尺的溫室棚架區呢，當然是企業的嘍。」

巴辣直追，「哪家企業？」

陸先生大概警覺到不對，很不自然地把雙手藏在身後，「我，不知道。」

巴辣也不大意，「陸先生您雙手怎麼了？」

「呵呵沒事，沒事，就是一點皮膚病。」大爺支支吾吾，「你快吃飯吧，我院子後面還要忙呢。」

哼，什麼企業會在一個如此偏僻的地方蓋上 10 多萬平方公尺的溫室棚架區？

真值得懷疑，這一帶人口不斷遷徙，原有的生活環境大受影響。外來企業到這裡發展溫室棚架區，這時恐怕連農家原本耕種土地的人力，也全被企業徵用掉了。

巴辣想，這位陸先生不願意說，難道自己就無法一探究竟嗎？我可是巴辣呢，我是巴辣我怕誰，哼！

第二天吃早飯 —— 呵呵又是魚，吃得好開心 —— 飯後巴辣就帶齊工作所需配備，打算來個私闖溫室棚架，直搗無良企業腹地，連標題他都想好了，什麼名牌速食，竟然還振振有詞說 We do chicken right ？我巴辣的標題就偏要說你 —— 「你做雞不對！」

可是，當巴辣站在溫室棚架入口處時，整個人都傻了。

哇噻是軍隊嗎？需要戒備如此森嚴嗎？光是警衛室裡就有 4 個人，別說正門進不去，就算進去了，那些一望無際的溫室棚架全都封蓋得非常緊密，也摸不清裡面的保全系統是什麼狀況？

巴辣躲在棚架外對面的草叢中，太陽苦苦地晒，還真難受。

正苦於思索，忽然看見有三輛大型貨車從溫室棚架內駛出。

巴辣冷笑，嘿，這個陣容還真夠架勢，看來那些能「收割」下來的雞翅膀和大雞腿肯定產量豐富。連貨車外面都敢明目張膽標著「自然放養純雞肉」大廣告，這背後一定還有後臺支撐著，才敢在國家公園生態區附近「種植」這種多翅雞和多腿雞！

守了半天仍無法潛入，巴辣也很無奈。

哼，白天不行，那就只有「夜探」嘍。就不信你 10 多萬平方公尺範圍，周圍邊緣就沒一個漏洞！

晚上才 8 點，巴辣聽聽陸先生屋內外已經無聲無息，便一身「夜行衣」打扮，完全就像拍電影，飛向溫室棚架。

果然，就在兩公里外的東南角，被他發現溫室棚架旁邊有道大水溝，水溝旁泥土竟然非常鬆軟，挖沒幾下就被他挖出一個能竄身進去的大洞。

哈，巴辣非常開心，竄進去後，他躡手躡腳就跑向一個溫室棚架，先緊緊貼身棚上，肯定沒聲響了，才推開兩道保溫用的隔門，閃身進去。

奇怪，裡面竟烏黑一片，巴辣一邊在工具袋裡摸手電筒，腦海中，更多的驚爆標題不斷閃現 ——

「無良奸商飼養變體驚雞大揭發」、「四翅四腿妖異雞種大追蹤」、「生物科技道德淪喪」、「奮力保護生態，拒絕變體異雞！」

哼哼，一定驚爆新聞界，震撼速食業，嚇死老百姓！可是突然巴辣覺得自己的生物學知識不夠用。

是不是雞在晚上都很安靜？為什麼會那麼安靜？雞是不是晚上不排泄？為什麼溫室棚架內沒聞到雞糞的氣味？

猛搖幾下，手電筒終於亮了。

好像不對啊？哪有籠子？哪有雞？

溫室棚架內一望無際，根本就像個密集的疊層式水族館。一排排疊起來的水箱，手電筒照進去，全是大家愛吃剁椒蒸魚頭的胖頭魚。

等到巴辣再仔細看，這才真的把他嚇壞了。

這些胖頭魚不止頭部被「改良」得特別大，而且每條都是兩頭魚！有些兩個頭一樣大，有些頭一大一小，他突然明白了 —— 原來真的是能收割的！那個頭長大了就能割下來，只要還剩一個頭，那這魚就能活下去，並且再長出另一個頭來！

不然每天哪能供應那麼多剁椒蒸魚頭 —— 他最愛吃的剁椒的蒸魚頭！

原來不是怪雞，是怪魚！

巴辣覺得胃裡翻滾，頭暈目眩，他想起這兩天每一頓的魚。

「別動。」

糟糕，還被發現了，這下死定了。

「巴辣先生你是不能到這來的。」竟是陸先生。

巴辣驚魂未定，「那你呢，你又來？」

「哎喲喂，我可在這裡兼職哪，我來餵魚。」

「餵魚？你兩手空空，你的魚飼料呢？」

「這不就是嘛。」陸先生這時把手一揚，手裡幾包不同顏色的藥丸。

「就這些藥丸，這裡多少魚啊？」

「這是經過生物化工高科技合成的濃縮激素，就一粒，可以稀釋在幾百公升的水裡，有了這些激素，魚只需要一點點飼料就能長得肥肥大大 —— 」

「而且還能長出兩個頭！」巴辣大聲起來。

「噓——」

「噓什麼噓，我要揭發！」

「巴辣先生你不知道你背後有多大的勢力，我可不會像你這般魯莽。」

「不管，我一定要揭發！還有你，你怎麼助紂為虐！」

「我可要過日子啊，所以就來這裡做夜班看守，順便……」

巴辣瞄瞄他，「順便什麼？」

「晚上來，來，也拿點魚。」

「偷？」

「噓！誰說偷啦，他們養這些變種魚，不過就要那個能賣好價錢的魚頭，也有些魚不堪被逼一直長頭的負荷死去，那我就來，來……反正浪費了可惜，啊，可都是剛死不久的，還新鮮呢，能吃，能吃！」

「別告訴我那就是你做給我吃的？」

「嘿嘿，都是，沒事，沒事。」

巴辣臉都白了，「怎會沒事？這些不知道用什麼鬼生物化學科技弄出來的異形怪物，你說，化學激素啊，吃了怎麼會沒事？你老實說，怎麼鎮上那麼少人？」

「啊他們都，都治病去了。」

巴辣面青唇白，「什麼病？快說，吃了這個魚會得什麼病？」

「都說沒事，不就，不就身上有時長點魚鱗吧。」陸先生邊說，邊想起自己手臂上不斷發癢的魚鱗。

「啊？天啊我吃過這些魚！我吃過！天啊！」

陸先生咧開嘴，笑起來——「真的沒事，有個人吃了耳後還長鰓呢！」

巴辣嘭一聲翻身一倒，頭撞在身後一根柱子上，這次可真是驚爆，瞬間眼前一黑，撞暈了。

陸先生看了看地上，緩緩從衣袋摸出手機，「又有一個了。」

魚缸裡的兩頭魚，張開大嘴，就像是認得陸先生的怪物。

這些魚長了那麼大的頭，搞不好有天還能發展出某類智慧來。

陸先生接通手機，笑，「沒錯，看來就像是記者。不不，這次不是在多翅雞多腿雞那邊，是在兩頭魚這裡！對！快來人！」

魚缸裡的兩頭魚，大概真的知道餵食時間到了，張牙露齒，好不可怕。

牠們在巨型魚缸裡激動地來回竄遊。就像要游到外面的世界去。

一點感悟，與您分享：

濫用自然是可怕的。濫用人力來改變自然更是可怕。

終有一天，變體基因超過人類掌控的能力，淪為災害。

命

他在桌上攤開自己左掌，先用酒精棉片消毒，就開始在那塊只有碗口大的左掌手心肉上劃劃改改。

他翻開掌紋書，一頁頁參考：

命運線，事業線，智慧線。

這條線，那條線，是否這樣改才好一點？

一

像這些事，小林可說是非常相信的。

他常跟同事小濤說：「命者，天所注定也。一個人一輩子吃多少用多少？睡哪裡？或是跟誰睡？冥冥中其實都是注定。」

同事小濤，無奈笑笑，「小林你的命啊，說句公道話吧，其實還滿不錯的了。你比上雖不足，但比之你下面的那許多下下下下，就比如說比起我，真的，已經算是很不錯很不錯了。

說的也是。小林收入中等，雖不開賓士，但也有豐田。兩房一廳，雖不金碧輝煌，卻也冬暖夏涼。

小林自己也一表人才，雖不似潘安再世，倒也有個貼心女友，而且還已到了論及婚嫁階段。

但他偏偏就是不滿足。

男人還真的很少像他這樣迷信的。什麼到廟裡轉運，改名字，拜太歲，扭五行，換風水，他樣樣都試過了 —— 可是結果公司年終也不過是照樣加他薪資 50 元而已，賽馬也輸得跟去年一樣悽慘。

女友慧慧，就對他迷信這一點感到不滿。

勸，她當然勸過，但小林仍無時無刻把自己埋在研究命理和研究轉運的氛圍裡，根本就不想走出來晒晒真正的陽光。

小林說，「慧慧，一天我轉運發達了，你，也就隨我改變命運了。」

慧慧說，「小林，我只是愛你，你不必更改什麼，我根本也沒想過要改變什麼。」

他很不以為然，女人就是眼光狹隘，慧慧其實可以活得更好，何止能做個女人？她甚至可以做個夫人！

二

也許是走火入魔了，什麼都試過後，小林居然想到自己去更改掌紋！

喝，簡直就當自己是武俠小說裡的小龍女了。

他簡單研究了幾本掌紋書籍，準備了一些簡陋工具，好小林，果然就來真的。

他在桌上攤開左手手掌，先用酒精棉片消了毒，就打算在那塊只有碗口大的左掌手心肉上劃劃改改。

小林又再次翻開掌紋書，一頁一頁參考：命運線，事業線，智慧線。這條線，那條線，是否這樣走才會好一點？

為防止結疤後新掌紋就不再明顯，他想，至少該割得深些。

是的，為了要確定，應該割得深一點才行。

終於一刀劃下去了，刀鋒下的血痕立刻冒血張開，那是一道蠻不講理要扭轉命運的路。

天啊，痛入心扉。

手掌乃人體神經末梢積聚之處。有謂十指痛歸心，更何況用鋒利無比的手術刀硬生生地割劃在手掌上？

鮮血，由深深劃痕傷口湧出來，流出來，沾滿全掌。

痛得小林額頭冒汗，全身卻不斷冰冷顫抖。

但這時還能後悔嗎？既然做，就做到底。他咬緊牙關，小心劃著，彷彿一道道掌上的湧血傷口，就是他未來前途的幸福大門。

劃著，也極力忍著。他彷彿開始明白，什麼叫「一切都得付出代價」。

他更以為，只要能忍住現在一時之痛，那以後就是一輩子真正的改變。

電話突然大響，還真把他嚇了一跳，因為那鈴聲聽來響得很不耐煩。

小林忍痛到桌邊，用右手接過電話……「喂？」

「我想過了，實在無法再忍受下去，對不起，我決定跟你分手。」慧慧說。

「等等，等等，慧慧你再給我個機會，我剛已用手術刀更改了自己掌紋，我這條命就會好起來的，慧慧，我求你再給我一次機會！」

「你說什麼？」

「我說我剛剛用手術刀更改了自己掌紋。」

電話啪地一聲結束通話。

三

有云「痛定思痛」，應該是指人在痛過之後就能學到教訓，也就會清醒。

小林也痛定思痛，痛過之後他也清醒了，但他結論是……

「看，果然有效，真的改了。原來這慧慧不是我新命運裡的女人！」

還真沒想到。就在一個月裡，小林的運氣，真的就像遊樂場裡的旋轉木馬那樣，轉啊轉，轉個沒完沒了。

總公司居然發生大地震，人事分配與排程全換了，上司也換了。

一個在市場上公認很有辦法的老同學來上任，一來各有企圖，二來勾肩搭背，沒多久小林就像水鬼升作城隍爺，在一人之下眾人之上呼風喚雨，好不威風。

這可是他命裡從沒有過的好日子，小林夢寐所求的寶馬香車，豪庭水筵，果然全都實現了。意氣風發的小林，這時夜夜笙歌，左擁右抱，溫柔享盡。

他何止沾沾自喜？簡直是從此對命理改造更加地深信不疑。

每當小林在場面上喝得七八分時，還常常會攤出左掌，向四方各界展示自己的大膽創舉。

可是，這個左手展示動作，不到幾年也就只能從此深藏起來，不得不乖乖收回口袋裡了。

原來，小林這位新上司中飽私囊，撤職受控。小林也因為協助矇混作假事發，不只因此他那些違法財產悉數被充公掉，還被判了五年牢獄。

五年。他的生命就這樣白白耗掉五年。

但五年的反省時間，似乎還不夠讓小林思路清楚。他卻是想著，「不就蹲這幾年，反正掌紋改好了，飛出去我又是另番境地。」

很遺憾。事實並非如此。

四

小林原先還找到一份夜裡看守倉庫的工作。

工作薪水少，生活品質差，這還不要緊，但身體在他最風光時都搞壞了，病痛來襲，常常夜裡值班時偷睡覺被發現，那當然連這份工作也丟了。

幾番周折，才又找到一份在商業區內負責送水的勞力工作。

說是碰巧，那就是碰巧。但假如說真有命中注定這回事，那麼，小林最終能明白整個真相，這或許也能當作是一種命中注定吧。

他依照定送貨單上的指示，要送去三桶純淨水。而地址，儼然就是他以前工作的公司。

真巧，小林想。

場景如舊，就可惜，一切已物是人非。

他肩上扛著個沉重水桶，人卻像作夢一樣，又再經過自己當年做小職員時坐過的位子，然後，也經過自己一朝得勢那時坐過的位子，小林感覺，這就像走在人生的片場裡，身邊的聲光、流影，啊真是前塵如夢，他遠遠地還依稀認得幾個人，卻已經，辦公室內工作繁忙，再也沒有一個人認得出他。

一名凶巴巴架著黑框眼鏡的醜祕書向他喊，「一桶送到總裁房間去！」

小林連看都不敢真正抬頭看，連忙應諾，唯唯恐恐，把水送進去。

他拿下空的舊水箱，把新的舉起換上，哪知道撕開密封塑膠時一時大意，被邊上鋒利的蓋子劃了一下，一下左手掌就被劃破，血流出來，「啊 —— 他媽的！」

有位女士聞聲而至，一看情形，「怎麼啦？手給劃傷了？」

小林覺得聲音熟悉，轉身抬眼一看，人愣住了，「慧慧？」

女人也不信自己眼睛。但她仍保持冷靜，細細端詳一番，終於認出。

慧慧說，「真是你。你怎麼⋯⋯」

「別說了，都是命。」

慧慧感慨，「命？你不是說你已經更改了你自己的命？」

「是，就在這隻左掌上。」

左掌被劃過原本就已斑駁凌亂，這時又再劃傷，血跡與掌紋，混成一片。

慧慧想起傷口，馬上轉身，叫人拿藥箱來。

小林打量慧慧背後，她一身雍容高貴，說真的若不仔細看，還不敢相認。

慧慧轉身回來，他慚愧的問，「怎麼了？你進軍商界，還到這裡當總裁了？」

「不是，這是我先生辦公室，他約我來一起午餐。」

這時一位相貌平平但舉止儒雅的紳士進來了，「發生什麼事了？」

慧慧咬咬牙，「……沒什麼，就是這位送水的朋友，他劃傷了手。」

「我看看。」這紳士竟彎下半身，細心地將他的左掌托起，放在自己左掌上，詳細地看著。

看完紳士微笑安慰，「放心，無大礙，一點劃傷而已。」

小林卻一眼瞄到這個人的左掌，他那一刻的震驚，比剛才認出慧慧還更大。

這人左掌竟然也深深有道難看的劃痕……難道他也更改自己命運？小林不禁再看他的臉，天啊這人也認得，不就是以前跟他一起當小職員的小濤？

「你是小濤？」

小濤再定神看看，「啊？是小林！」

小林冷笑了，「噢，竟連你也當上總裁了？難道你也學我在掌上自己改掌紋了嗎？哼哼，只是你這條命改得好，竟把我女朋友也娶了，連原本不是你的，現在都變成你的了！」

小濤站起身，搖搖頭，良久，他難掩一臉同情與遺憾，說……

「小林我根本不懂你在說什麼，我和慧慧，其實是去年才認識的。你離開後我就被調到德國總公司。公司鼓勵我一邊工作一邊同時深造，那段日子，說真的其實心裡很不踏實，真是不容易啊，而勞累的後果就是患上手部血管與神經糾結，這個疤痕，就是三年前在德國動的手術。」

那個很醜的女祕書拿著藥箱進來了，「總裁，這是你要的藥箱。」

小濤語氣平和說，「你好好幫這位朋友把手掌包紮一下吧，新傷口割在舊劃痕上，不容易好。」

說完他也沒再表示什麼，輕輕扶著自己太太，就轉身出去。

小林一直看著他們兩個的背影。

他以為，慧慧至少會回過頭看他一下。

但她沒有。

真的，整個辦公室，就像是個拍戲片場。

人人都有自己角色，有些演得真，有些演得假。

有些能把握自己。

有些一直在欺騙自己。

真真假假之間，原來角色已經換人了，都不一樣了。

一點感悟，與您分享：

命運確實握在自己手裡，指的卻不是那幾條線，而是自己的真正能力。

一個人的性格與思維，才是影響這個人生存模式和生存境遇的關鍵。

百日

他覺得自己需要更多的愛，卻一直看不清楚愛。

他從來也沒問她她究竟愛他多深？

因此他一點都不知道。

他選擇糊塗。

以為糊塗就不會覺得失去的有多少。

許家明不是那種拈花惹草型。事到如今，他看來清醒，但其實也有點迷糊。

這一百天裡發生的事，或許只是他自己對自己的誤會，與花香無關。

但家明仍清楚記得他如何認識這女子。

那是他自己獨自到郊外散心的一天。他常會如此。因為他覺得自己去散心較能擁有自己空間。

在郊外放鬆半天後，斜陽向晚，他在路邊等車。不經意地，就看到車站旁路上，有一株很不一樣的野生植物。

家明半蹲身體，細心地，憐惜地，看著它。

並非什麼奇花異草。長得也不高，但它葉子跟其他植物就不太一樣。翠綠色的葉片裡就像積聚著所有陽光。它玲瓏細緻，淺紫小花，像小小微笑，又有點香味。

花雖無聲，卻彷彿能敲響一顆心。

它就在路邊。任何一輛車只要偏駛一些，它就會被輾個粉碎。

家明一時動了憐憫之心，小心翼翼，掏出鑰匙扣，把它整株挖起來。

正苦於不知怎麼將它帶走時，身後一名女子，遞過個小小紙袋。

「原本是裝瓜子的，加減用吧。」她說。

他欣賞她的主動。

但他更喜歡是她的明亮。這女子雖不算天香國色，但態度爽朗，落落大方，且帶著份與眾不同氣質。

「你也在等車嗎？」家明問。

「沒錯，不就一直在這裡等著嘛，呵呵。」女子答得爽朗。

其實那個車站只有一種路線的車，是回市區去的。

原本漫長的回程，就像變短了，他們彷彿都有說不完的話，從植物，到音樂，從人生，到情感。

突然家明說，「我結婚了，有太太，有一名孩子。」

女子莞爾，「不意外啊，四十多歲，這只是一般情況。」

車子回到市區，家明才發現原來她住得其實很靠近。

不知怎麼他心裡就莫名躍動起一陣已經很久沒有過的感覺。這女子比他先到站，她站起身下車，但最後除了互相交換聯絡方式，兩人心裡雖掩不住那份不捨，但也都各自回家。

當然，故事的發展，雖不中，亦不遠矣。

沒錯。大約在兩週後，兩人就已進入熾熱狀態。

而且雙方對浪漫的憧憬，比現實要來得無比巨大。

他們就像從來沒有愛過地愛，好像再不抓住這一刻愛情那就會天崩地裂，遺憾終生。

慢著⋯⋯

在大家打算扯起道德旗幟討伐之前，給個機會，聽聽他們這時候的對白。

家明滿意地放下碗筷，「好吃，你做的飯，還有湯，真好。」

女子還是莞爾，「只要你願意吃，我就願意做。」

家明嚴肅起來，但語氣仍然溫和，「只想再告訴你，我確實是結婚了。而我給我家人的那一份，我無法給你。」他的防範工作，真的不錯。

女子說，「我從沒要求你把給家人的那一份也給我。一個對家都沒責任感的男人，也不值得去愛。」

他有點愣，看著她，「那我來這裡算是什麼呢？」

女子說，「那是你家，這是你窩。」

他迷惘了，「啊，這樣也可以？」

女子幽幽抬頭，眼神就似兩片剛剛綻開的花瓣，「聊齋，讀過嗎？書中那些對人間善意感懷報恩的種種異類，其實都沒有過分的要求。只要對方懂得她的好，不忘記也給她一份關懷，那就夠了。」

「真的就那樣？」家明倒有些意外。

「我甘願如此。」女子說。

「真的？」

「真的。其實許多中年男人都已經有家，還有一份已經逐漸褪色的愛情。而其中大部分中年男人，他們內心其實也盼望能有另一次刻骨銘心的愛。家裡那份，並非不好，但日子過久了，感情無波無瀾，他心裡就漸漸累積一層中年灰色心態 —— 恍惚一切都像命運般無聲無息定型了，他開始對只能一輩子如此活下去開始恐懼，因此他需要的，是另一次能讓他生命熱情重新復甦的愛。」

「你只說男人，難道你就沒要求嗎？」

「有。」女子也望著他。「我要求其實簡單。」

家明笑，「最好是我能做到的你才說出來。」

女子看著桌上那株路邊採回來養著的植物，「在不影響你家庭任何情況的前提下，你能否好好灌溉我給你的這份愛？」

「是不是有空就來看你？」家明覺得容易。

女子也微笑，「是不是有空？跟是不是有心？是有分別的。」

「要我的心？」家明似乎警覺，「我說過，我結婚了。」

「三分之一？四分之一？八分之一？都無所謂，但，必須用心灌溉。能嗎？」

「如果不能呢？」

「那今晚就是最後一夜，點到為止。」

當然，那不是最後一夜。才 50 天，故事一半而已，家明不會說自己不能。

並不是因為他知道他能。也不是因為他知道自己不能。

男人來到這個地步，都會變成瞎的。

有些是真的瞎了，有些是自己把眼睛遮起來，然後就當自己是瞎的。

也並非家明後來發現自己有什麼兩難境地。說真的，自己的家與這個窩其實相距也不遠。

就如紫釵記裡的李益後來很少去勝業坊看霍小玉，也並非因為遠，只是心已經不認得路。

真要關心，片刻也能彌足珍貴的。

只是家明開始給自己一個最充足的理由：他漸漸看不出這樣下去是否就有一個他所追求的意義。

四十來歲。妻子、兒子、房子都有了。即使是食之無味，棄之可惜，畢竟還是握在手裡的東西。他好像這時才忽然想起自己是個需要肯定和安全感的人，即使是一段婚外情，能否長久也該考慮考慮吧？大半輩子過了，人生沒功勞都有點苦勞成績吧？對激情充滿期望是一回事，但繼續下去結果或許也只是徒添惆悵而已。而說實在，今天的他擁有太多能失去的東西了。他覺得自己好像懂得如何清醒了，對啊，以後他還要當爺爺的，到他當人爺爺時，是他懷裡的孫子實際呢？還是這女子的愛情實際些？

漸漸地，他少到她那裡去了。

然而，心裡卻又總想留著一角餘地。

家明仍然不捨的原因，或許是這女子從沒在他面前埋怨過他的缺席。也沒怪責過他那份漸漸明顯的冷淡。任何他給她不能見面的理由，她都欣然接受。沒怨言，沒煩人電話，沒一天到晚發簡訊。甚至沒第二句話。

她常說……還是帶著微笑地說，「見到你是驚喜，沒期望，也就沒失望。」

因此家明偶爾還是有到她那裡去的……當他覺得他需要愛情的時候。

但漸漸，連他自己也已感覺不出自己是否真為愛情而去。

吃飯。聽聽音樂。說說話。

有興致就留宿，臨走不忘擁抱。

不過漸漸地，就連這樣，次數也明顯更少了。

就在第 60 天，有點意外地，她竟然提過一次。問他，是否已不愛她了？家明聽了一時找不到適當答案，就只好表現不是很高興來作掩護，之後，她也就不再提起。

後來有次，家明用個很婉轉方式，表達了這麼一段話：

他喝完湯，放下碗，說，「看到這麼一段話，很喜歡。」

「什麼話？」她問。

「如果真誠是一種傷害，請選擇謊言；如果謊言是一種傷害，請選擇沉默；如果沉默是一種傷害，請選擇離開，如果愛是一種傷害，請不要靠近。」

她句句聽著，只是安靜。

家明唯一不明白，為何即使他如此明顯冷淡，她仍沒主動提出分手？

是她提出的話，那樣他或許會感覺好過一點。

連第三個月也已經過半了，女子態度仍然一樣。

家明去到那個窩。衣架上，還晾著他已洗乾淨的鞋襪。桌上，還擺著他喜歡的菜餚。他看著她喜滋滋地為他在露臺準備一個能舒適打瞌睡的角落。他甜睡時她仍依舊輕輕抱著他肩膀，讓他感到一份安全和實在。

連那微笑，也像三月前初次認識般。

直到三個月過完，然後又再過了九天，他才猛然想到，似乎已經好久好久沒去看她了，因此，在一個「突然想到某處仍留著一份類似愛情」的晚上，他又去看她。

但開門後不見人影。客廳裡空空，很不一樣。

客廳裡就剩下那盆百天前在路邊採回來的植物，卻是已經枯萎的。

花盆旁留了一封信。

「家明，你好。我，終究還是枯萎了。

你無需感到難過。因為我們之間不存疚歉，不存對錯，也不存遺憾。我們之間，只有對愛能否付出和接受的區別，我們之間，也只有對愛能否通融的不同差距。你需要愛，但卻一直看不清楚愛。你從來也沒問我我究竟愛你多深？因此你一點都不知道。但那也好，不知道就不會覺得失去的有多少。

我的名字，就叫百日。是你一念間的善良與感性撩動了我。百日活在野外，原本也只能活一個季節，但若能得到悉心灌溉，它或許能活久些，可惜我日子不多，無法再等下去。

感激你給了我一個季節的希望。而我確實一直都在希望著的。即使此刻，我仍希望是你心裡的朋友。只是下回，你路上再遇百日，你只需會意地在心裡有所感觸就好，可別再採摘了，除非你相信自己真有能力去灌溉它。」

家明站住一會兒，見房門半關，推門進去。

說不上傷感，卻只是悵然，家明默默看著身邊熟悉一切。

或許故事裡那些仙女就是這樣的。到了緣盡時刻，她們就渺然無蹤。因為大多數男人的選擇，也八九不離十。

而這樣的故事，可以看作花妖誌異，也可以看作只是都市感情荒原上的一則流水行雲。

所以，悵然的家明，輕聲帶上房門，關上大門。按了電梯，下樓。

電梯裡有位以前常碰見認得他的大嬸，笑笑，「要出去了？」

「不，是回家。」

真的，家明極力讓自己看來很平靜地，乖乖回家去了。

一點感悟，與您分享：

這朵花，為報恩而出現在他的生活裡，就像民間故事裡的仙女們那樣，然而故事多是悲哀的，變質，自私，忽略所以仙女都最終離去。

最後華爾滋

她說 —— 好吧，今夜是除夕，我們就來跳最後一支華爾滋，然後就說再見。

他問 —— 再見？你真的要離開嗎？

她說 —— 是，我要去一個人有長眼睛的地方。

我要去一個人能夠相信自己能力的地方。

故事發生在曠野遼闊的美國亞利桑那州。

但並不是在鳳凰城。

鳳凰城，說來還算是個中型城市，不過對這裡的居民來說，鳳凰城的繁華高大，就已經像個無限遙遠的空間。

這故事，只不過是發生在亞利桑那州北部沙漠的一個邊緣小鎮上。

小鎮名字叫 Weeping Stone —— 「哭泣的石頭」。

這哭石鎮，太容易形容了：一條公路，在烈日下寂寞地橫穿小鎮。公路旁就是兩排十分安靜的店屋。店屋後方，就是這裡居民的木屋小區。

這裡還有一座教堂，附設在學校旁邊。

一家小小郵局，一座大水塔，也就那樣。

沒錯，這裡還有一個不知道有多少人下車，也不知道有多少人等候的車站。

就那樣。

夏天最熱的時候氣溫能冒到攝氏 44 度。入冬卻又急速降溫，降到一種彷彿與世隔絕的寒冷。

就像這一天，元旦的前夕，舊的一年快過完了，新的一年卻恍惚還迷失在方圓數百里的濃霧裡。整個小鎮像覆蓋著一層寒霜，零下 1 度。

連鳥都不會飛來這裡下蛋。店屋中那家糕餅店，要有人訂製蛋糕那麼走過才能聞到一點烘烤的香味。而那家算是全鎮最現代活潑的影音專賣店，貼的仍是貓王在世時的巡迴演唱海報，播的全是舊歌：「嗨美女穿起你的跳舞鞋，嗨美女今晚我們整夜瘋狂……」

郵局後面，有一條通往木屋區的碎石頭路。

只要進入石頭路約 50 公尺後，在一片蠻長橫生的仙人掌叢林不遠，就能看到有一間灰白色木屋。

在寒冷濃霧中，木屋顯得殘舊不堪，而誰都不知道這裡是否還住著人。

看，籬笆破了，院裡全是路邊蔓延侵入的仙人掌。大門，又總是半關著。推門進去，一室久無撩動的時間，默默沉寂已久，無聲無息地覆蓋著簡陋的家具，彷彿就連灰塵都已經在這裡躺上好幾個世紀。

在廳子左邊，有道房門，房門也半關著。

但奇怪，唯獨這個小房間，給人感覺還是比較明亮的。

雖然灰塵也是一般地厚，但窗門上竟然還掛著窗簾。而且還用上白棉布，窗簾下端，還滾著美麗的針織花邊。

小房間內還有一張床，牆壁上還有一個不大不小的衣櫃，甚至，還有一張小小的梳妝檯。

梳妝檯上的鏡子，夾著一張相片。

相片早已褪色了。但，相片裡那女子確實長得清秀端莊。

相片中她站在一個水色粼粼的湖邊。看來並不像是哭石鎮，倒像是在一個真正有春天造訪的地方。女子臉上笑得很甜，從眼神裡能猜測到，她拍照時一定正是看著一個自己喜歡的人。

就在這時候，木屋外那石頭路上，遠遠地，走來一個中年男人。

男人約四十餘歲。樣子顯然憨厚，雖有年紀但身材仍一般結實，穿著厚厚的皮夾克，還戴著他的牛仔帽。

但他卻有一雙十分迷茫和失落的眼睛。

站在籬笆之外，他就呆呆在那裡看著木屋很久。他似乎沒察覺，垂著的窗簾之後彷彿也有一雙炯炯眼睛，正在一個很遙遠、很遙遠的地方悄悄地窺視他。

終於，男人掰開破爛的籬笆，推開大門，走進去。

年輕時他反而從沒進過這屋裡。

就像鎮上大多數人，也都沒進過這屋裡，誰也不敢輕易進來這裡。

不過，自從她無緣無故失蹤後，每年的元旦除夕，他都會獨自到這裡來。

他自己這時也不清楚究竟是一份緬懷？還是思念？還是憑弔？

「金妮。金妮？」男子輕輕叫兩聲，當然沒回應，連自己也啞然失笑了。

當然那是不可能的。

男人輕輕推開那扇房門。房內一切，是他這些年悄悄進來流連之後漸漸熟悉了的。她的床。她的衣櫃。她的梳妝檯。25 年了，每個元旦除夕他都會來。彷彿只有在這裡他還能嗅到她的一絲氣息。

「金妮。」男人走到梳妝檯前，深情款款，看著那照片，「金妮，這幾年你究竟去了哪裡？難道你真像鎮上人所說那樣，是個可怕的女巫？」

男子慨然嘆息。

走到窗邊，窗外是寒冷的冬。今天又是一年將盡，但男子彷彿沒察覺時間早已匆匆流過，他緩緩地，轉過身，然後就像每一個往年的除夕那樣，在房間的中央，舉起手臂，如輕輕抱起一個舞伴那樣，翩翩地，跳起一人華爾滋來。

我不知我該離去，還是留下來，總之每當音樂響起我就把自己全然交給你，我與你，跳著這支最後的華爾滋，兩個人抱在一起，只要音樂不停，我們就跳下去

男人抱住自己懷裡那片虛幻空氣，在房內自己陶醉地旋轉著，旋轉著。

他並沒察覺，自己一舉一動，其實被另雙保持距離的，躲藏的眼睛，看得清清楚楚。

每年元旦除夕，他都會悄悄跑到這間沒人敢來甚至沒人敢提起的房子，然後抱住空氣，跳著他的一人華爾滋。

他的深情沒變，舞姿沒變，也就像 25 年前。

像 25 年前那個元旦除夕……

當金妮倏然出現在鎮上的除夕舞會時，一下子全場人們都停住了，樂隊也停住了。

然後，處處是一片惡毒且鄙夷的目光，是交頭接耳的喁喁細語。

但金妮並不介意這一切，也不去理會這一切。她綠色的眼瞳裡閃爍著愛情，她目光肯定，由舞會大門那端開始，她只是朝著舞池裡一位英

俊帥氣的牛仔走過去。

「約翰，跟我走。」金妮說。

「金妮我……」

「相信我，也相信你自己，我們是真心相愛的。」

約翰看看金妮，再看看全場逼視而來的目光，「我……金妮，我……」

「你真相信我是一個女巫嗎？」金妮看著他，「就因為我的想法能夠遼闊一點，就因為我敢把視野放遠一點？就因為我敢想別人不敢想的事，就因為我相信自己能做別人不敢做的事？就因為我眼睛是綠的？」

「金妮，我……」

「相信我，連車票我都買好了，離開這鬼地方吧，我們到鳳凰城去，我可以做餐廳招待，你可以開計程車，我們餓不死的。」

「但金妮……」

「還但什麼呢？約翰，我懷孕了。我們有了孩子。」

「你說什麼？」

金妮故意把聲音提高些，「我懷孕了，我有孩子了。」

周圍人群，表情和反應更加強烈起來。

「金妮你知道我不能離開這裡，我沒別的本事，我還有爸媽，而且我還……」

「還有你心愛的馬匹和牛群是嗎？」金妮看著他，「約翰，怎麼？你不再愛我了？」

「我愛你但……」

「還但什麼？我說了我不是什麼女巫！」

「但周圍的人都……」約翰完全垂下了頭，再不敢看她。

金妮掩飾著心裡的抽痛，笑笑，說，「那好吧，今夜是除夕，我們就來跳最後一支華爾滋，然後就說再見。」

「再見？你真要離開嗎……？」

「是，我要去一個人有長眼睛的地方。我要去一個人能夠相信自己能力的地方。」金妮說著，湊上前去，先抱住了約翰。

樂隊奏起音樂了，the last waltz……

我不知我該離去還是留下來，總之音樂響起我就把自己全然交給你，我與你，跳著這支最後的華爾滋，兩個人抱在一起，只要音樂不停，我們就跳下去

一曲既罷，金妮鬆開約翰，從除夕晚會上消失，也從此在鎮上消失。

沒人知道金妮去了哪裡。有人說她在另個城鎮使巫術後來被人槍殺了。有人說她死在沙漠裡，被禿鷹啃剩骨頭。有人說她到了鳳凰城，淪為妓女。

又是一年除夕，紐約曼哈頓區的一家豪華住宅裡，24 歲的彼得，抱著一大束剛空運抵達的熱帶天堂鳥，趕回家與母親共度除夕。

「怎麼樣？買到天堂鳥了吧？」

「果然買到了，真難以置信，全是你的神機妙算。媽咪你哪時候教教我，讓我也去華爾街大掃股票。」

「冬天能買到天堂鳥花卉，那是熱帶資源看準時機進入珍稀市場的準確性，不是魔術，也不必什麼神機妙算。」

「好媽媽」彼得笑，「那你給我算算華爾街的可能走勢。」

「那不行，做人就得真正奮鬥。」

彼得瞄一眼，「怎麼啦媽咪，又在給你那位長期服務的私家偵探寄支票了？」

「你能多點尊重嗎？畢竟那個是你爸爸，你看，手機傳回來的照片，他今年確實老了許多。」金妮說。

彼得湊上去，「啊，他還是在那裡跳舞？」

金妮看著照片，「是。」

「媽咪其實他是愛你的。」彼得說，「25 年來他每逢除夕都會到你老家去，還自己一個人傻傻跳著華爾滋。」

「你錯了。那不等於就是他還愛我。」

「誰說不是？那麼痴情，換做是我，我就辦不到。」

風韻猶存的金妮，詭異地笑了，「那麼你要試試嗎？」

「試什麼？」

「試試媽咪的華爾滋。」

彼得突然愣住，「啊？你是說……？不……不可能吧？」

「有什麼不可能？」金妮兩眼炯炯，半開玩笑，「你可別忘了人人都說你媽咪是一名女巫。」

彼得不禁狐疑，「你真的是女巫嗎？」

金妮的愛情雖然老了，但她仍閃著一雙深綠如冷火般的眼瞳……

「我只知道，只有真愛擁有最大力量，或許，那支最後的華爾滋，就是一個只要他活著都無法解開的咒語。」

「媽媽，寫信給他，讓他來吧。」彼得說。

金妮嘆息，「沒用的，孩子，他若真願意來的話，25 年前他就來了，他沒有相信的勇氣，就只能如此。」

「可是媽媽，這首最後的華爾滋，他也許就如此地一直跳下去」

金妮嘴角動也沒動，歲月留下，只是一份蒼茫老去的無奈……

她其實不知道是為自己嘆息還是為他嘆息，「這支最後獨舞，日子還長呢。」

窗外有朵噴射的煙火彈至高空，突然爆開了，有如魔術一般。

遙遠的另一端，約翰並沒注意到那雙多年跟隨著他的眼睛就在路口對面，他輕輕關上小屋的籬笆門，啊，真是除夕，但哭石鎮一如往常地早睡。

野風把地上的寒霜，吹得削骨般冷。

又一年嘍。

一點感悟，與您分享：

你不需要巫術般的特異能力來改變生活，但你卻需要看得見前景，更需要有能力去相信這個前景。

妖怪

看！看！有誰見過這麼恐怖的妖怪沒有？

臉上就只有左右兩隻眼睛，鼻子卻長在臉部中央？

還有，耳朵竟然還分開在頭的左右兩邊！

簡直恐怖，看，大家看那嘴巴，竟然是有嘴唇的！這麼恐怖難看，真不知會作出個怎樣的禍害來！

一

小女孩在臨睡前洗臉時，對著她面前的一個水盆，從水盆裡，她看到自己的反射。

就是這個她無法避開的反射，傷透了她的心。

從小她就為自己的長相難過。

其實她只有 12 歲。沒上學。沒朋友。就連她自己的父母都因無法接受她的怪異而遺棄她，讓她跟鄰居的一位老婆婆一起生活。

雖然在老婆婆眼中她依舊長得確實難看。但這是一位好心的婆婆。她並不嫌棄她。

老婆婆為保護她，讓她從頭到腳，幾乎全身都包得非常緊密。

不包緊密的話，她那副樣子，假如不小心被看到了，恐怕後果會很嚴重。

可就算身上包得緊密，老婆婆也不敢讓她靠近窗邊，怕引起任何懷疑。

出門？

那就更不用說了。

「婆婆，我為什麼長得如此難看？」小女孩又再無助地問。

「別問了，這是你無可奈何的事，你就是長得難看。」

她還不明白，「可是婆婆，這是我的錯嗎？」

「不是，不是你的錯。」婆婆嘆息，「因為這不是你自己的選擇。」

再次，小女孩又只好接受自己這無可奈何的命運，鬱悶地上床就寢。

就連夢裡，也只能夢到這個她躲躲藏藏的狹小空間。

只有從一些書本圖片裡，她能模糊地想像一下外面那個世界。

後來她又問了，「婆婆，被陽光照在身體上的感覺是怎樣的？」

「暖暖的，而當太陽猛烈時候，就是熱熱的。」

小女孩帶著期盼，「那我能也晒晒太陽嗎？」

婆婆聽到嚇了跳，「不孩子，你不能，這太陽不是你晒的。」

「那麼太陽是給誰晒的？」

「太陽是給那些正常人晒的。」

「那我去淋淋雨，能嗎？」

「不能，」婆婆皺起眉，「孩子，外面的世界你就不用再想了。你不可能出去，出去之後你的命運可能就更加悲慘。你實在長得太難看了，為了安全你就只能待在這裡。」

「為什麼這樣不公平？」

「你看看我再看看你自己吧，就因為你長得像個妖怪。」

「婆婆，你說妖怪？那是什麼？」

「那是可怕的東西。」婆婆說。

小女孩心裡深深作痛，從此她就相信了也接受了自己這命運，再也不問任何問題了。

二

直至牛牛這男孩出現之前，小女孩以為世上就只有婆婆一個人，能夠接受她長得像個妖怪這回事。

而牛牛發現她，是一次很偶然意外。

平日牛牛是用前門送貨，而小女孩平日連大廳也很少去。

但那天前門的門鈴壞了，牛牛就繞到後門去。

見後門沒鎖，他就一股勁進到廚房去。

那時小女孩剛好點完柴火，扯下包覆頭臉的毛巾來揩汗，沒料就把牛牛嚇得目瞪口呆——「妖怪啊！」

「不不，我是人。請你別喊，對不起了。」

「你……真的是人？」畢竟牛牛是個男孩。他定定神，模樣絕對是個妖怪，但那是人的聲音。

「是，我真的是人。請別這樣，我已經夠慘了。」小女孩悲從中來，哭了。

牛牛倒開始有點相信，「看你能哭，那大概也真的是人，但……你怎會長得像個妖怪啊？看，你那眼多恐怖，還有那嘴巴，天！你的皮膚……」

「求求你……走吧！」女孩傷心得蹲到地上，狠狠地嚎啕起來。

牛牛畢竟有點於心不忍，「別哭了好吧？」

「走，你快走！我是一隻妖怪！我沒外面的世界也沒朋友，我就只有自己，你讓我哭死算了。」

「這樣說，你也很可憐。」牛牛雖還不敢靠近，但恐懼和抗拒顯然已卸下不少。

就這樣，小女孩認識了牛牛。

婆婆一開始堅決反對她與任何外界接觸。

但婆婆同時也看到小女孩跟牛牛接觸後，心情明顯開朗許多。

婆婆覺得，或許這牛牛在小女孩心中就等同於外面整個世界。假如小女孩還能擁有一個朋友 —— 雖然見面時仍然坐的遠遠的 —— 但至少她會覺得自己生命仍不至於是一層層扯不下來的密封黑暗。

牛牛常給小女孩形容外面的世界。

而她，總是全神貫注地聽。

有次牛牛問，「你會因為被拒絕而記恨外面那個世界嗎？」

小女孩內心不是沒有掙扎。

她坐在那裡確實很仔細地想了想，說，「我以為我有記恨，不過想過後，原來沒有。」

「真沒有？為什麼？」

「因為長得像隻妖怪的是我。」小女孩說，「恐怕我連記恨的權利都沒有。」

牛牛靜住了。過一陣子，牛牛問，「那你有想過 —— 想過也去瞄瞄外面那個世界嗎？」

「我確實想去看一眼。就一眼，也好。」小女孩說。

「那去呀！」

「但我沒勇氣。」小女孩嘆息，「而且我婆婆一直告誡我 —— 說我這副人見人怕的妖怪長相，到了外面處境會很危險。」

「我帶你去。」牛牛拍拍胸口。

「真的？」小女孩不敢相信自己聽到的，「我那麼醜陋，就算包得緊密，也難保不露出端倪。」

「沒事，有我在。」

「真的？」

「真的。」

三

一步一驚心，一步一恐懼，小女孩非常小心不讓自己身體任何部分暴露出來。

「牛牛，為什麼城裡人的目光都那麼不帶善意？」

牛牛安慰說，「沒事，也許城裡沒人像你如此全身密封起來，他們只覺得怪異。」

「那我就應該更加小心謹慎了對嗎？萬一被他們懷疑或察覺出什麼，恐怕就不只不帶善意那麼簡單了？」

「或許是吧，那麼你就小心點。」

可是小心還是來得太遲了。就算小女孩全身密封並盡量低調，但她那雙難看的眼睛，還是露得太多。

有人已發現了異樣。

漸漸，似乎有更多人感覺到小女孩的異樣。

小女孩甚至發覺他們已經被跟蹤。她不知所措，「這次糟了，快逃回去吧牛牛，像越來越多人在後面跟隨著。」

還沒來得及落荒而逃，兩人已被人包圍，路旁街燈下的各個角落，漸漸湧出不少的人，他們目露凶光，有人還帶了強力光源，更有人手上拿了武器，就像是一次午夜的捕獵行動。

小女孩萬沒想到真會如此。圍上來包抄的人群，越來越多，當她看到遠遠有人帶來了火把，還聽到遠處湧來沸騰般的捉拿聲，她心知道這次完了，這次真是逃不掉了。

「牛牛，怎麼辦？」她慌張失措，六神無主。

「跑啊，我也不知道怎麼辦好！跑啊！」

太遲了。

群眾一擁而上，動手就把小女孩密封全身的大斗篷扯下，馬上露出她那極端難看的真相，群眾登時驚呼大叫，隨後又熱烈歡呼……「抓到妖怪了！真抓到妖怪了！哦嗬！」

他們被捆綁起來，並且被押到一處空曠的地點上。

小女孩驚恐至極。她從沒看過這麼空曠的土地，也從沒見過頭上有片那麼寬闊的天空。

更害怕是，她從沒見過那麼多人。

牛牛不停叫喊，不停地叫。

小女孩靜神一聽，倒是聽清楚了，牛牛是在叫人放了他。

「不關我的事！放了我，不關我的事！」牛牛一直喊。

群眾裡有個頗高大的人問話了，「不關你的事，那怎麼你會跟這妖怪在一起？這妖怪肯定是你帶來的！」

小女孩側過臉，看著這時的牛牛，心裡感到最痛的，原來還不是自己長相難看的自卑，而是牛牛的一句話——

「我不認識她的！我也不知道她斗篷底下是隻妖怪！」

小女孩欲哭無淚，婆婆的話像巨雷般一記打在心上：孩子，有些事情，你不能太過天真。

四

到了這時候，小女孩已經不想反抗，不想申辯，連一句話她也不想再說。

群眾情緒高昂，那個高大的人又站出來，向眾人說話了……

「今天是個值得慶祝的日子，我們居然活活捉到一隻妖怪！」

眾人呼應聲湧動如浪，歡欣不禁。

那人還慢慢靠近小女孩，找來一條很長的鐵條，將她的頭部撐起來，好讓大家清楚看到她的臉，「看！看！有誰見過這麼恐怖的妖怪沒有？臉上就只有左右兩隻眼睛，鼻子卻長在臉部中央？還有，耳朵竟然還分開在頭的左右兩邊！真的太恐怖，看，大家看那嘴巴，竟然是有嘴唇的！如此恐怖難看，真不知道會作出怎樣的禍害來！」

群眾中有人嚇到暈倒，有人忙著急救，就在那暈倒的人的頭角根部注射一支針劑。

那人原先說話，就像個領袖，索性用三個嘴巴同時發聲，「大家別害怕，別害怕！我們一定要消滅這隻妖怪！」

群眾一聽，高昂情緒又被撩起了，有些激情地擺動起自己頭上的大角，有些狂甩著尾巴，有些更情緒激烈地猛踩蹄子，大喊，「燒死它！燒死它！」

空曠的地上，熊熊的火，就在捆綁著小女孩的柴堆上，真的燒起來了。

雖然她從沒見過這麼空曠的土地，也從沒有見過頭上能夠有片那麼寬闊的天空，甚至她從來沒見過那麼多的星星，但是，她這時還是決定把眼睛閉上了。

她最不想看的，竟然就是這個外面的世界。還有牛牛的那副表情。

在她閉上的眼睛裡，只看到婆婆那四對複眼裡向她流露出的唯一慈祥。

她始終只記得這印象。

無論是群眾的沸騰，或是柴火再如何熊熊猛烈，她都已經沒有了感覺。

是的，活該就是她的命運。誰叫她是隻妖怪。

一點感悟，與你分享：

不要藉著聲勢浩大就欺壓弱勢群體，無論再人多勢眾，或背後還有更大的勢力，一切以平常心對待。

多與寡，異與同，都應該共存。

愛的十秒

聽說死前，人的一生就如一卷倒帶的錄影帶，所作所為，所得所失，悲歡離合，愛恨痴醒，全部都會迅速重現一次。

醫生拿下聽診器，說，「時間不多了，通知病人家屬吧。」

他身邊兩位護理師，相互對看一眼，若有所思，其中一個說了，「病人好像沒有家屬了，他就只有一個乾女兒。」

醫生說，「那就通知這位乾女兒。病人心臟衰竭情況極不穩定，是隨時的事了。」

原先那護理師說，「病人昨天清醒時這乾女兒正好來過，不過……」

「不過什麼？」醫生問。

另名護理師，咬咬唇，說，「他們之間好像有點不愉快……」

「不愉快？」醫生連眼鏡也摘下，「都什麼情況了？愉快他也得去，不愉快他也得去，既是乾女兒，乾女兒也該有她當乾女兒的一點義務吧？做人不就那麼回事？這是他能見到他親近的人的最後機會 —— 去吧，去聯繫她。」

醫生和兩位護理師再把點滴和呼吸器仔細檢查一番，調低些燈光，就離開病房。

沒多久，在病房的天花板旁邊，一個已久候多時的黑影，逐漸浮現，成形，它緩緩地，像一片黑色濃煙般流瀉下來，流過冰涼的地面，流過擺著茶杯小桌子，竟爬上病床邊的椅子，坐在那裡。

這股黑色的濃煙，慢慢凝聚，凝聚成一個披著黑色斗篷的人形。

床上有點動靜了。原本昏睡的病人，似乎有所感覺，漸漸睜開眼睛。

睜開眼的病人，精神竟是出奇地好。他看了身邊一眼，說，「我知道你是誰。」

黑影聲音倒也清脆，「當然。以你一生遊歷得來的體驗與博學，你當然知道我就是冥界使者。」

病人說，「我也夠老了，誰都有這終極時刻。我沒恐懼。」

黑斗篷內看不到表情，但聲音是平穩祥和的。「以閣下境界來說，我也相信你毫無恐懼，但，一輩子說短也不短，有遺憾嗎？」

「沒有。」

「真的？」

「我這輩子無牽無掛來去自如，世界也看夠了，雖為有神論者但我並無宗教，就連那一點宗教對終極的浪漫慰藉，我都無此需要，還能有什麼遺憾？你說什麼時候走，都聽你的。」

「那好，但也不急，也許就今晚深夜吧，涼快一點。」

病人莞爾，「冥界還能有此幽默，雖黑了點，也謝謝了。」

使者倏然站起，聲音鄭重起來，「人死前的彌留狀態，聽說了嗎？」

病人把眼閉上，似乎有些疲倦，「聽說死前，人的一生就如一卷倒帶的錄影帶，所作所為，所得所失，悲歡離合，愛恨痴醒，全部都會迅速重現一次，重現完畢，也就去了。」

「十秒。」使者說。

「哦，就十秒？這倒第一次聽到，算是我最後的知識。」

「十秒之內，流光如幻，歷歷在目。這般濃縮，就是一生。」使者說。

病人睜開眼，思忖一陣，「能有個請求嗎？」

「我在聽。」

「能否就把我這十秒也省略了？」

「難道一絲留戀都沒有？」

緩緩地，病人把臉轉過一邊，「我想不出還有什麼好留戀的。我從無家庭，也無後人，這輩子創作時的快樂我都消耗了。人走之後，作品於作者其實已毫無意義，它們應有它們自己的命運。走得清爽些，也沒必要再看什麼一生回顧那樣虛偽。」

使者微覺詫異，「你真的考慮清楚了？」

「無需考慮，乾淨俐落好。」

使者不語，床邊站著一會，便隱身消失。

房裡冷氣頗冷，冷得人很難逃避，或去抗拒那一點最後的清醒。

童年就開始是孤獨的。少年是青澀茫然的摸索。但誰不也都那樣？那沒什麼。

青年時是一次次浪濤沖刷；是非對錯，一路闌珊。疤痕或喜悅，也都只是當時片刻的執著與在意。而那，也不算什麼。

幸好他終於找到一條自己的路。幸好也有勇氣踏上自己這條路。別人如何看他那是別人一廂情願的事。重要是他這輩子很誠懇地看到自己。

得失誰都有。這些也都不重要。人漸老去時，心就放得寬闊，而當一個人老到心態能自處於平淡，那剩下的，就只是安靜度日這回事吧了。

房裡不只冷，房裡還沉靜。靜得聽到牆壁上時鐘的秒針。

十秒。

十秒那概念是多長？

十秒就是一輩子？

一輩子，那又多長？就算風扯雲湧難捨難割，一輩子也不過就濃縮在這十秒罷了。

有人，輕輕推門進來。

是位把哀傷神情偷偷隱藏在哀傷底下的女子。

女子見病人醒著，迅速用笑臉相迎——「爸，醒了？還覺得怎樣？喝點水嗎？」

病人緩緩搖頭，「今天不忙了嗎？」

「不忙。今天不忙。」

「看你天天就這樣耗下去，你這份受盡委屈的工作，就能給你需要的精神安慰嗎？一個女人家，找個好歸宿，你也老大不小了。」

乾女兒句句聽在心裡，卻只是坐到床緣。

她忍著情緒，看著他，「你放心吧，爸，我會打算的。」

「你哪會打算。」病人想半坐起來，她把他扶起。

「爸，你大我 20 年，我也 40 出頭了。」

「可你還是沒長腦袋。」說到要點病人又像有衝動的樣子，「我常說的，要真正懂得保護自己。你跟他根本沒有可能，而你明知道這一切，卻還不能自拔。」

「爸，其實我了解。這時候只是這時候的事，我和他，也只是想給自己留個難忘回憶。浮世炎涼，人的一生，或許也只有留存在自己腦袋裡的回憶才是最真實的。若能有那樣境地，也就夠了。」

「只有留存……在自己腦袋裡的回憶……才是最真實的？唉孩子，這樣的話，說雖是這麼說，但事實，就是事實。」

「深刻的回憶，永遠都是自己擁有的。爸，我會很珍惜。」乾女兒說著，一時發現這話說的，其實也正就是此刻心境，心裡一抽，禁不住就真的掉了淚。

「看，爸沒說錯，是吧？這樣你很吃虧。」病人說，「別看人人都以為你這老爸個性豪邁豁達，你是我孩子，雖非親骨肉，但對你我就一點都無法豪邁豁達起來。」

「那是因為你疼我。」

「你也知道我疼你？」

「當然。」

病人微閉上眼，「我以為在我們乾親的關係上，你一直只需要作為父女之間最浪漫的部分，呵，恐怕所有女孩都是如此。而你平日如此忙碌，忙碌到我甚至以為你都不曾真正發現我這老頭對你的疼愛。」

「不是的。老爸，我一直知道，也一直感受到。」

病人睜開眼，精神炯炯地端詳著她，「孩子，我精神好是因為時間不多了。人走了後，即使要牽掛你也無法牽掛，可你記住，自己要清醒活下去。」

她笑著的眼角再忍不住淚水，只好伏過身子，把病人緊緊抱住。

隱隱約約，病人已經看到乾女兒身後，站著使者。

「時間差不多了，如何？」使者說，「放心，只有你看到我和聽到我。」

女兒陣陣淡淡髮香就在他的嗅覺裡，他閉上眼，說，「好吧。」

使者看看他們兩個，語氣鄭重起來，「那你先放開她吧。人的魂魄離開身體時，會有一個負磁場，放開她，對她好一點。」

「好了。」病人鬆開了擁抱。

「準備好了？」使者再次肯定。

病人點頭。女子閃著通紅的眼，看著病人。

「慢著，」病人突然說，「那十秒——」

「怎麼了？」使者問。

「人的一輩子，真的就在這十秒裡能夠全部重現？」

「爸你說什麼？」

使者在黑斗篷裡，點點頭。

病人問，「由開始到最後一刻，是否一樣都不會遺漏？」

使者又點頭，「是，一樣都不遺漏。」

「爸你說什麼？什麼不會遺漏？」

病人提起了氣，「那，我要回這十秒，行嗎？」

使者微覺詫異，「嗯？怎麼這時你又覺得有所留戀了？」

「是。我要回這十秒，之後，就跟你去。」病人說。

使者身影這時緩緩浮起來，變成像一幅半透明的覆蓋式大帳篷，巍巍然，懸吊在病床之上……「那好，你的一生時間就到此為止，此刻也就是你釋放一切的時候。你的一生，是甜，是苦，是榮，是辱，你就自己再感受一遍吧，我開始倒數了，十、九……」

病人眼前一切開始迷晃搖曳起來，光彷彿變了顏色，所有形狀彷彿在融融化解……

「八……七……」

但他並沒看到什麼迅速倒轉的一生。

沒。沒有。

他看到的不是自己一生裡的浪濤沖刷，或是非對錯，或一路闌珊。

他看到的，就是他乾女兒剛剛給他的那個深切擁抱。

時間還有五、四……三，

那是臨走時他所能感到的最後真實。

二……一

他終於閉上眼。

那病人元靈，像緩緩破出蛹殼一樣蛻出來，然後就透明地，輕盈地，凝聚在床邊，看著整個情境。

他看到自己乾女兒仍坐在床緣握住他的手。她靜靜的坐上好一陣，還把被蓋拉高了些，大概還怕他感覺到冷。

然後，她才到房外，叫人進來。

使者摻扶著他，「走吧。她會沒事的。她是個成年人，一切她會的。」

「那十秒……」他問，「你給我的那十秒，是怎回事？」

使者慢慢將斗篷頭蓋退下，原來耳目口鼻，一片清純如水。

「怎麼了？那不是你最想要的十秒嗎？」

「你怎麼知道。」

「工作經驗啊。」使者莞爾，「我們那裡也重視這個的。」

他沒再出聲，仍在不停回頭。

使者伸出手，就在房間空中劃開一道白光，「我們過去吧，這不是個遺憾的結局。」

「是。謝謝你。」他連聲音都輕了，輕得就如光線。

牆壁上時鐘，卻仍在滴滴地跳。

整個人世此刻安靜，也仍在滴滴地跳。

一點感悟，與您分享：

人生說長不長說短不短，最珍惜的，是所有情感最真誠的部分，那才是一生最具意義的組成。

碗

「買賣小鬼？」

老劉確實愕住，「你找錯地方了吧？」

「沒錯。那些每天給你打下來死去的胎兒，只要把它們的靈魂養住，就是小鬼。」

一

這是發生在 1960 年代初新加坡的故事。

匪夷所思是事發地點，還是當時的鬧區 —— 小坡大馬路。

那是個老百姓聽麗的呼聲過日子的時代。是個粵語片可憐媳婦最後投江自盡的年代。

就說在小坡大馬路某段，有家位於老店鋪二樓的藥房。藥房名字還記得。不過為避免麻煩，講故事還是改個名好，就叫它「桃園藥房」吧。

那時小坡一帶都是些戰前老店鋪。老店鋪有兩層的，也有三層的。這桃園藥房就開在一座三層老店鋪的二樓。那房間位置還滿不錯，是間窗戶開向大街的所謂「頭房」。

要到桃園藥房，可以從樓下茶室旁邊的樓梯直登二樓。而到這裡來的病人，別奇怪，清一色，全是女人。

在樓下梯口那裡，有幅小招牌，畫著個當時看來時尚的女人頭像，上面寫著：「專治婦女病，月事包來」。

原來這桃園藥房美其名藥房，其實只是一間無照診所。

所提供服務，就是墮胎。

1960 年代初期，社會秩序尚未完善，據知那時只要報紙分類廣告一打開，就不難發現很多「專治婦女月事包來」的「診所」，說穿了，其實都是些非法墮胎服務。

桃園診所，老闆姓劉，據他自稱，也擁有醫科學歷。但病人怎麼會要他拿出來對證呢，只要他診所天天開門，就會時不時有女人來找他「解決困難」。

話說回來，那時這類「幫助女人解決困難」的診所也不只老劉一家，人盡皆知的，就如大名鼎鼎王怪虎，就是這道上佼佼者。

但這種不屬正路的職業，如無口碑，又無實質信譽可當廣告的話，也不一定就能維持下去。

老劉的桃園，窩在老店鋪二樓，設備簡陋得很，衛生與安全那更不用說，因此他生意也並不好。

老婆曾多次勸他改行。說不如做點水果買賣，但老劉一直認為，「這錢好賺」，就是想撐著點再看看。終於有天，有一個人……一個皮膚黝黑的中年男人，找上了門。

這人穿著雖與常人無異，也是短袖襯衫及普通西褲，但他的目光與神情都有種難以形容的異樣。也許全在於他手上那一枚奇怪戒指，戒指上有張鬼臉，嘴裡咬住一顆紅寶石，那裡彷彿就黏附著一股磁石般的懾人力量。這人聲音也奇怪，在說話時似發出一陣像血跡黴變後的腥臭。

「老實告訴你，」男人環顧左右，低聲說，「我是來跟你談生意的。」

老劉摸不著頭緒，「生意？可是你是男人。」

「我是一名巫師。來跟你談買賣小鬼的事。」

「買賣小鬼？」老劉確實愕住，「你找錯地方了吧？」

「沒錯。那些每天給你打下來死去的胎兒，只要把它們靈魂養住，就是小鬼。」

「我……我，我可沒養過！」老劉著實被嚇了一跳。

「細節慢慢教你。一隻小鬼50元，價錢不錯的，何況你收養方便。」

「這……好像不好吧？」這可是老劉難得冒出來的一絲良知。

「哈，那你天天替女人打死這些無辜生命就很好嗎？」

「那……」

「別這別那了，等下我教你怎麼去收他們，這錢很好賺呢，一個月後，我來收貨。」

二

老劉確實也好好想上兩天……不，其實是好好地「算」了兩天。

一不做二不休，反正自己雙手天天都已在血跡糾纏中不停殺人，反正它們來到我這裡都得死。死了它們也只能是孤魂野鬼。但假如把這些小小的鬼魂裝起來，聽巫師說假如給人買去了，還能過著跟主人一般舒適的生活，有衣服穿，有供奉吃，有電影看，其實那樣也沒什麼不好。

原來小鬼還能指派它做點事情，像偷雞摸狗，挑撥離間，移花接木，召痴淫媒，反正是小鬼，就只能做些齷齪事。

老劉把心一橫，好，就收小鬼。

那巫師離開前，確實很有耐心地教過他如何「收鬼」。

先要有剛剛從母體打下來的新鮮胎盤和死嬰。

然後要準備檸檬、白蘭花、一撮活人頭髮，還有一大張荷葉。

用荷葉把全部包起來，再經過某些祕密儀式，整包東西就會變得很小。

然後放到太陽底下再將它晒乾，磨成粉。

之後就要用一個新碗，以水蘸粉，塗在碗的內側上。最重要是，一定要記住把碗口向下蓋住，放在床底下。

奇怪。自從老劉開始養鬼，那診所就有了小鬼們一番拉攏，沒想到，生意果然真的漸漸好起來了。

生意越好，就越多死胎，養小鬼如此好賺，老劉連墮胎都減價了。

巫師來收小鬼，多是用刻上符咒的小瓶子。小鬼進去了就很難再跑出來。

但巫師也並非每隻小鬼都收。根據經驗，小鬼最好是收些溫順的，那些不甘自己被殺的死胎，怨氣沖天，總想伺機報復。

因此巫師來收鬼時，經過唸咒、聽聲、溝通，如發現有怨氣沖天者，馬上就得施法消滅，好讓它永世不得超生，無法回頭報仇。

哎呀你說這多殘忍。當然，老劉絕不會想到「喪盡天良」四字，反正墮胎有錢賣鬼也有錢，兩頭賺嘛，生活很快就富裕起來。

那當然，鬼多了，那麼他就得買更多碗。

小鬼貨源充足嘛。這些碗，密密麻麻地，碗口朝下蓋著，一個個整齊排列在他和老婆的床底下。

有次他老婆擦地，掀起垂下的床單發現了，就問老劉那是幹什麼用的。

老劉很嚴肅的說，「這些碗你總之碰都不能碰，這是個法術，保佑診所生意興隆，若碗被人碰過，那法術就不靈了。」

老劉女人沒唸多少書，信以為真，還急忙回房將那床單再拉底點，好把床底下的祕密蓋得更緊密些。

生意不錯，老劉的墮胎功夫也就熟能生巧，找他的女人越來越多了。

可是那位巫師，來過兩年之後，突然間就像人間蒸發般沒再出現。

老劉也沒閒功夫找他，漸漸，床底下擠滿了，他也就不必再買碗，也不必再收新的小鬼。

風掠雨過，日子久了，他甚至已經忘記在自己大床底下還密密麻麻鋪滿「收鬼碗」的事。

三

那年代還不流行說「社會轉型」。那時候，我們都說「啊，時代的巨輪又向前邁進啦」。

沒錯，小坡整排書店改成書城。光華戲院恢復到萊佛士酒店的原來部分。奧迪安也拆了，大型商場紛紛出現，李小龍先是橫掃中外影壇，然後再橫死床上。

老劉嘛，也不常做那個工作了。

據說他也開始老了，手發抖，有一次，還半途掉了鉗子。

掉鉗子的事一傳十十傳百，就只好提早退休啦。

何況兒子也大了，畢業後就做公務人員，跟女友交往數年，也是時候結婚了。

兒子結婚時原已在餐廳裡辦過宴席，可偏偏吉隆坡一些親戚當時沒趕上，現在一大堆人出來要看新進門的兒媳婦，那只好家裡又擺三桌，再請一次。

其實也方便。隔街就是陳桂蘭巴剎，雞鴨魚肉一應俱全，這新進門兒媳婦又機靈手巧，沒幾下工夫，就把三桌菜搞上來。

可是，擺桌的時候，媳婦阿嬌發現不夠碗。

客人陸續抵達，都是些老親戚，老劉笑容可掬，跟老伴忙得不可開交。

阿嬌不想驚動公婆，就自己想辦法。想辦法，那就只能是到處去找找看了。

眾人興高采烈入席。

酒過三巡，老劉這主人家，就在桌上叫大家「開動」。

然後他自己也夾了塊雞肉，放進碗裡。

一陣奇怪感覺立刻讓他全身不寒而慄。胸口上突然就像有一股扯人陰冷，逼人而至。這股陰冷緊緊扼住他的喉嚨，耳邊爬滿了窸窸窣窣 像在啃牙磨齒的聲音。老劉一開始還以為自己聽力不好，但仔細聽又不像是人聲 —— 倒像一堆嬰兒們在啜泣。

兒子察覺不對，「老爸怎麼了？」

「給我點綠油精。」老劉說。

塗綠油精也沒用。他身邊就像擠滿了什麼。他能感覺有無數小手在自己身上拚命抓、刮、扯。

突然老劉下意識拿起自己面前的碗，不看沒事，一看只見他臉色大變，愣住了，兩眼幾乎翻白——「這是從哪弄來的碗？誰弄來的碗？」

那兒媳婦嚇得面青唇白，「我看碗不夠，就……在床底下找到的。」

天網恢恢，老劉知道，這下子完了，他既沮喪，又惶恐，「你……你總共拿了多少個？」

「我全都拿來用了。」

那晚後來的事，見過的人都嚇得屁滾尿流。

老劉就像中邪，突然就在飯桌上發瘋，他先把玻璃杯一個個往自己頭上敲碎，又把自己的頭往牆壁上撞，撞得血流如注，但無論誰都靠近不了他，也拉不開他，凡是企圖要靠近他身邊的人，雖看不見，卻都能感覺老劉身邊「纏滿了東西」。

親戚中有人有那種眼睛，早看出是怎麼回事，他們看到老劉一直往自己身上亂扯，就是要把那堆纏在身上的小鬼扯下來。

這些小鬼，全是老劉用那雙染滿血跡的手親手殺死的。

仇人見面分外眼紅，原本頭大身小的胎兒鬼，現在經過多少年了？全都長成少年了，他們張牙舞爪，瞪起炯炯瞳孔，緊緊抓住老劉不放。

老劉突然衝過人群，衝進廚房，不由分說舉起爐灶上正燒開的大銅壺就往自己身上灌，天啊，他竟然一絲感覺都沒有，就像用滾水來沖涼洗澡一樣。

人都嚇傻了，誰也攔不住，只好看著老劉以各種方式來摧殘自己。

突然他把一支筷子直挺挺地就插穿自己整邊喉嚨，鮮血瘋狂四噴，整個人倒在地上，再也一動不動。

說也怪，就在老劉抽搐幾下斷氣那剎那，一切也都在那剎間靜止了。

之後很久，才有人漸漸傳出是老劉墮胎養鬼惹的禍。這間診所，自從放出了鬼，陰氣積聚，整棟樓夜夜不得安寧，後來那位親戚還帶了高人遠道而來，替這家住滿小鬼的凶宅做了法事。

在眾怒之下，老劉太太跟她兒媳也只好搬走。

那間頭房，後來就一直空著。

我朋友就住在這間頭房的樓上，也是頭房。

有次晚上去找他，經過二樓轉角樓梯，見房門前面還垂著悄悄門簾，好像裡面發出一絲什麼聲音。

嚇得我。

一點感悟，與您分享：

不要殘害生靈，更不要玩弄生靈的尊嚴，泯滅良知，人神共憤。

燈盞

背影嘆息，「是無可奈何，是你點了這盞燈，我才又想起自己是隻鬼。」

「還真幽默，你竟然不知自己是鬼？」

鬼囁嚅回答，「不稀奇呀，不少活著的人也不察覺自己是人。」

到北京潘家園週末舊貨市場買東西，要有訣竅。

要買稀奇的商品，星期六凌晨最好。因這時許多到各地擺攤的商販，剛從偏僻農村買了舊貨前來，擺開攤子正等交易。

要買便宜的東西，則星期天下午才去。這時人人忙著收攤，誰都不想一大堆舊貨又再搬回原地去，多數都能殺價。

像林峰，就喜歡星期天下午去撿便宜。

他並非什麼收藏家。只不過他一直有個念頭，而這念頭，卻又一直不為人所知。

像這天，他一眼就被攤子上某樣東西吸引住了。

「多少？」林峰拿起來問。

「100。」攤販說。

「20。」星期天下午，砍這個價格一點不稀奇。

攤販瞪大眼，「這……是古董哎！」

「什麼古董？不就是個人家陪葬的燈盞。陶泥的，還那麼新，搞不好連屍體都還沒腐爛，你送人人還不敢要呢！」

「20 不賣，至少 40。」

「好了好了，30，沒虧待你啦。」

攤販四顧左右，匆匆抓過燈盞包好，「快拿去。」

林峰把燈臺捧入懷裡，好像有個感覺，而且這次感覺沒錯。

燈盞高 20 公分。上面還黏著些黃土，林峰搖頭暗笑，攤販們仿造的也真隨便，哪有那麼舊啊，頂多不就幾十年前農村裡的陪葬物品？

款式倒是滿有趣的：一個穿肚兜小娃，抓著片大荷葉，頭頂上的荷葉像個小碗，能裝燈油，中有一孔，穿入燈芯，就能點燈。

回到家裡，林峰急急倒了點食用油，從抹布剪下一小條，穿入芯孔，就點起來。

他還特地熄掉房內所有電燈。

這燈火說也詭異，閃閃爍爍，就像正在慢慢復活一般。

不過燈盞放在電腦旁，一古一新，顯得格格不入。

林峰環顧四周，思考著在自己這時尚一族的房間裡，

究竟該把它置於何處才看得順眼。

誰知道回頭再看燈盞時，電腦後方隱約已浮起一個背影。

林峰愣住了。唔，真那麼快？果然不對勁。

其實他很鎮定，多年來藏在心裡一個念頭，不就是想真正看到一次真鬼？而此刻，不就出現在眼前嗎？

他盯住那背影。那背影卻紋風不動。

但背影不能滿足林峰的想像。前面？它前面會是怎個樣子呢？會是眼球盡突，青面獠牙？還是血流披臉，吐著電影裡長長舌頭？

林峰試探地，乾咳一聲。

好棒，紋風不動，竟然也沒躲避之意。他湊前一步，壯起膽，問，「你就是鬼？」

「是。」

男的。聽聲音，也大概三十來歲。

「我不怕你。」林峰說。

「知道。」聲音模糊，像磨著牙。

「把臉轉過來。」

「生人陽氣重，不可以。」

「既怕陽氣那你又來？」

背影嘆息，「是無可奈何，是你點了這盞燈，我才又想起自己是隻鬼。」

「還真幽默，你竟然不知自己是鬼？」

鬼嚅嚅回答，「不稀奇呀，不少活著的人也不察覺自己是人。」

「哈，聽來倒像讀過書的。」林峰放鬆許多。

「唉，哪有讀書，那年代只有瘋狂。」

林峰興致大起，「那你是什麼年代的鬼？」

「生於 1938 年，卒於 1968 年，活了 30 歲。」

「噢，大時代耶，」林峰語帶調侃，「難怪你不信鬼了，哪會有鬼？對吧？」

鬼又嘆息，「唉，一言難盡。」

林峰突然覺得有些不忍，「不會是……冤死的吧？」「是跟大家一起到祠堂裡砸祖先神牌時，掉到井裡死的。」

林峰一時啼笑皆非，「啊，你去祠堂裡砸東西？啊，祠堂可是祖先的地盤，再說，那也不算是什麼宗教迷信場所，那不過是人的倫理觀念所在，紀念祖先，是全人類都會有的共同情感啊，你，你真是笨死鬼！」

「是，現在我知道了，卻也遲了。」言下不勝懊悔。

林峰只能安慰，「既然做了鬼就安份做鬼吧，別多想啦。」

「這位兄弟……」

林峰駭笑，「慢著慢著，敝姓林，叫小林吧。」

鬼遲疑一陣，「林先生，我有事相求。」

聽到這話，幻想頓時讓林峰興奮起來，「是不是像鬼怪故事那樣，替你到某地某處把你屍骨挖起來送回老家安葬？喂我先說了，我在廣告公司上班，很忙的。」

「不是那樣。」

「那怎樣？」

「想求你，替我抄一部《金剛經》。」

「啊？」林峰詫異，「一隻鬼要《金剛經》？」

「是。」

「可你們那年代不是不信這些的嗎？」

「就因全無信仰，如今萬劫不復。」

「要《金剛經》幹嘛？」

「倘若能有一位陽宅善者肯替我抄一部《金剛經》，那就能抵償我當年動亂時在到處亂砸東西的罪過。」

林峰不信，「你在說鬼話！」

「確實是。」

「啊？」

鬼囁囁說，「對不起，我意思是，我確實是在說話。」

林峰清清喉嚨，聲音大了起來，「說實在我是從來不信這些的。即使現在，我多年來一直想看到的東西也出現在我面前了，但我想，你可能也不過只是一個我還沒真正找出答案之前的某個幻覺而已。更何況，我實在很忙，我……我寫字也不好看。」

鬼頓時靜止。久久，無聲無息。

林峰想想，「這樣吧，我到網路上給你找找看，找到就列印一份給你？」

「聽不懂。」鬼說。林峰有點生氣。

鬼又哀求，「先生，整部《金剛經》也不過七千餘字，你何不日行一善助人為樂？」

「不是不想幫你，只是覺得這整件事很……笨！我……怎麼能相信真的有這樣的事？」

鬼嘆息一聲，「那 —— 是否讓你相信了你就願意幫我？」

林峰沒出聲，心裡突然七上八下，跳得厲害。

「林先生，不要玩鬼。」

林峰突然感覺身邊一陣襲來陰冷，緩緩地，那背影轉過身了。

那是一具全身被水泡腫的屍體。全身毫無血色，面如快要爆脹的肉，在那額上，還有一道斜著被劃破的可怕大傷口。鬼的兩粒眼球圓瞪瞪突出，嘴唇腫脹發紫，嘴角還涓涓滴著水。

林峰這時才開始害怕，原來還真的有這種事，這時候不得不相信了，「你……你真的是鬼！」

「我沒說不是。」

「臉上那傷口……太恐怖了。」

「是墜井時刮傷的，假如沒有手抄《金剛經》，我三代後代額頭上都會帶著同樣胎記，這，就是我的懲罰。」

林峰驚魂甫定，「好吧，那我給你抄一部就是。」

「感激。」鬼說，「抄好就放在桌上，我自會來取。」

「拜託……能否把身子轉回去？」

「沒事，以後你再也不會見到我了。」

「我現在就自己來吹熄這盞油燈，只要油燈是我自己吹熄的，那我就再也不能現形於你們這個空間，放心吧。」

「什麼……什麼放心？我……我才沒事。」林峰還想嘴硬。

「你不必怕，雖然你我不同時代不同空間，我不會忘記大恩大德。」

「忘記的好，還是忘記的好。」林峰又瞄到那鬼泡腫欲裂的臉，「經我會幫你抄好，你快去休息吧。」

鬼微微掀動發紫的嘴唇，似笑非笑，「抄好經後，這星期六早上十點左右，你就把這盞燈帶回潘家園，只需將它擺在東門外左側的地上，自然就會有個額頭上有疤的男子來跟你買它。你不妨盡量出價，他會買的。」

「真的？」

「那是我兒子。」說完，鬼深深鼓起嘴，向油燈吹口氣，燈滅了。

接著好幾天林峰迷迷糊糊。整件事匪夷所思。就像那部抄了整晚的《金剛經》，明明就擺在桌上，第二天卻說不見就不見了。

星期六，他仍半信半疑，帶上燈盞，就到潘家園去。

東門外左側地上是無執照區，不少人就在這裡擺賣一些自己村裡挖上來的東西。

一個額頭上有道橫疤的中年男子，果然一眼就看中林峰手裡的燈盞。

林峰大膽開價 200 元，男子想也沒想，掏錢就買下。

林峰狐疑，「你認得這東西？」

男子搖頭。

林峰又半信半疑了，「令尊身體好嗎？」

「你說我爸？我 4 歲那時就過世了，掉井死的。」

林峰全身雞皮疙瘩，原來是真的。

這鬼苦苦哀求一部金剛經應該還不是光為了自己，這可憐的鬼，該是已經明白了，生時惡業莫作，因為一切的惡業，都會禍延子孫。

林峰再看看面前這男子，問，「那你還記得自己父親樣子嗎？」

他笑笑，「才 4 歲，怎麼可能記得？」

林峰感慨說，「我想你父親一定很疼你。」

「啊？」男子有些愕然。

林峰轉口，「啊做爸爸的，都疼孩子嘛，對了那你 —— 該也成家了吧？你的孩子……」

男子爽朗笑了，「我孩子下個月就要出生嘍！你好像會算命？」

「不會不會。」林峰陪笑，「慢走慢走。」

男子走遠，走到出口處，粗壯的手，摟住一個大腹便便在那裡等他的女人。

亮堂堂的陽光下，林峰心裡不停念佛。

有些東西，看一次就已足夠。

阿彌陀佛，真真假假，惶惶恐恐。

他都忘記自己念上多少遍了。

一點感悟，與您分享：

愛的力量是那麼偉大，再遙遠，再困難，它都能找到一個傳遞的點。

只有在愛被傳達了，方了心願。

月亮背面

——恐怕就是趁主人不在而傭人就虐待小主人？

是這樣嗎？

莫里斯絞盡腦汁，仍無法想出卡兒被禁錮在這座昏暗莊堡的理由。

他甚至想到，莫非他是一隻年輕的吸血鬼，而所有人也都是吸血鬼？

一

薩斯貝利莊堡在六月裡仍顯得那麼陰鬱。這裡樹木不只長得濃密，還古老，古老而失語，失語而無聲。

這裡靜得連夏天的蟬聲都聽不到。

薩斯貝利莊堡，已有 220 年歷史。

18 世紀中葉，是這片莊堡擁有者奧利賀家族的最鼎盛期。奧利賀家族，據知與當年皇室還屬於藩親關係。他們第一代祖先就是奧利賀親王。但後來不知何故家道突然中落了，族人也極少再參與外界社交，據說還移居到海外。不過貴族社交圈內也有傳聞，說其實仍有奧利賀族人住在莊堡之內。

而這天，慵懶炎夏依舊悶熱，但莊堡前那大鐵門倒是打開了，一輛黑色房車，緩緩駛進來。

莊堡的侍從，從車裡接出一位風度儒雅的紳士，年紀才三十出頭，淺色西裝，還有雙閃爍的明眸。

「莫里斯教授，請。」

其實，莫里斯抵達前也不止一次想像過這傳奇莊堡內的情境。只不過在侍從處處十分謹慎的帶領下，他也只好暫時按捺住自己多日來那份獵奇之心。但他仍在想，世人對這莊堡背後的種種猜測，應該很快就有明確答案了。

古堡與他所想的，似乎有頗大差距……

第一是昏暗。第二，仍是昏暗。第三，還是古堡內這片像是與世隔絕的昏暗。

他下意識看看手錶。午後兩點，可能嗎？午後兩點怎麼古堡內就已是個昏暗世界？

大廳上，一盞看來久未啟用的巨型吊燈啞然吊著。偌大空間，就只有樓梯口那裡亮著一盞照亮臺階用的扶手燈。

「你就是莫里斯教授？……你，很年輕。」

聲音倒清脆。是個婦人。但太暗也看不清楚。只看到臺階上半個穿著黑色長裙的身子。

「我很早就進研究院，並留校駐教。」莫里斯回答。

「聘約內的條件你都清楚過目了？」

莫里斯那點好奇心來了，「都看過了但我……」

「無需但。莫里斯教授，就按照聘約上所列你盡責就是。」

「學生呢？」

「我重申一次，這個夏天每週你來授課三次，時間是夜晚 8 時至 11 時，我們會派車子到火車站接你。」

「明白。」

「一個提醒，西裝以深色為宜。」

「我能先見見學生嗎？」

扶梯上這時才顯現出整位剛說話的女士。肅穆的神情盡量掩飾著一份極度疲倦，「我是這裡的監護總管，我不介意你稱呼我為曼德遜太太。但恐怕我不能允許你會見學生，今天是你來面試，現在你及格了，車子能送你回車站，明天晚上才是第一課。」

二

其實授課時莫里斯很難專心。

這位身穿黑色長裙的曼德遜太太一直就端坐在書房另處，像是在監視。

學生叫卡爾．奧利賀。是奧利賀家族第 9 代孫，13 歲，膚色異常蒼白，就像白色的鵝毛一般。

少年極少出聲。端坐桌前，就像是一尊無聲雕像。就算發出聲，他聲音也是微弱的。他的蒼白，與整座莊堡的延綿昏暗……以及那位在昏暗中一直默默監視的曼德遜太太，都是嚴重的反差對比。

莫里斯其實也沒給卡爾教什麼正規功課。按聘約就是介紹一些英國古詩與拉丁古籍裡的經典意境。課程也包含經典名畫，像拉斐爾、提香。還有些意外，竟然要求介紹培根。

有一晚離開前，莫里斯向曼德遜太太反映自己看法。「培根畫的全是扭曲人性，對卡爾這年齡不太適合。」

「莫里斯教授，人性本來就是扭曲的……」婦人說到一半，「尤其是，外面的人性更多就是扭曲的。」

「曼德遜太太，我認為卡爾需要到真正外面看看。」

「外面？為什麼？」女士一臉不屑。

「因為這時的他充滿對生命的好奇，而學習理解全然的生命是他的權利。」

「他活得很好，但謝謝，你多慮了。」

「我認為，至少，他需要朋友。」

曼德遜太太斜過視線看他，「現在，他就有你這麼個朋友。」

「我指的是那些能跟他一起踢踢足球能一起游泳晒太陽……」

曼德遜臉色大變，「你亂說什麼？」

「不是亂說。看他，長年累月就被你們窩在一座照明不足的古堡裡，過著暗無天日的日子，難道他不該也擁有朋友、外面的世界、草地和太陽？」

「請立刻停止你的想像與建議，謝了，不需要。」

「如此把他囚禁在層層重重的黑暗中是不道德的！他失去自己應有的生活。」

曼德遜太太眼神變了，雙眼像射出火把那樣激動，「聽好！你儘教學責任就好，莊堡內的事是奧利賀家族的事，與你無關。你再擾亂一切我們就終止合約。奧利賀家族付得起你的一切賠償，但我們要求的賠償，恐怕你就擔當不起！」

三

莫里斯頗不以為然。不都是些遺留貴族，都沒落了，還把持著最後那點淩人霸氣？

他難免又想遠些，或許他們家族真有著不可告人的醜事。

但卡爾又做錯什麼呢？他為何就得像隻幽靈般活著？

莫里斯後來更發現，卡爾的心智其實一點問題都沒有。

書房雖昏暗，但他仍看到卡爾臉上有過瞬間的歡笑，

那是在他講述獨角獸第一次飛上天空時，卡爾聽到，眼睛溜溜轉轉，就笑了。

另次是他讀到英國詩人威廉貝克充滿童心的一首《小綿羊》。詩中那個在草原上抱住白色小綿羊的孩子，也讓卡爾深邃的雙眼瞬間閃爍起來。

莫里斯難得看見書房裡這晚無人在旁，「卡爾，見過綿羊嗎？」

「沒有。我從沒出去過。」

「從沒出去過？」

「什麼？你父母呢？」

「我相信他們仍住在直布羅陀。」卡爾神情，忽然冷淡下來。

「直布羅陀？那他們能帶你去地中海啊。」

卡爾全然沉默，再不說話。

莫里斯看著他，另個猜測又在腦中浮起，「你覺得父母疼愛你嗎？」

「應該還愛吧？以前他們每年回來兩三趟，對我也很好，只是，已經好幾年沒回來了。」

「還有兄弟姐妹嗎？」

卡爾搖頭，「沒，就我一個。」

恐怕就是趁主人不在而傭人就虐待小主人？是這樣嗎？莫里斯絞盡腦汁仍無法想出卡爾被禁錮在這座昏暗莊堡的理由。他甚至想到，莫非他是一隻年輕的吸血鬼，所有人也都是吸血鬼？

「卡爾，你明白什麼是禁錮嗎？」

卡爾只看著他老師。

不知道什麼時候曼德遜太太已站在身邊，「我再警告你一次莫里斯教授，英格蘭一流教授多的是。」

明明剛才房內無人，莫里斯明白了，堡內一定處處裝有監視器。要不然，就是連堡內其他的僕人們也都是共犯，全是監視和囚禁這可憐少年的電眼。

接下來更讓莫里斯吃驚，是卡爾開始戴上一副鏡片非常暗的墨鏡。

「為何要戴這墨鏡？」莫里斯湊過身子，盡量壓低聲音，問卡爾。

不遠有位男僕，輕咳一聲。

卡爾無奈低頭，「我被指示如此。」

原本就已昏暗的堡內還帶上暗片墨鏡，卡爾連走路都要人摻扶。

一個 13 歲少年，終年與陰暗相處，臉上一點健康血色都沒有，且生活處處遭受限制，行動毫無自由，莫里斯回到家，看著鏡中自己，一份使命感像迎頭而下澆醒了他，決定了，基於人道他不能再看一個少年如此扭曲生命，他決定要拯救卡爾離開黑暗。

四

莫里斯知道，週四晚上曼德遜太太都會有一段時間與堡內員工們開會。

而每逢開會，為方便附近農莊與馬廄裡的員工出入，莊堡後面有條小路，是沒有放下柵欄的。

只要能支開書房內那位替曼德遜太太監視他們的男僕，那麼就不難逃離這座陰森的古堡。

卡爾看著莫里斯，在紙上寫著：「老師，你覺得我們真的能逃出去？」

莫里斯眼神閃爍，寫道：「難道你不想看看外面世界？」

卡爾再寫：「那以後呢？」

莫里斯目光自信，快速寫下：「先逃出去再想辦法。」

卡爾匆匆寫下一本冷門書名，交給男僕，讓他到圖書室去找書。

兩人見男僕走開，連忙進行逃離計畫。

他們先從書房穿出樓梯，再從傭人服務專用通道直抵樓下的後廳。再從後廳那裡穿到古堡的左翼建築，見四下無人，再悄悄穿過最旁側儲藏倉庫的側門，然後兩人就奔跑起來，橫越整片內庭花園，終於來到莊堡後方。

果然，後門之外，在一片迷迷繞繞的濃霧裡，真的有一道沒放下柵欄的小路。

莫里斯很興奮，一手扯下卡爾的墨鏡，說，「卡爾，我們必須穿越密林，恐怕你從沒走過那麼長的泥濘暗路，必須要堅持一點。」

卡爾有點愣住了，「我，老師，我能嗎？」

「能，要有信心，有我在。」

夜裡的莊堡之外，密林處處全是寒冷樹影。莫里斯摻扶著卡爾，疾步向 6 公里外火車站方向逃去。

仲夏的光照長，還沒到凌晨 5 點，天就破曉了。

五

陽光照在卡爾臉上。當光線真正照射在他的五官上時，英格蘭的陽光就像從沒發現過卡爾這麼一片荒涼陰暗的角落。光線在少年臉上起伏。陽光為這張曾經蒼白的臉，鋪上一層從沒有過的金黃色。

「老師，我很暈眩。」卡爾說。

「跑了大半夜，當然累了。」

「我感覺不好。」卡爾說。

「沒事，你休息一下。」莫里斯說。

但莫里斯很快就意識到事情並不是他想像那麼簡單。

躺在月臺候車木凳上的卡爾，整個人開始起變化。

他全身縮成一團，身上幾個地方的皮膚開始發青，有些地方甚至開始發紫。時間流走，少年臉上的五官就像開始要乾枯的植物芽體，他彷彿正在不停消耗體內的水分，而皮膚發青發紫的地方，也有逐漸硬化現象。

救護車來到時，卡爾已呈現半昏迷狀態。

曼德遜太太一心想用更加凌厲的眼神來逼視莫里斯，因為多年來，她已慣用凌厲的眼神把自己內心的焦慮和擔憂密封式地掩藏起來。

但這一次她失敗了。她的眼神一點也凌厲不起來。早上的陽光，刺穿她的祕密。

「看來奧利賀家族就要在你手上真正畫上個句號。現在你看到了，你自己的好奇和熱心帶來了什麼？」

「我……？」

「是，有關奧利賀家族的傳聞很多，而卡爾的雙親確實已在數年前離世，我是他身邊唯一的阿姨。」

「那明知他有病也無需如此禁錮他！」

「奧利賀家族傳到他們這代，有好幾人身上都發生這種怪病，他們皮膚完全不能承受一點紫外線，只要一旦接觸，在很短時間內就會傷及體內器官，導致壞死。卡爾雙親，其實也有這怪病，只不過他們的潛伏期很長，到發現時為了避開社交圈，他們也都移居海外，但最終，我妹妹與妹夫都無法逃過劫數。而我留在這裡只是想盡一切能力讓卡爾繼續把生命延長下去，讓他多活一些時日，但你來了，你以為沒亮光的地方就沒生命，你魯莽到以為自己能夠扭轉整個月亮，我多次警告你，但你用善意把自己的好奇和想像都放大了，教授，假如卡爾有何不測，你是有責任的。」

卡爾抬上救護車後，數位照料卡爾的員工隨著車子疾駛而去。

一位男傭過來，把一支手錶和一副墨鏡交給曼德遜太太，「幸好有這定位追蹤系統才找到少主人，放心吧曼德遜太太，隔離後少主人血壓已逐漸正常，不過，眼球受到紫外線照射較多，倒有些棘手。」

曼德遜太太神情黯然，「莫里斯，在無法探悉真相之前，請別再放大自己的好奇。」

「我只是善意，我只是一片善意！真的！」

「你的魯莽，也是真的。」

曼德遜再不理會，掉頭即去。

望著所有車子消失，四周恢復原來的寧靜。

然而，真正的寧靜，是這個世界，悶熱和躁動，往往只是人的主觀心情。

空曠月臺上，那麼早，也沒幾個人。

炎夏陽光很早就毫不留情照射，年輕的教授，一臉茫然。

一點感悟，與您分享：

善意是好的。但善意宜有理智過濾。

別讓好奇與想像膨脹放大，別亂感性。

別在一種自我煽動的情緒裡自我陶醉，有時反而弄巧反拙。

王子

「你害怕了？」青蛙問。

女子說，「我無法相信眼前一切。」

「因為你從無奇遇。」青蛙笑笑。

女子氣急敗壞，「都市女子天天上班，地鐵裡有人肯讓位就是奇遇。」

車子行駛在島嶼北部的保留區裡。

茱莉牢牢抓住駕駛盤，又再開始埋怨自己把房子買得如此偏僻。

剛才的週末美女聚會，幾個女人喝掉整瓶伏特加，咒了一晚老闆，講了一晚低俗的笑話，還罵了一晚男人。

車子拐進一條僻靜小路，路旁全是樹木。

車內播著納金高的《假如我戀愛》……

「世事皆虛幻，愛尚未開始就已結束，倘若我戀愛　」

茱莉不算醉，可路上有個大窟窿，幸好車煞得快，差點就撞到樹上去了。

她尖聲咒罵，趕緊下車檢視災情。

四周寂靜，車子引擎聲，像在夢中囈語。

突然茱莉身後，有人說話了……「小姐沒事吧？你差點撞到我了。」

竟然是個男士聲音。

她四處掃視。除了陰暗，路旁哪有什麼。全身雞皮疙瘩，難道撞邪？

急著走回車門，卻怎麼也拉不開，心一慌酒全醒了。

那男士聲音，聽來溫文爾雅，而且繼續說話：「別怕，小姐，我只不過悶，出來散散步而已。」

哇，如此猛厲？她雖不是看到一滴血就暈三天的小女人。但聞聲不見影，也別說不恐怖。

「是什麼！」茱莉立刻站到車頭燈前面，「出來！」

「我不就一直在你身邊嗎？」

「我可不好惹！冤有頭債有主，你給我現形！」

「嗨你好！」一隻碩大青蛙，跳進光照範圍。

哇噻，那麼大的青蛙還真少見，尤其是會滿街跑的。

肯定是個稀有品種，不然就是個稀有惡作劇。

茱莉氣急敗壞，「夠啦！夠啦！這玩意並不高明，塑膠模型和遙控系統都還有點水準，但那個喇叭實在差勁，你們再不出來我就用手機報警。」

「你們？沒別人啊，就我自己。這幾天咳嗽，聲帶不美了。」

「夠了別玩了！你們肯定又是在拍那些藏匿攝影機的整人節目！」

「誰玩？我真的是隻青蛙。」說著，這巨型青蛙，就將自己那副野戰部隊軍帽般的身體縱身一跳，跳上一塊路邊石頭，還飛快地吐出長舌，在空中打個轉，再縮回去。

茱莉腳都軟了，「蛙精？世上還真有精怪？」

「吾非精怪，乃一名王子。」青蛙說。

茱莉真不知道該怕好？還是該笑好？「什麼？就像童話裡遭巫婆咒語所困的王子？拜託，你還當真的一樣。」

青蛙不只沒生氣，還禮數周到地，「並非當真當假，我，確實就是一個王子。」

茱莉哭笑不得，「真幸運。我終於遇到個王子了。」

「小姐，世事奧妙無窮，禍福是無法預料的。」

「說得好說得好。可我從沒想到會遇上一隻說話的青蛙。」

「我不只會說話。」

「對對，還是名王子。」

青蛙示意，「今晚月色不錯，我們聊天好嗎？」

「Hello，假如有其他車子經過一定當我是個神經失常的！三更半夜跟一隻青蛙……抱歉……王子聊天？」

青蛙頓時沉默。茱莉看看不忍，而就在此刻，她感覺到身邊竟浮來一陣陣無以名狀但舒服異常的香氣。

「什麼香？太舒服了。」茱莉問。

「迷迭香。樹下那裡長了一些，我特地讓它們都為你綻開了。」

「你還有法力？」

「獻醜。不巧今天感冒，無法讓月亮變出九種顏色給你欣賞。」

或許是隻怪青蛙，但不是隻壞青蛙。

茱莉略為放鬆，「有迷迭香已不錯。」

「它能做催情藥。」青蛙說。

突然她警覺起來。「對不起時候不早我得走了。月球都快有別墅出租了，我竟跟一隻青蛙研究催情藥？」

「你怕？」青蛙說。

「我無法相信眼前一切。」

「因為你從無奇遇。」

「都市女子天天上班，地鐵裡有人肯讓個位就是奇遇。」

青蛙看看美女，接著牠用前腳將身邊葉子上的露珠紛紛搖下。沒想到那些露珠一濺到地上，竟如七彩煙花般散開。

青蛙說，「一個不相信奇遇的女人，即便遇上，也沒有相信的能力。」

茱莉一聽火就來了，她馬上反駁，「此話不公。我們懷疑、焦慮與多心，全是男性社會造成。女人要在男性社會撐開一把自己獨立的雨傘，是多麼地不容易。」

「我聽出委屈。」

茱莉昂胸抬頭，「除非女人大徹大悟，才能有燦爛明天。」

「怎麼解決？」

「真正獨立呀！」她越說越大聲，「先求經濟獨立，再來是本位獨立與生育獨立。這個男性世界並非永牢不破的。雄性在自然界，只不過因為擁有延續基因而具有其生存價值。像雄蜂，雄蟻，任務不過是讓蜂后蟻后受精而已，然後就可以去死了。雄性至今還存在就只因為他們還有精子。而男人數千年來就只會用盡各種制度來強化自己的父姓權力和社會利益。但你可有想過，只要天下女人堅持不掉入婚姻制度的圈套，不給男人組織家庭的機會，那麼他就什麼都不是。既無法做一個丈夫，也無法當一名父親，更不是什麼一家之主，他們的生命會因為責任的旁落而變成多餘。他們會感到沮喪，覺得自己一無是處，最後他們精盡了，也就人亡。」

「你很美麗，也很危險。」

不知道她是越說越清醒，還是越說越坦白，「男人怕頭腦清醒的女人，就說她們危險。」

「請別把我看成一般男人。我不會大男人主義。」

「誰知道，我們認識不深。」

「不過，」青蛙含情脈脈起來，「我當然希望能更加深入了解你。」

「喂，你是在搭訕我嗎？」

「我是想了解你，好追求你。」

「哈！但你顯而易見是隻青蛙；兩棲類！」

「啊，生命是平等的。你如此完美，難道也有物種歧視？」

「我懂了！現在我懂了，我現在肯定是靈魂出竅，或許工作壓力太大了，要用男人來調劑一下生活了，天啊，以後不能再喝伏特加，連線路都燒壞了。」

「相信我。我不是幻覺。我確實喜歡你。」

「但你是隻青蛙！」

「王子。」

「Okay，蛙類的王子。」

「你怎麼就不相信呢？」

「因為那個青蛙裡面藏著一個王子的童話一定是由男人寫的。」

「那又怎樣？」

「男人撒謊。」

「我確實是王子。你只有做了我的情人才會發現我的浪漫。我能陪你觀星賞月，醉風眠花，我還會唱情歌。」

「但你這個模樣怎麼去看電影？」

「我其實也一表人才。」

茱莉忍住笑，「是說女巫還沒向你下咒語之前嗎？」

青蛙笑了，「啊，你終於相信了？」

「才怪！」

「咒語底下，我確實英俊。」

「真的？」

「臉八成像裘德洛。身材像阿諾・史瓦辛格，我還有一顆勞勃・狄尼洛的性感痣。」青蛙說著說著，竟然紅了臉。

茱莉諷刺，「然後只要有個女人吻你一下，就會破解咒語，變回這麼一位組裝版帥哥？」

青蛙嘆息了，「不，普通女人不行。必須是我喜歡的女人，才有神效。」

茱莉調侃地，「而你竟然想到由我來吻你？」

青蛙愣住，「你……願意？」

茱莉瞄瞄眼，「這或許會有點成就感，well，假如好玩，why not ？」

「噢不，原來你只想玩玩！不！」青蛙的臉更紅了。

茱莉倒想故意嚇嚇他了，「怕什麼，現在就吻，過來！」

青蛙反而一躍跳開，「不不，我看還是算了，我父王從小就反對我跟女權分子交往。」

「我命令你！馬上給我過來！」

「不，絕對不要！」

誰知道茱莉越笑越放，「啊你竟然如此古板，就吻一下，看你能有多帥！」

青蛙慌急，「不不，毫無誠意，毫無愛，不行。」

「再命令你，給我過來！」

「抱歉，我本來就不該隨意跟路過的陌生女子交談。」馬上又跳開了。

茱莉一輩子也難想像，自己竟會撅起嘴，三更半夜在密林裡追著一隻足足有七八公斤重的大青蛙，還，還，還居然想吻牠？

一番滑稽萬分的追逐，然後，青蛙與茱莉雙雙不停喘氣，停在車前燈光的強烈照射裡。

青蛙大聲喘氣，茱莉也大聲喘氣。沒想到茱莉突然來個聲東擊西假動作，假意撲在地上，一抱就抱住這隻大青蛙。

跟著，就狠狠在牠頭上吻了一下。

她大笑起來，「來點煙霧吧，來點特技吧，讓我看看你怎麼變英俊王子！」

不過，既沒煙霧，也沒特技。

她懷裡溼黏黏的青蛙，仍是青蛙。

她有點生氣了，「喂，你這是撒謊。」青蛙喘得急，「是是，我撒謊。」

可就在這時，車燈突然五顏六色地亂閃起來，當茱莉正想再開口問它「你為什麼撒謊」時，還沒說到「謊」字，茱莉竟然已經變成另一隻青蛙。

不不，沒那麼大。哪有七八公斤？小多了。

茱莉急得只能呱呱嘎嘎咯咯地叫。

青蛙這時透口大氣，長長的舌頭吐一下又收回去，舔舔嘴說——

「你早該知道，男性動物都撒謊。」

車燈沒再閃了。一切恢復原狀。

路旁稀疏樹林內，沒人知道誰把一部車子停在那裡，只是月色非常美，照下來，一切像通透明亮。

風過時，遍地蛙聲，突然四起，好像在慶祝什麼。會不會是在舉行一場婚宴呢？

只是沒人聽懂。

一點感悟，與您分享：

青蛙就是青蛙。

奇遇在現實生活裡的機率是絕無僅有的，奇遇幾乎就跟童話神話一樣，聽就好，不要信以為真。

井

不知怎麼地，他鼻頭一酸，眼淚忍不住就簌簌而下。

一時間他再也分不清這些是償還給自己的眼淚，還是一陣洗滌自己的泉水，淚流披面抬起頭，他卻只覺得清爽無慮，什麼都不必再作多想。

雖說是風景區，但地點有些偏遠，因此就算村裡有人玩起什麼「休閒農場」之類點子，其實遊客也不多。

據說，明清時的茶馬古道就曾經穿過這小鎮，人來人往，也風光過一陣的。

但歷史遙遠了。村外的棧道早已多年失修，痕跡模糊，且荒郊上野草叢生，有些地方甚至已難辨認。

不過，魏森並非為旅遊而來。

前天進村時，看見這裡四面山巒隔絕，村前也就只有一條快乾枯的小河，他就覺得整個地點頗符合他的理想。因此在辦事處登記時，他毫不思索就胡亂填了個假名字，一轉身出門後，他更把自己手機往山下那小河一扔，乾淨俐落。

是的，巍森想，很快，他的一切煩惱也就像這手機一樣，乾淨俐落。

他想不起前幾天在哪裡讀到這樣的新聞，說有個國家，幾乎每天都有 20 名自殺的人。可惜新聞只專注於那偏高的自殺率，卻沒詳細報導哪種自殺行為最常被採用，因此也就沒得參考。

魏森在村裡閒逛了一陣子，故意選在一間叫「歸去」的休閒農場住下。

也沒什麼，或許是心情吧，一眼他就覺得這兩字寓意深長，更關鍵是，這家「歸去」，位置偏僻，確屬靜中之靜。

「歸去」有前後院。院落還頗大，看來古時候也該是個有頭有臉的大戶人家。

老闆興致勃勃，帶魏森到風景區視野良好的前院選房子。

但他不要。

卻偏偏在後院最邊緣的西側邊上，離得遠遠的，選上一間很舊的土坯房。

老闆面有難色，「這房間……」

「怎麼啦？」

「平日沒打掃，設備也不好，怕您住得不舒服。」

「沒關係，很好，就這裡。」

老闆吶吶，「老房子了，這房間，房間裡面不乾淨。」

「沒關係，叫人來打掃一下就好，我一看就覺得很好。」

老闆見他執著，也不再說什麼。

就這樣，魏森住了兩天，沒察覺什麼，就是夜裡悶熱些。

屋裡悶熱，巍森推開了窗戶，只見眼前一框荒涼月色，就如他的心情。

唉，整整幾百萬，他不偷不搶不奸不詐，正正當當做生意，那可是他半輩子的努力打拚啊！而那個他以為一天會被自己真情感動的女人，最終還是挾帶私逃了。跟別人跑了，也就算了，竟狠心到連房子也押了給銀行，如今人到中年，一切皆空，萬念俱灰，自我了斷，或許就是注定。

魏森打開行李包，一臉沮喪，靜靜拿出那包劇毒老鼠藥。

窗外，這時很清楚地，飄來了一聲柔弱如絲，卻像拉扯著無限哀傷的嘆息。

「誰？」魏森驚醒，倏然起身，推門出去。

整個院子被月色染照得微微發白，卻是一絲動靜也沒有。巍森四處張望，月色下，就只是窗前不遠地上有一口井，像個默默仰天張著的口。

不期然地魏森就走到那口井邊。

探身，看進去，那井口之內就是深幽無底的一個黑洞。他這時才發現井邊沒有轆轤，也無水具，彷彿是個廢置已久的枯井。

魏森再靠近些，甚至俯下頭，將臉靠到井邊去——

突然那聲叫人毛髮豎然的哀傷嘆息又來了。從井底裊裊傳上來……「唉。」

當然魏森這時已察覺出那是什麼，但連他自己也意外，他竟一點害怕感覺都沒有。

「是冤死的鬼嗎？」魏森問。

「是。」是個女子。

「是自己尋死，還是被害？」

女聲略頓，「一言難盡，唉。」

「你當你的鬼，我做我的事，你嘆息幹嘛呢？」

「先生，能否一晤？」

「人鬼殊途，有必要嗎？」

「奴家有事相求。」

「你找錯人了，我也正想找死，等我死了才一塊聊天吧。」

「不不，先生，無論如何請先生容我請稟，奴家所求之事，不過舉手之勞。」

拒人千里，魏森倒覺有點說不過去。「那就說吧。」

井中女聲，變得如啃如嚼，「先生，您可否以淨紙素墨，抄《般若波羅蜜多心經》六遍，投於井內，援我離此困境？」

「我……」魏森抓抓腦袋，「我不懂經啊。」

「唉，身在亮處，卻錯過亮光。先生，村外北隅有寺，無償贈經。」

「我……寫字不好看，也沒抄過，不知道該怎麼抄？」

「淨心，淨念。專注於經，那就是經。」

魏森猶豫不決，又無話可說。

井底聲音，這時切切哀求起來，「心經一遍才兩百六十字，抄六遍，亦不過千餘，先生就當日行一善吧。」

「那……我就去看看吧。」

井中訇然沉寂，再無一滴聲響。唯有月色，依然荒落。

魏森回到房裡，又望見桌上老鼠藥，心裡，有點亂了，也分不出是自己神志不清呢，還是自己正走霉運，才會遇上這個怪事。

一口老井。一把哀哀女聲。

這把來自井底的女聲，告訴他「身在亮處，卻錯過亮光」？

輾轉一夜，天朦亮巍森才稍微闔眼，可沒多久太陽就升起了。他起身，先坐著，一開始心裡還以為昨夜是場幻覺。可當他走到井邊，看到地上自己斑駁鞋印，昨夜一切，並非幻覺。

或許先幫這可憐女子離開枯井，自己再解決私事也無不可。

巍森走到村外，尋到那寺廟，討了經，納了供奉，還在佛前默默跪坐很久。

腦裡一片紊亂。糾纏不清的東西，人雖跪在那裡，也還是一團糾纏不清。

離開時，寺外有個小和尚，十歲剛出頭的少年光景，大概是些窮家送到寺裡的孩子，正在那裡專注匯神，吃著一片紅通通鮮美欲滴的西瓜。

巍森經過，見他吃得津津有味，不經意問了句：「甜嗎？」

「不甜。」可是這小和尚卻興致得很，還吃得滿嘴西瓜汁。

「不甜你怎麼還吃得那麼開心？」

「就吃吧。」小和尚笑說。

巍森不能明白，還在看他。

小和尚吞下一大口，樂滋滋說，「能吃，那就夠開心。」

陽光頭頂照下，穿過寺裡高大的老樹蔭，光柱照在地上，是遍地一粒粒微微震動的光點。

村裡那排較熱鬧的小店，倒有賣筆墨的，巍森買齊文具，就回房抄經……

「觀自在菩薩，行深般若波羅蜜多時，照見五蘊皆空，度一切苦厄……」

就像紙張上一句句會發出光亮的字。

惶惶半生，糾纏於患得患失，巍森卻從沒像此時此刻這般安靜過，他也從沒如此專注於心地去領會這每個字。

有些能懂。有些，又像似懂非懂。但字裡行間，卻有一份真正被掀開來的安詳平靜。

「無罣礙故，無有恐怖，遠離顛倒夢想，究竟涅磐。」

心經一遍 260 字。第一遍抄得最快。抄至三遍，魏森整顆心緩慢下來，越慢他就越感到身外四周明亮，彷彿每個字，每一筆劃，都能似有所悟。

六遍結束，1560 字。

那女鬼沒騙他，抄六遍，亦不過千餘。

暮色又暗下了。院落內，各處影子垂垂。但這天晚上，巍森彷彿再沒注意到這一切。因為他的心彷彿已不在體內。魏森只覺有份豁然開朗，那幽暗的桌上，抄好的經文恍惚亮燦如錦帛，不知怎呢地，他鼻頭一酸，眼淚忍不住就簌簌而下。

一時間，他再也分不清這些是償還給自己的眼淚，還是一陣來自心田洗滌自己的泉水，淚流披面抬起頭，卻只覺得頓時清爽無慮，什麼都不必再作多想。

「先生，抄好了？」

猛回頭一看，門後面已巍巍然吊掛著一隻漂浮身影。

巍森再順勢看上去，一方暗紅色的刺繡衣角，在門框邊緣悄悄露出了半截，而地上，滴了幾點明顯水跡。

魏森沉住氣，「是，抄好了。」

「大恩大德，感激不盡。」

「小姐，這心經如何幫得了你？」

「奴家生前愚昧痴惑，為昭示自己與小主子並無私通之清白，一時之憤，便將自己推入永無開解之苦境，井底沉冤，永暗無明，後悔莫及，今日幸得先生給予援手，心經，乃到達彼岸之大智慧，還能破解人世種種愚痴頑冥，我能得此，即能解脫。」

「那我馬上給你投入井中。」魏森說畢，起身將桌上經文拿起就往外走。來到井邊，他曳然頁頁撕下，投落井中。月色仍是昨夜月色，只見淨紙素墨，卻像一隻隻飄入井中的裊裊白蝴蝶。

回到屋內，門後只剩一片空洞漆黑，小姐早已不知去向。

第二天，大早房門外就人聲吵雜，說出了怪事。

這一口連房主自己也不知已乾枯了多少年代的井，竟詭異地在一夜間漲上滿滿的水。

水面上，是一張張泡透的白紙，魏森湊上去看，原來什麼經文都沒了，大概經文已經全溶在水裡。

沒多久，有人發現井底有一線細泡冒出。打撈後，竟是一副嬌小嶙峋的白骨。

魏森心裡一抽。但好了，至少這時他更確定，他還有能力幫了她。

其實是，她也幫了他。

魏森跟房主說，「這幾天我住在井邊，也算是緣分。這樣吧，找人將骸骨送到村外寺廟化了，就寄託在那裡，讓這可憐女子也聽聽經。要多少錢辦事，我負責就是。」

村人詫異，「先生怎麼知道這是位女子？」

魏森語氣平淡，「猜的。憑點感覺。」

數日後，一切安置妥當，魏森向房主退房，拎起行李，就想拜別。

房主身後叫住他，「先生，您漏拿東西了！」

「什麼？」

「您漏拿這包 —— 是藥吧？」

巍森看了微微一震，「小心別碰，那是劇毒殺鼠藥，我聽那衣櫃裡格格作響，像是有老鼠。」

「那這藥您現在不要了？」

「不要了。我有更好的藥。」

魏森說完，轉身就走。

他越走越遠，越走越覺得輕身無礙，陽光還是來那時候的陽光。

村外那條棧道，多年失修，痕跡模糊，加上荒郊野草叢生，有些地方真的已難辨認。

但那也沒關係。

世上的路，不都是人走出來的？

只要人自己不迷失方向，那就一定能走得出去。

一點感悟，與您分享：

人生道路，坎坷難免，但不能說坎坷就拒絕走下去，路都是走出來的，只要自己不迷失方向，那一定就能走得出去。

背影

背影轉過來，緩緩把蓋著頭臉的玄色黑布掀開。

鬼塚兩眼愣住了，這張模糊無邊的臉，微光中慘白如紙，卻長得跟自己一模一樣。

20 歲的鬼塚不僅內向，他的問題是：一種無法排解的孤獨。

日本新宿的歌舞伎町，街上的霓虹就如抹上閃爍金粉的濃厚眼蓋，處處都在一閃一閃，撩動所有行人。這裡是個聲色市場，它不唱人性的高調，只要真能給足鈔票，任何有腳的，都能標上個價錢。

鬼塚的職業，就是站在色情店門口負責招攬客人。每晚他都得說上很多遍：「5000 日圓，與高中女生親熱 10 分鐘！請諸位多多關照啦，新宿激情大拍賣！」

最近早上醒來，就在他那窄小凌亂的床上，鬼塚有時會自己傻傻地自言自語：「我為何只能如此活著？」

他從沒見過父親。

據說，他母親在生下他之後就再也不說話了。之後她改嫁，但不久那男人也病死了，她被那家人趕出來，一直就住在半慈善式的療養院。

每週一鬼塚休息，都會去療養院探望母親。

母親床位靠窗，那是鬼塚用存下很久的錢換回來的位子。他總覺得療養院病房裡死沉沉一片，他希望窗外的活動能有天讓母親開口說話。

人跟他說，他母親這幾天感冒了，鬼塚謝謝人家，就把口罩找出，仔細地洗淨，耐心地在窗旁等它們晾乾，然後小心翼翼替她母親把口罩戴上。

「其實你不需這個，你根本就不開口說話。」鬼塚這天忍不住，語氣裡彷彿浮起一絲怨懟，看著她。

婦人也看著兒子，可就不說話。

鬼塚打開半邊窗，想讓秋天陽光也灑些進來……

「母親，最近我遇到些怪事。」

婦人呆呆望著窗外，彷彿無法想起那個她曾經活過的世界。

「最近，我常見到個流浪的人。不過只是背影。母親，你聽到嗎？」

像沒聽到。

「好幾次了。會所打烊後，我在回家路上幾次都看到他，一定是同個人。是真的。母親，我告訴你，那背影我絕對熟悉，因為那看起來就……」鬼塚深吸口氣，看看母親，改了口，「我曾經幾次故意轉入別些小巷，但一下子他又出現了。」

婦人把臉轉回來，緩緩搖頭。

「不信就算了。」

婦人繼續搖頭。

「母親，這幾年我是長大了，但我也感到無比孤獨和毫無意義。你能聽懂嗎？」

婦人還是搖頭。

鬼塚除了把這件事告訴母親就沒再告訴任何人。其實他也再沒任何人。人們眼裡，街邊這些負責招攬色情生意的比直接零售自己身體的還要低下。他就如街上潑出來流在地上那堆積成灘的髒水。但為了療養院費用，這是無奈的選擇。

這晚，會所打烊後，鬼塚又照樣拎著速食便當，穿過新宿逐漸疲倦的霓虹，步行回到五町目的住處。

就在地鐵天橋底下，就在冷冷的陰暗裡，在他前面 10 餘公尺處，不知道什麼時候那背影，又出現了。

鬼塚沒怕，卻更確定那份熟悉。因為這身形、體態、動作幾乎就完全跟自己一樣，但對方總像穿著半腰斗篷，卻總也看不清楚，因為那背影又像是沒邊線的 —— 就如畫出來的人影，朦朦朧朧，卻沒畫上邊線。

鬼塚心跳加急，但他想確確鑿鑿地證實一次自己心裡的謎團。突然，他就閃身進入另條小巷。

巷內街燈，尤為慘白，而那個人，又再一次地已經走在自己前頭。

鬼塚停下腳步。背影也停下腳步。

「誰呢？」鬼塚並沒大喊，只是打招呼的語氣。

背影沒動。然後只用一個很輕的聲音回答，「不必問。」

鬼塚聽見倒更害怕了，連這人聲音，連說話語調，都和自己一模一樣。

「究竟是誰？看見你好幾次了。」說著，鬼塚悄悄上前，那背影或許察覺，卻沒動靜。

看清楚一點了，穿的不是半腰斗篷，而是身上覆著塊玄色被子。

「是街上行乞的流浪漢？」鬼塚問。

「這世間誰不是流浪漢？」聲音太像了，太像自己的，只不過這聲音比自己的要沙啞模糊些。

「天氣那麼冷，吃過飯了沒？我有便當。」鬼塚說。

「不吃。但我能陪你吃。」對方說。

「我回住處才吃。」鬼塚說。

「前面有小草地，到那吃吧。」

鬼塚知道有些流浪漢晚上就睡在小草地上。「好，你陪我我也陪你，就聊聊。」

但背影去到小草地就變得不再多話，他一直側過身子，讓鬼塚兀自吃著便當。

鬼塚感到身邊隱約有陣毛毛聳聳的寒冷，「不應該來的，這裡冷。」

背影聲音輕，「冷便當傷胃，以後少吃冷的。」

「還滿關心人的。」鬼塚說著，順勢靠近些。

那背影察覺了，悄悄地移開一個距離。

「老躲著？是毀容嗎？或其他原因？」

「都不是。」背影說，「今晚就這樣，你回家好好休息，我們會再見的。」

鬼塚來不及收拾懷裡的便當速食就馬上追去，這背影卻像煙一般，一轉眼就飄得老遠。

誰呢？

鬼塚想了整晚。他真不敢往深處想。從一些勢利的親戚那裡他聽過不少有關自己家裡的傳聞。

真的是那樣嗎？

會是他嗎？有可能嗎？世上真能有這樣的事嗎？

後來鬼塚又再見過（它）一次。這背影就在對面巷口出現，似在那裡等自己下班。

也許大家都心裡有事，走了大段路，都沒人出聲。

還是鬼塚先說，「怎麼總是把臉藏著？還老是背對人？」

背影轉開話題，「鬼塚你怎麼不再讀歷史小說了呢？」

鬼塚微震，「你怎麼知道我的名字？你究竟是誰，怎麼知道我這些事？」

「我一直就在你周圍，所以知道。」

「能轉過來讓我看看你是誰嗎？」

「能。」

背影轉過來，緩緩把蓋著頭臉的玄色黑布掀開。

鬼塚兩眼愣住了，一張模糊無邊的臉，微光中慘白如紙，卻長得跟自己一模一樣。

詭異至極，世上有一模一樣的人？

「你是我的幻覺嗎？」鬼塚一陣心酸，「我知道自己孤獨，但卻沒想已經到此地步——」眼淚難忍盈眶，竟苦笑起來。

「別這樣。」聲音似遠似近，卻跟鬼塚聲調一樣，「你日子不好過我也知道，有些事無能為力就無能為力，你也不必太在意。」

「你一定得說清楚你是誰，我沒朋友，沒任何人，你究竟是誰？」

背影幽幽說了：「告訴你我是誰就怕對你生活一點改善也沒有，或許日後還會害你掉入更大苦惱裡，人要不就無論如何活下去，要不就放棄一切忘記有過的這場生命，但鬼塚，你一定得活下去。」

「我如此沒用如此不開心，我是這都市人們腳底下的泥！」

「你忘了母親？」

鬼塚大駭，「你是誰？現在就說！馬上說！」

對方整個外形這時竟模糊起來，像股煙，卻要緩緩地散開，「我得離開，你這樣不好，你要明白，你真的不孤獨。」

「我怎麼不孤獨？」

不知怎麼地那玄色半被又把對方大部分臉包覆起來了，「你一直有我。」

鬼塚苦笑，「你其實只是我沮喪極點時的幻覺。」

「我不是幻覺。」對方說，「其實你也會感覺到，我時刻都在你身邊。」

「是，但為什麼你會時刻在我身邊？你是要勾掉我魂魄嗎？還是要找替死鬼？」

「我的出現只是想讓你知道，你真的並不孤獨。」

「可我連一個真正能說話的人都沒有。」

「看看，風衣口袋裡有什麼？」

鬼塚伸手探入，袋裡原來有一玄色小布包，打開來，裡面有一小截又黑又乾癟的東西，但也看不出是什麼。鬼塚再抬頭時，小草地上卻只有鬼塚自己。

有點悵然若失。不是害怕。這是誰？鬼魅嗎？還是一隻長得跟自己同個模樣的鬼魅？還是他自己原本就活得像隻鬼魅一樣？

回到家，仍想不出任何所以然。

秋天過了，樹枝禿了，冷風裡鬼塚買了幅新棉被帶去給母親。

他仔細地給婦人重新鋪過榻榻米，爬到棉被上，用身體把棉花壓平。

「舊棉被不要了吧？多少年了？」鬼塚抓起舊被正想拿到戶外，沒想到不經意多看一眼，那棉被的玄色怎如此熟悉？

「母親你這棉被……？」鬼塚心裡不禁懷疑。

婦人急忙搖頭，雖不能動彈卻在那裡想要伸手搶棉被。

鬼塚從風衣口袋裡拿出那玄色小包，「母親，認得這是什麼？我覺得像是人體上某個部分，像……像是乾癟的臍帶。」

可是怪了，小包打開後，裡面什麼都沒有。

不過，婦人看著那玄色小包，似乎已記起什麼，她臉上頓時湧起陣陣淒厲狂奔的表情，她張大嘴巴，竟開口說話，「你看到那背影……」

「怎麼了？」

「是你哥。」

「我哥？我真的有個哥哥？」

「比你早出生 20 分鐘。但他，沒能活下來。」

鬼塚愣在那裡。

「這是包住臍帶的小包。」婦人伸手撫摸，一臉哀傷，「那時工廠裡就生產這種厚身梳棉布，都是同個顏色，你們離開我身體後就包在這塊布裡，我從這塊布上剪了一小塊，做成小包也把他臍帶收好，埋葬時一併還他……」

鬼塚看出窗外，「哥為何沒活下來？」

「內臟發育得不好，離開母體就內出血，斷氣後，就像一張白紙。」

「他的血和我是親的，原來是這樣。」

「是我錯。」

「不是的母親，誰都沒錯。即使今天知道了這一切也無法更改些什麼，但人要不就無論如何活下去，要不就放棄一切忘記有過的這場生命，母親，今天你也開口說話了，你一定得活下去。我們一定無論如何得活下去。」

冬天晨光，角度特別斜，能照到室內很深入的一幅牆壁上。

「我一直以為自己就是一個人，原來冥冥中我曾經還有過一位哥哥，母親，這是個奇怪的感覺，不知道為什麼我心裡這時有了份以前沒有的平靜。我想，或許他還會在的，就在我們身邊，他或許以為我知道了會更傷感苦惱，其實，知道了，」鬼塚看著母親，「那從今往後再苦我們也不孤獨。」

婦人聽後，緩緩點頭，說，「鬼塚，給我一點水。」

沒人察覺陽光是什麼時候照進來的。

就是那麼自然地照進來。

有些能量，就如此遍布在透明的自然裡。

一時沒人察覺到的，並不等於就不存在。

一點感悟，與您分享：

骨肉情感是人類最自然深刻的情感，也是孤獨時最能回歸的港灣，愛家人，也讓家人愛自己，親情的溫暖是最美好的陽光。

Zone Unknown

M100 仍望著晦暗那漭漭渺渺的外太空，人類的文明原來不是一個答案。

從來都不是。在憧憬的時候不是，在結算的時候也不是。

一

在魔羯座星雲的外圍，在那些紫紅色的宇宙電離子層之間，有一粒人工塵埃。

因為太微小，所以就似塵埃。

這粒塵埃，其實是一個體型龐大的外太空偵察站。

「生命探測號」。

偵察站前端，控制艙內，M100 站在超大又空曠的觀察臺前，他極目遠望，寂靜的外太空布滿各種遠近大小天體，眼前所見，彷彿就是個無盡迷夢。

「會有答案嗎？如此地茫茫無盡，如真的有生命的答案，那麼答案究竟會在哪裡？」M100 喃喃自語。

他身後是一位面容仁慈的智者。智者平靜的說，「你試試調到西南偏南 20 度的 10 光年處，再找找看。」

M100 問，「主管其實我仍不明白，這些年裡茫茫搜尋，你一直維持的信念究竟從何而來？」

智者慨然，「其實，只要有空的所在，應該就有前路。只要仍有未知，就可能藏有答案。」

M100 按照指示調整方向。

眼前一顆流星曳然劃過——

M100 似有所觸，「主管，你剛說的，是我們回家的方向嗎？」

智者莞爾，「哪有可能？你忘了我們早已穿越多少時間，地球已經離開太遠太遠了，遠到我們現在也無法肯定它是否依然存在。」

「是，太遠了。人的文明在外時間與外空間裡，是沒有任何意義的——」M100 說，「就除了我們偵查站裡的各種科技、自給自足農場與製作實驗室，那是人類文明唯一維持我們存活的意義。」

「說的沒錯，你現在也明白了，就像在外面現在這些隕石殘骸上，你還能看到某個文明的古老廢墟嗎？一座鐵塔？或半截城堡？」智者依然一片平靜，「大爆炸來，大爆炸去，成住壞空，也不過是宇宙物理而已。」

M100 慨然，「那我們在這片茫茫外太空裡作生命的探索，仍有任何意義嗎？」

智者微笑，「M100，你忘了自己是哪個年代的了？」

「沒，主管，我是地球的 150 代人類複製基因。」

「沒錯，」智者說，「那時的人類基因庫其實已經過 3 次整頓，你，還有 E100，H100，都是當時基因整治的最後一代。」

「基因整治有用嗎？人類已經改了多少回了？什麼地球大同人類？不都是白做的？」M100 感覺啼笑皆非，「不見得我就開悟出多少智慧。」

智者看著他，不說什麼。

M100 越說越起勁，「人，人類，人類的文明說到底就是各式各樣的慾望，呵呵，最後呢，最後這文明又到哪裡去了呢？」

智者神色有點改變，「你這話，或有保留。當時地球上的和平秩序或仍有不足之處，但你們幾位都是心胸遼闊，性情透亮的優秀人類複製作品。」智者心裡的觸動又漸漸平緩了，他深深嘆息一聲，「只不過，人類始終有其障礙，有些人性裡的關卡，始終就是無法跨越得過。」

說話間，E100 興奮溢於言表地衝進來，「主管，查得西北穹間 28 度刻的 3 光年處，似有微弱的生命訊號。」

M100 笑他，「無需緊張，怕又是一些宇宙電離震動的反射波吧？」

E100 說，「不不，H100 在他監控室那裡也收到訊號，確實發現有生命跡象。」

原本平靜的智者，神情又似有騷動了，「全速前往，吩咐探測部門準備一切生命訊號及樣本的採集裝備。」

這一次會是真的嗎？這一次會遇到什麼生命？他心裡也逐漸攪起一陣已經久違的、莫名的興奮。

二

這並不是生命探測號首次探測到外太空生命。

乙女星雲那裡有些星系，也收到過生命訊號。曾經有些是靠金屬分子對沖替換能量維生的半金屬式生命體，它們就像站立的甲蟲，用的是一種能量兌換文明。也見過純粹有如黴菌似的植物生態體。在獅子星雲那裡，也有生命訊號，而且似乎還帶有著文明跡象，可惜該處流星群過於稠密，無法靠近，因此也始終無法真正確定是何種智慧。

這次的採集，倒是不困難。這趟生命探測號所採集到的生命個體，原來是依附在一些形狀並不規則、但包覆著氧氣層與水分的小型隕石殘骸上。

智者覺得事情蹊蹺，「這些隕石體積雖小，卻竟然能有小氣層包圍，有空氣，而且恆溫，又有溼度，雖無綠被，卻似乎有水。」

M100 猜測，「看似原有生命行星留下的撞擊殘體。」智者仍在疑慮中，「除非這原有生命的行星上真有過極高度文明，不然，沒有生命能夠抵受這種劇變。」

採集工作基本順利。他們去到觀察室，裝備一打開，就有樣本自動被攝取觀察容器內。

在透明裝備箱前，M100 觀察很久，卻認不出它們究竟是哪種生命形態。

E100 說，「它們總是整團糾纏在一堆，但，似乎喜歡亮光，卻又懼怕亮光。」

H100 說，「好像還會發聲，雖然極微弱，但我還在設法採集它們的聲音。」

然後，非常非常緩慢地，有一隻活體，悄悄離開了糾纏成塊的團堆，從左邊爬出來。

這活體也不小，身長約 1 公尺，看似爬蟲。但不是。

它既無鱗，也無甲。它有一端看似頭部，長著稀落毛髮，但也只能看到毛髮，這個懷疑是頭的部分，並沒有其他器官。而頭部之後，也說不上是身體，因為那部分好像已全部退化，在頭的後面就剩下一大條肉。對，就是肉。這條肉全作灰褐色，卻看來像非常柔滑，還彷彿有點溼黏黏。

H100 說，「是不是像腹足類爬蟲衍變出來的？比如說，蛇。」

E100 並不同意，「據知有毛髮的蛇類早絕滅了，機率極微。」

M100 注視很久，臉上驀地浮起一陣晦暗，「我不能肯定，但 —— 」

E100 問，「但怎麼了？」

M100 詳細檢視數據，「這肉條的後部既能捲動，或許就有脊椎 —— 」

E100 說，「可是 X 光掃描上沒明顯跡象啊。」

M100 說，「沒跡象不等於就沒殘留痕跡。作個染色顯微掃描吧。」然後再問，「有發現它們的營養攝取方式嗎？」

E100 一臉疑惑，「我也覺得奇怪，它們都像在一種冬眠狀態般活著，或許個體之間有靜電交換，維持著一種極緩慢的生命狀態，那就可以不吃不喝。」

「純粹靠靜電交換而不攝取營養？這樣活著，還有生命的意義嗎？」M100 說，「探燈給我。」

說完他小心翼翼，拿住探照燈靠近那隻爬到觀察箱邊上的活體，「箱底好像有些掉落毛髮，你們快拿一點去檢驗。」

兩人連忙按照吩咐取出樣本，拿到化驗室去。

突然 M100 臉上似乎更晦暗了。他看著那隻爬在他面前的活體，彷彿對箱外的影動有所感覺。

他再緩緩把探燈移向活體頭部。原本靜止的活體，頭部的毛髮突然豎起，可怕的一幕讓 M100 整個人僵住。啊那是一粒圓形的頭，依稀地，似乎還留著一種眼睛與鼻孔般的痕跡，當他再靠近細看時，M100 整個人愣住 —— 原來沒完全退化的竟是一張小嘴，那小嘴卻長有一個鉤，只要這個鮮紅色的鉤吐露出來，就會在空氣裡不斷尋找任何可以攀援或鉤緊之物。

大概活體的小嘴已感覺到身外有物，張開後，它終於發出了聲音——

聲音雖極微弱，但 M100 相信自己並沒聽錯——

「啊——」

這聲音一點不陌生。

這，是「人」能夠發出的聲音。

三

不只是聲音，他想，那，或許還曾經是他們通用的語言。

但這語言——不，如今就算是聲音吧，對這些活體已經不具意義了，它們如今存活在宇宙廢墟裡，文明彷彿只是曾經有過的一場生態實驗。

它們在蠕動，在糾纏，退化了，忘記了，只是存活。

地球的警訊曾經輻射到很遠的範圍，1 萬多年前，也就是它們的西元 3 萬多年時候，地球就已經淪為廢棄星球。

據知部分生命那時已經遷徙他處。但何處？如何存活？以哪種文明存活？生命探測站已經離開那個時空軌跡太遠，一直都沒有詳細資訊。

偌大觀察臺前，M100 不知道自己是百感交集，還是整個人精神已被掏空，他極目遠望，腦中一片迷夢，猶如懸掛在偵查站外面那個隕石險布的淩空廢墟裡。

他思緒紊亂。不敢想，不去想，拒絕想。因為他發現自己原來如此害怕絕望的感覺。他已站著好長一段時間。

時間是什麼？假如高貴的生命有日也就淪落到此地步，那麼時間還有它意義嗎？空間又有它意義嗎？

「生命探測號」只不過是一處人工空間。時間記錄著 42097 年，那是以地球計算的時間，太久遠了，或許地球真的早沒有了。

身後，這時傳來一把緩慢、低沉但慈祥聲音 ——「你竟然還會傷感，這點其實我挺意外的。M100，想開一點吧，人性裡的種種慾望讓人類開始了一切，人性裡的慾望也讓人類扭曲了一切，就當作是一次文明實驗的終結吧。或者，這也只是宇宙裡無數次之中的一次自然物理。」

「你似乎說得很輕鬆。」智者無語。

M100 仍看著那漭漭渺渺的外太空，「人類的文明原來不是一個答案。從來都不是。在憧憬的時候不是，在結算的時候也不是。」

「M100，我們已經離開那個地球人類文明的境地，而且已經離開了很久很久。」

「那你就是說，我們大可以就忘記我們來自哪裡嗎？」M100 再無法掩飾語調裡的惋惜遺憾，「是，我是看到了。我看到人類性靈裡最蓬勃跳躍的部分如何最終還是變作他最大的障礙。或許說，那些世世代代裡逃不過毀滅劫難的人倒還是得到解脫的，因為他們都化為沉泥灰燼了，也不再有感覺。而只有這些，這些殘喘苟延的活物，之所以能活到今天，就是把生命的需求降至最低層次去，之所以還能活到今天，活到只剩下這麼一塊……一塊……肉條……？」

「或說行屍走肉般的軀殼？」智者淡然，替他接著說下去，「然而他們卻仍無法不糾結成一團，憑藉內裡那點最原始最無法超越的需要，相互交換靜電電能，無視原有尊嚴，維持最低等的生存狀態？」

M100 並不對他說的話感到意外，「我沒猜錯的話，一切你是早已料到的。」

「是。」

「你如何知道？」

「地球在 4 萬年前就已經出現因為人類慾望而飽受傷害的危機。氣候改了，氣層變了，生態亂了，資源危急了，但欲之痴愚，又何其執著？當業重者不勝負荷，終被所虜，欲死，欲生，皆不得自主。」

M100 回頭，眼神更肅穆了，「而你，在知道這段文明歷史後，又是如何從中走出來的？」。

「我，走出來了嗎？」智者緩緩別過臉，「或許，我的走出來只是視覺角度的錯覺而已。所謂大智慧，也許真的只是一束亮光，但要看到這亮光，還需要有一面能反射的牆。我知道這面牆的確實存在，它或許就在每個文明結局之處，但我仍沒親眼見到過它。」

「所以連你都還沒真正見過這光？連你也不清楚我們浮在茫茫外太空尋找生命的原因？所以我們一直搜尋的，也不能肯定就是生命的答案？」M100 似乎完全沮喪了，「我們只是無邊無際地在一片茫茫裡要找出人類那點性靈的真正歸宿？」

智者嘆息，「M100，在複製記錄裡，你可曾知道自己最初基因是誰？」

M100 搖頭。

「你的最初基因姓陳，是中國古代一位不斷尋找答案的人。他曾遠赴天竺尋求生命境界的答案，他找到了，他找到人在性靈裡那個答案，但這答案只是半個，另外一半的答案，雖與人的性靈有關，卻又不在人的性靈裡，這一半答案，地球的人類文明，就連有如愛因斯坦那樣的天才，也都還沒找到。」

M100 似乎恍然，「所以今天我仍然在你身邊？所以我們還在尋找答案？」

「或許只能如是。」智者說，「性靈或者物質，都只能在我們自己的思考與概念裡成立其價值意義。其實真正的外面，或許是一個並非我們能力所能知悉的情況，但這時你我既然活著，就只能留在尋找階段。」

「那麼觀察箱裡的那堆 —— 那堆 —— 活體，如何處置？」突然一脈倉促流星，劃傷艙外冥冥茫茫的沉寂。

「都放歸原處吧。宇宙裡生生息息，原不過都是一場場自生自滅。箱裡如此，艙裡如此。我想，整個外面，亦不外如是。明白了嗎？」

M100 再沒話語。

智者安慰，「散散心吧，我們試試到巨蟹座星雲去，那裡有些古老星系，就算沒有那另一半答案，那裡的煥彩星雲景觀，也十分好看。」

又一劃流星掠過。

渺渺外太空，再無聲無息。

一點感悟，與您分享：

要尊重地球，要尊重自己做為人類這個事實，同時更要尊重人類能有文明這份能力，別讓種種無可歇制的慾望去自毀前途。

愛與不愛之間：

陪伴與深情，留下細微而深刻的痕跡，傳遞最真摯的情感

作　　者：吳韋材
發 行 人：黃振庭
出 版 者：複刻文化事業有限公司
發 行 者：複刻文化事業有限公司
E-mail：sonbookservice@gmail.com
粉 絲 頁：https://www.facebook.com/sonbookss/
網　　址：https://sonbook.net/
地　　址：台北市中正區重慶南路一段 61 號 8 樓
8F., No.61, Sec. 1, Chongqing S. Rd., Zhongzheng Dist., Taipei City 100, Taiwan

電　　話：(02)2370-3310
傳　　真：(02)2388-1990
印　　刷：京峯數位服務有限公司
律師顧問：廣華律師事務所 張珮琦律師

定　　價：450 元
發行日期：2024 年 11 月第一版
◎本書以 POD 印製

國家圖書館出版品預行編目資料

愛與不愛之間：陪伴與深情，留下細微而深刻的痕跡，傳遞最真摯的情感 / 吳韋材 著 . -- 第一版 . -- 臺北市：複刻文化事業有限公司，2024.11
面；　公分
POD 版
ISBN 978-626-7595-88-6(平裝)
857.63　　　113016967

電子書購買

爽讀 APP

臉書